Oceani. 216

Dello stesso autore
presso La nave di Teseo

I misteri dell'abbazia di Pomposa
La dama delle lagune

Marcello Simoni
Morte nel chiostro

con disegni dell'autore

ISBN 978-88-346-1639-0
Prima edizione La nave di Teseo gennaio 2024

Sommario

Per Aramis
che corre nel vento

Il monastero di San Lazzaro

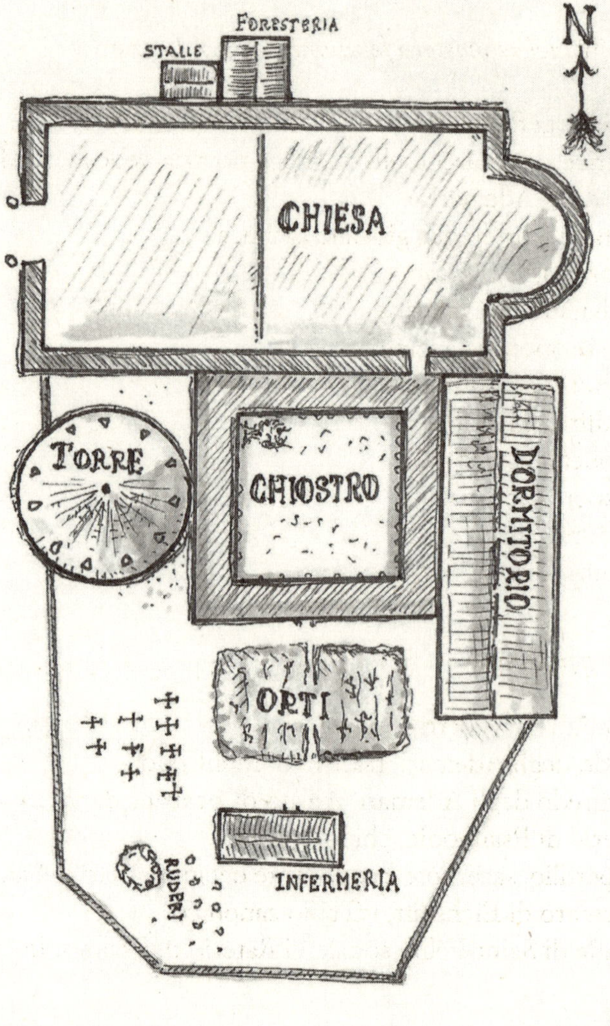

Personae

Familia *del monastero femminile di San Lazzaro*

Engilberta di Villers, badessa (*magistra abbatissa*)
Beatrice de' Marcheselli, monaca novizia vedova di Manfredo degli Ademari
Agata di Corteregia, giovane monaca
Ambrosia, *infirmaria*
Basilia, monaca anziana
Celeste, monaca anziana
Giacinta, educatrice delle novizie (*formaria*)
Giuditta, cellaria
Nicodema, campanara
Prospera, portinaia
Teodora, cantrice
Ursiana, priora (*praeposita*)

Altri personaggi

Anselmo da Velletri, pellegrino
Guido degli Ademari, fratello di Manfredo
Manfredo degli Ademari, marito di Beatrice de' Marcheselli
Raterio di Psalmodie, chierico
Vespertilio, sacerdote e confessore del monastero di San Lazzaro
Volcmaro di Eichstätt, vecchio canonico
Winda di Saint-Félix, sodale di Raterio di Psalmodie

Se anche parlassi le lingue degli uomini e degli angeli, ma non avessi la carità, sarei come un bronzo che rimbomba o un cembalo che tintinna.

PAOLO DI TARSO, *Prima lettera ai Corinzi*, 13, 1

Ma poiché tu sei timida nel parlare, semplice nell'esporre e incolta nello scrivere, parla e scrivi di queste cose non secondo l'umana favella, né secondo l'intelligenza dell'umana invenzione e nemmeno secondo la volontà di compilare umanamente, ma secondo ciò che i tuoi occhi e le tue orecchie colgono sui celestiali, mirifici portenti generati da Dio.

ILDEGARDA DI BINGEN, *Visioni*, I

Prologo
Il corteo

Progredite, correte, crescete, è giunta l'ultima ora. Benché quest'ora sia lunga, è proprio l'ultima.

AGOSTINO D'IPPONA,
In Iohannis Epistulam tractatus, 3

Anno Domini 1187, 21 ottobre
Città di Ferrara

Simile a un gregge raccolto intorno alla cattedrale, il popolo teneva i suoi mille occhi puntati sul maestoso carro funebre trainato da quattro giumente. Il mattino era freddo, immerso in una foschia talmente cupa da smorzare i bagliori del corteo che, con cerimoniale lentezza, seguiva il catafalco verso il grande edificio. Un corteo interminabile, formato da religiosi di ogni ordine e grado, ognuno intento a reggere fiaccole o turiboli mentre snocciolava a capo chino i versetti del *requiem*.

I tre uomini osservavano la scena da lontano, oltre la marea di berretti e cappucci confluita nella piazza ancor prima dell'alba. Appostati sotto l'arco di un porticato, se ne stavano avvolti nei loro abiti da pellegrini con l'aria ieratica di tre re magi giunti da lontano per assistere al verificarsi di una profezia.

"Chi avrebbe potuto immaginarlo," esordì il più giovane di loro, lasciando trapelare una nota di cordoglio.

L'anziano del gruppo fece uscire una mano dalle pieghe della cappa e strinse la piccola icona sacra che portava appesa al collo. "Se solo avessimo prestato la dovuta attenzione a certi segni..."

"Quali segni?" ribatté il terzo individuo, un uomo di età matura dalla folta barba corvina.

"Forse," rivelò il vegliardo, "il male che ha spezzato la vita di sua santità non era di origine naturale."

"Non insinuerete per caso..." fremette il giovane.

"Osservateli," lo interruppe l'anziano. "Osservateli con attenzione."

Stava indicando la testa del corteo, in mezzo alla quale, a dispetto della caligine, spiccavano una ventina di prelati avvolti dalla porpora cardinalizia.

"Coloro che con tanta leggerezza state accusando," gli rammentò il pellegrino dalla barba corvina, "appartengono alla cerchia ristretta del pontefice. Perché mai uno di loro avrebbe dovuto complottare a suo danno?"

"Guardate il cistercense," si limitò a rispondere l'anziano, puntando un dito verso una figura curva e macilenta che si trascinava con un vincastro di legno al seguito del carro.

"È Enrico di Marcy, cardinale vescovo di Albano," dichiarò l'uomo, come se ciò bastasse a fugare ogni sospetto. "Ebbene?"

"Ebbene, non ve ne siete accorto?" lo incalzò l'anziano. "Sta ridendo!"

"Ma in nome di Dio..." intervenne il giovane, "come possono, i vostri stanchi occhi, scorgere l'espressione di una persona da questa distanza?"

"Ride, vi dico! Ride!" rimarcò il vecchio, mentre si aggrappava smaniosamente alla piccola icona. "Proprio come il suo degno compare, lo sciacallo dalla barbetta a punta che gli cammina alle spalle."

Alludeva a Guglielmo di Champagne, meglio noto come Guglielmo dalle Bianche Mani. Colui che, prima di mirare alla porpora cardinalizia, aveva occupato il soglio vescovile di Chartres e di Reims.

Anziché esprimere commenti, l'uomo dalla barba corvina spostò l'attenzione sul carro funebre, ormai in procinto di fermarsi davanti alla facciata della cattedrale mentre la processione si apriva a poco a poco in due ali, per avvolgerlo. "Quindi, a vostro parere," riprese con una punta di esitazione, "papa Urbano III sarebbe stato ucciso da due principi della chiesa?"

"Avvelenato," precisò l'anziano. "L'hanno avvelenato."

"Non ha alcun senso," obiettò il giovane.

"Oh, ce l'ha invece!" sentenziò il vecchio. "E, ahimè, questo coinvolge tutti noi."

I due compagni lo fissarono sgomenti.

"Proprio così, amici miei. Riguarda *la reliquia*," confermò l'anziano, sempre più cupo. "L'hanno rubata," soggiunse, mentre le campane iniziavano a riempire l'aria coi loro lugubri rintocchi. "Poco prima che sua santità esalasse l'ultimo respiro, qualcuno ha aperto il forziere e l'ha portata via."

Dopodiché, sprofondato in un improvviso mutismo, rivolse un riverente cenno di saluto al sarcofago che veniva sollevato dal carro per essere trasportato all'interno della cattedrale.

Prima campana
Mattutino

Il mattutino si colloca tra il concludersi delle tenebre e il sorgere dell'aurora.

RABANO MAURO, *De universo*, X, 7

1.

Notte tra il 21 e il 22 ottobre
Sobborghi di Ferrara, monastero di San Lazzaro

Madre Engilberta non avrebbe saputo dire se a svegliarla fosse stato un grido o il battere delle campane. Sollevò la testa e si ritrovò seduta davanti allo scrittoio, in un'oscurità odorosa del fumo di una candela appena spenta. Il cuore le scalciava nel petto. Le dita della mano destra stringevano ancora la penna d'oca con la quale aveva continuato a scrivere fino a quando non era stata vinta dal sonno.

Forse è stato solo un incubo, rifletté, pur ignorando l'origine dell'angoscia che, come un ospite sgradito, pareva aver preso dimora dentro di lei. Accarezzata la pietra di serpentino incastonata nel suo anello, si alzò in piedi e tese l'orecchio, cercando conforto nei rintocchi argentei del mattutino.

Ma d'un tratto, il risuonare di un altro grido la richiamò alla finestra aperta dietro lo scrittoio.

Attraverso le grate di quel pertugio, si scorgeva un chiostro seminascosto dalla chioma spoglia di un grande ciliegio. C'era una figura, al centro del cortile. Una sagoma più nera della notte inginocchiata davanti a un pozzo.

"Sei stata tu a strepitare?" vociò Engilberta, pensando si trattasse di una monaca.

La figura rimase a capo chino, così immobile da insinuare nell'osservatrice il dubbio di essersi rivolta a una semplice ombra. Finché quella macchia del colore della pece non si alzò in piedi e fuggì verso il porticato che delimitava il chiostro.

"Aspetta!" fremette Engilberta, mentre la guardava sparire sotto un arco di mattoni. "Dimmi chi sei! Dimmi cos'è successo!"

A risponderle fu solo l'ultimo, esangue rintocco delle campane.

Dopodiché ogni cosa tornò sotto l'imperio del silenzio.

Engilberta restò aggrappata alla grata della finestra, a interrogare la propria mente e i propri sensi su ciò di cui era appena stata testimone. Un tempo, la sua maestra Ildegarda l'aveva messa in guardia sulla natura enigmatica delle visioni, definendole scintille sapienziali use a illuminare gli spiriti più acuti e sensibili. Ma quella palesatasi agli occhi di Engilberta non sembrava affatto un'apparizione scaturita dalla grazia di Dio. Somigliava piuttosto a una *vana imago*. Un fantasma.

Tangibile o eterea, tuttavia, quell'epifania era ormai svanita nel nulla, lasciandola di fronte all'unica, vera certezza. Era il momento del canto notturno, e se si fosse attardata più del dovuto avrebbe dato il cattivo esempio.

Accesa una lanterna, si sistemò il soggolo e uscì dallo studio, imboccando a passo svelto una scala diretta al piano inferiore della torre diroccata a guardia del monastero. Non era ancora riuscita a stabilire con esattezza a quale epoca risalisse quell'edificio, ma il suo carattere marziale, accentuato da numerose feritoie alle pareti e da solide merlature, lasciava supporre che non fosse sempre stato destinato a scopi sacri. Engilberta, d'altro canto, era cresciuta nei boschi del Brabante, ascoltando le gesta degli ultimi sovrani carolingi e dei duchi di Lotaringia, e anche una volta preso il velo monacale, aveva continuato a provare un'inconfessata, fanciullesca attrattiva verso le rocche e gli antichi castelli.

Sfidando il rigore del freddo, giunse al fondo delle scale e oltrepassò un arco di pietra, continuando a procedere lungo uno dei porticati eretti intorno al perimetro del chiostro.

Era proprio là che aveva visto l'ombra dalle sembianze umane, meditava mentre lanciava rapide occhiate oltre le arcate. Là, davanti al pozzo. Inginocchiata sulla coltre erbosa.

Resistendo all'impulso di deviare il cammino in quella direzione, proseguì tra le colonne fino a raggiungere una porta di legno borchiato e, dopo essersi guardata alle spalle, la aprì, avanzando senza indugio all'interno di una piccola navata rischiarata dalle candele.

Si trattava di una struttura forse ancor più vetusta della torre, adibita in principio alla funzione di lazzaretto e poi a dimora di eremiti. Poco più di un carapace di travi e mattoni sulle cui pareti sopravviveva il lacerto di qualche pittura a fresco. Eppure, ormai da sei anni, rappresentava per lei il più dolce dei rifugi.

Raggiunto l'altare, posò la lanterna su un leggio e rivolse l'attenzione al coro, osservando i pallidi ovali delle venti donne sedute a semicerchio sugli stalli di legno. Erano le sue adorate monache, figlie e sorelle nello spirito. Donne tra le quali, non poté fare a meno di pensare, poteva nascondersi l'ombra fuggita dal chiostro.

"Preghiamo," dichiarò, mentre apriva il codice di pergamena posizionato sul leggio.

La vista delle miniature disegnate sulla cartapecora bastò a liberarla da ogni inquietudine, preparandola al più puro e nobile dei compiti. Ben presto la sua anima, la sua voce e il suo respiro si sarebbero fusi insieme a quelli delle consorelle per dar forma a un canto sacro che avrebbe trafitto come un dardo di luce le ultime ore della notte.

Engilberta, tuttavia, stava ancora cercando la pagina dedicata all'ufficio del mattutino quando l'improvviso risuonare di un grido le strappò un sussulto dal petto.

"Veniva da fuori!" esclamò una delle monache, fomentando il panico tra le compagne. "Dal chiostro!"

2.

Suor Beatrice se ne stava rannicchiata fra le radici del ciliegio, il giovane volto trasfigurato dal terrore e le mani strette intorno a una candela accesa.

Facendo segno alle consorelle di aspettare sotto il porticato del chiostro, madre Engilberta s'incamminò verso di lei tenendo la lanterna sollevata sopra il capo. "Figliola," esordì, assumendo un tono che voleva esserle di conforto, "cosa ti accade?"

Tremante nel suo abito bigio da novizia, Beatrice si astenne dal proferire verbo fino a quando non la ebbe di fronte a sé.

"Chiedo venia, *magistra abbatissa*..." squittì.

"Per quale motivo?" chiese Engilberta, mentre le mostrava il palmo di una mano per invitarla a uscire dall'angolo in cui si era rincantucciata.

"Venivo dalle latrine, ed ero in ritardo per la recita del canto mattutino..." spiegò Beatrice, riacquistando chiarezza di voce e padronanza del contegno. "Ecco perché, invece di seguire la loggia intorno al cortile, ho pensato di far prima passandoci attraverso..."

“Ebbene?” iniziò a spazientirsi la madre badessa.

La novizia tradì un attimo di esitazione. Infine, con un rapido movimento della candela, indicò il pozzo.

Engilberta avvertì un brivido lungo la schiena. “Non capisco,” dissimulò tuttavia, dopo aver guardato in quella direzione. “Non mi pare di scorgere nulla d’insolito.”

“Osservate meglio,” la esortò Beatrice con un’improvvisa quanto inconsueta asprezza.

Trattenendosi dal rispondere a tono, la badessa puntò ancora una volta l’aura della lanterna verso il pozzo.

E allora, in un crescendo di sbigottimento, notò *la corda*.

Fatta di canapa intrecciata e grossa quanto una gomena, era legata all’arco in ferro montato sopra il puteale e pendeva verso il basso, ben tesa, fino a sparire dentro la cavità.

“Mentre attraversavo il cortile,” aggiunse Beatrice, “ho udito un tonfo sordo provenire dal pozzo, come se qualcosa, oscillando al suo interno, battesse contro le pareti...”

Guidata dal più raccapricciante dei presagi, Engilberta camminò fino al puteale e posò il lume sull’orlo del parapetto a guardia della cavità.

“In principio ho creduto si trattasse di un secchio...” seguitò la novizia, mentre la sua voce tornava a farsi stridula. “Poi mi sono detta che sarebbe stato ben strano, perché quel pozzo è più asciutto della gola del diavolo e nessuna di noi si sarebbe mai presa la briga di appenderci dentro un secchio. Perciò, mossa da curiosità, ho cercato di sollevare la corda e...”

Ma Engilberta non la ascoltava più.

Teneva gli occhi puntati sulla bocca di tenebra. Per quanto intenso fosse il baluginare della lanterna, nel chiostro c'era ancora troppa oscurità perché le riuscisse di distinguere con chiarezza cosa pendesse dalla corda. Intravedeva soltanto una sagoma oblunga. Un voluminoso fagotto avvolto in una stoffa scura.

Pertanto, benché intuisse la natura abominevole di quell'oggetto, introdusse una mano nella cavità e *lo toccò*.

"Per le lacrime della Madre santissima!" esclamò mentre, arretrando di scatto, cadeva in ginocchio sull'erba umida. "Per le lacrime misericordiose di Maria..."

Quasi in risposta a quelle parole, nella nera cavità del pozzo, il corpo dell'impiccata ricominciò a oscillare.

3.

"Adesso mi racconterai ogni cosa," ordinò Engilberta.

"Io vi ho già detto tutto, *magistra abbatissa*," ribatté Beatrice.

Sedevano una di fronte all'altra, fra le mura del piccolo parlatorio ai margini del chiostro. Al centro del tavolo che le divideva, il baluginare di una candela disegnava una trama di riflessi ambrati sui loro volti, accentuandone le differenze di età e d'incarnato. Una pallida, con i lineamenti segnati dall'autunno della maturità. L'altra giovane e olivastra.

"Non essere arrogante," sentenziò la badessa. "Chiunque può cadere in fallo, specie se in preda alla paura e al cordoglio."

"Ho provato spavento, è vero," ammise la novizia. "Però sono stata vigile e diligente nell'esporre."

Ancora una volta, Engilberta dovette reprimere la tentazione di risponderle a tono. Non era tanto l'orgogliosa risolutezza di Beatrice a indisporla, quanto il fatto di dover riconoscere che quella giovane si fosse mostrata più accorta di lei, cogliendo subito ciò che la badessa, guardando dalla finestra e passando dal chiostro, non era riuscita a notare.

Sto diventando vecchia e disattenta, disse dentro di sé, per poi rimproverarsi d'indugiare in simili, vergognose emozioni mentre la salma ancora tiepida di una consorella pendeva nel freddo avello di un pozzo.

"Tu non capisci," mormorò, posando i pugni sul tavolo. "È necessario far luce su questa disgrazia prima del sorgere dell'alba. Prima che giungano *persone esterne*, m'intendi?"

"Vi riferite al confessore?"

"Non è lui a darmi pensiero, ma gli uomini che verranno in seguito. Chierici, curiali e *missi* che, col pretesto d'indagare su una monaca morta suicida, pretenderanno di dettar legge nel nostro cenobio."

Beatrice non poté nascondere lo sbigottimento. "Reputate davvero che suor Agata si sia tolta la vita?"

Engilberta si morse le labbra. "Non lo penso affatto," corse ai ripari. "Suor Agata era un'anima bella, una monaca devota e una perfetta sposa di Cristo. Mai e poi mai avrebbe recato offesa a Dio commettendo il peccato mortale del suicidio. Ma è questo, io temo, che sosterranno gli emissari del vescovo."

"Ne parlate come se si trattasse di sbrigare una mera questione pratica..." ebbe il coraggio di proferire Beatrice, asciugandosi una lacrima. "Come se non provaste alcun cordoglio per la nostra povera consorella."

"Tu non capisci."

"L'avete già detto," ribatté la novizia, alzando il mento come se si rivolgesse a una sua pari. "Ma in realtà capisco benissimo. So fin troppo bene cosa significhi essere in balia dell'autorità degli uomini, e per quanto non goda della vostra venerabile esperienza, ho una visione piuttosto chiara di quel che succederà nel momento in cui i chierici e gli armigeri varcheranno i nostri cancelli," e la fissò risoluta. "Ciò nondimeno, reputo sia nostro precipuo dovere rendere giustizia alla morte di suor Agata scoprendo cosa le sia successo."

"*Nostro* dovere?" ripeté Engilberta, accigliata.

"Sì."

"Tu sei una pecorella appena entrata nel nostro ovile. Non è certo a te che spetta prendere simili decisioni."

"Ma *magistra abbatissa*..." obiettò Beatrice.

Engilberta la zittì con un gesto austero. "Ora risponderai alle mie domande! E se insisterai nell'essere tanto sfrontata da giudicare ancora una volta il mio atteggiamento o il mio modo d'intendere le cose, imparerai il significato più profondo della parola penitenza!"

Nelle iridi della novizia balenò un lampo d'insofferenza.

"Sono stata chiara?" la sferzò la badessa.

"Sì, *magistra*."

Quasi dubitasse della sincerità di quella risposta, Engilberta continuò a scrutarla imperiosa. "Se ben rammento," ricapitolò, "ti saresti accorta del cadavere mentre facevi ritorno dalle latrine. Secondo tua ammissione, avresti attraversato il cortile del chiostro per guadagnare tempo e, passando vicino al pozzo, ti saresti accorta di un rumore sordo provenire dal suo interno."

Beatrice annuì. "Il corpo di suor Agata stava *oscillando* come una campana," specificò, "e in virtù di simile movimento, batteva contro le pareti della cavità producendo quel suono."

La *magistra* evitò di commentare. "Hai scorto la presenza di qualcun altro, o hai per caso udito delle voci?"

"No."

"Ne sei sicura?"

"Il chiostro era deserto. O per lo meno, appariva tale. Ma se alludete al fatto che qualcuno potesse spiare..."

"Torniamo indietro, al momento in cui ti saresti recata alle latrine," cambiò argomento Engilberta. "Quale strada avresti fatto?"

"La solita," si strinse nelle spalle Beatrice. "Sono uscita dal dormitorio e ho attraversato l'orto."

"Prima o dopo il battere delle campane?"

"I rintocchi avevano appena cessato."

Engilberta annuì. All'incirca, corrispondeva al momento in cui lei stava scendendo dalla torre. "E le tue consorelle?" continuò. "Cosa stavano facendo, mentre tu t'incamminavi per le latrine?"

"Si stavano avviando verso la chiesa, per il canto del mattutino."

"E nessuna di loro avrebbe notato l'assenza di suor Agata?"

Per la prima volta, Beatrice mostrò un'ombra di titubanza.

"Vi siete svegliate tutte insieme, ho ben inteso?" insistette la badessa.

"Sì, *magistra.*"

"Perciò qualcuna dovrà pur essersi accorta che il giaciglio della vostra consorella era vuoto."

La novizia guardò verso la finestra, tradendo con fin troppa chiarezza il desiderio di fuggire.

"Ebbene?" la incalzò Engilberta.

"Ebbene, come poc'anzi avete affermato," rispose evasiva Beatrice, "io sono una pecorella entrata da poco nel vostro gregge, e in quanto tale non mi sono ancora ben chiare certe consuetudini che si seguono in questo monastero."

"Quali consuetudini?" s'irrigidì la *magistra*.

Beatrice abbassò gli occhi e iniziò a tormentarsi un'unghia della mano destra. "In tutta franchezza, credo dovreste chiederlo alle consorelle più anziane."

La badessa rimase immobile, fremente di una collera silenziosa che diffuse il gelo fra le pareti del parlatorio.

Per un attimo la novizia riuscì a sopportare quell'impalpabile tormento, poi vide le dita della reverenda madre aprirsi a mo' di artiglio sul ripiano del tavolo. "Di tanto in tanto," fu costretta a confessare, "suor Agata aveva l'abitudine di uscire dal dormitorio."

"Cosa significa 'di tanto in tanto'?"

"Quasi ogni notte," si corresse Beatrice, mentre le sue gote iniziavano a imporporarsi per l'imbarazzo.

Engilberta si sporse in avanti e le afferrò il mento, costringendola a guardarla dritta in faccia. "Si incontrava con qualcuno?"

"Non lo so, *magistra.*"

"Chi?" insistette la badessa, stringendo la presa.

La novizia si divincolò con un gemito. "Non lo so!" esclamò, alzandosi di scatto dalla sedia proprio nel momento in cui, accompagnata da un lento cigolio di cardini, una monaca anziana compariva sulla soglia del parlatorio.

"Suor Celeste!" la apostrofò Engilberta, sfogando su di lei la sua frustrazione. "Mi pareva di essere stata chiara quando ho detto di non voler essere interrotta!"

"Il corpo di suor Agata è stato estratto dal pozzo," la informò con indifferenza la nuova arrivata. Quindi, dopo essersi soffermata sull'espressione sconvolta di Beatrice, tornò a rivolgersi alla badessa. "In attesa delle vostre disposizioni, *magistra abbatissa*, ho provveduto che venisse collocato nel *putridarium.*"

"Molto bene," tagliò corto Engilberta. "Ora torna dalle altre. Fa' che si radunino tutte dentro la chiesa, in preghiera. Vi raggiungerò prima del battere delle laudi."

"Ancora una cosa," indugiò Celeste, muovendo passi brevi e flemmatici verso la reverenda madre. "Nel sollevare le spoglie di suor Agata, le consorelle hanno trovato una piuma impigliata nel suo abito."

"Una piuma di tortora o di colomba?" rise nervosamente la badessa, quasi in risposta a una beffa.

Con la sua imperturbabilità di vecchia tartaruga, Celeste affondò una mano in una tasca della tonaca ed estrasse una lunga penna dai colori iridescenti.

Tanto bastò perché Engilberta scattasse in piedi con il volto tramutato in una maschera di sgomento.

"Andate fuori!" esclamò, strappando la piuma dalla mano della religiosa. "Fuori tutte e due!"

4.

"Abbiate la bontà di spiegarmi," disse Beatrice. "Perché la madre badessa si è tanto spaventata?"

"Cammina," tentò di zittirla suor Celeste.

La novizia evitò di ribattere, anche se, a onor del vero, non era certo lei la più lenta a camminare. Di tanto in tanto, doveva addirittura fermarsi per consentire all'anziana monaca di raggiungerla, ascoltando il flebile strascicare dei suoi piedi sul pavimento di cocciopesto.

Tutt'intorno, le colonne del chiostro assistevano come mute testimoni al loro passaggio. Allo stesso modo in cui, si ritrovò a pensare Beatrice, erano state spettatrici della morte di suor Agata.

"Quella piuma..." domandò rompendo improvvisamente il silenzio calato fra loro due. "Era una piuma di pavone, non è vero?"

"E tu cosa ne sai? Hai mai visto un pavone?"

"Ne ho visti due, una volta, su un mosaico."

"Un mosaico..." ribatté Celeste.

"In una chiesa," precisò Beatrice, addolcita da quel ricordo. Era solo una bambina, allora. Teneva suo padre per mano, davanti all'ingresso di un sontuoso edificio gremito di gente. Nell'aria tuonavano le parole di un vescovo ritto sul pulpito. Lei però non le ascoltava. Era troppo impegnata a contemplare una lunetta decorata da minuscoli tasselli che formavano l'immagine di due uccelli dalle code sgargianti intenti a fronteggiarsi sotto la chioma di un albero.

"Forse si trattava di aquile imperiali," propose l'anziana monaca, riportandola alla realtà. "O di due fenici."

"Erano pavoni," insistette la novizia. "E le loro penne assomigliavano a quella che avete mostrato alla *magistra abbatissa*."

"E anche se fosse?"

"A giudicare da quel mosaico," replicò Beatrice, riflettendo sull'espressione atterrita di madre Engilberta, "i pavoni non sono animali spaventosi."

"Hai ragione," le concesse Celeste. "Però non sempre un oggetto o un animale dev'essere inteso per quel che è. A volte va interpretato alla stregua di un segno traslato."

"A cosa alludete?" domandò incuriosita la novizia.

Continuando a strascicare i piedi lungo il pavimento, la vecchia puntò lo sguardo verso il fondo del loggiato, dove le attendeva il portone di legno borchiato che conduceva all'interno della chiesa. "Esistono segni propri e segni traslati," dichiarò dopo essersi schiarita la voce. "Si dicono propri quando servono a designare le cose per cui sono stati creati. Traslati, invece, quando quelle stesse cose diventano allusione di altro."

Beatrice la scrutò meravigliata. "Io non immaginavo..." mormorò.

"Che cosa?" rise l'anziana. "Che avessi trascorso gran parte della mia giovinezza sui libri?" e si appoggiò a una colonna per riprendere fiato. "Finché il Signore mi concesse un buon uso della vista, fui amanuense in uno *scriptorium*. Copiavo, traducevo e decoravo pagine di pergamena, facendo tesoro dei fiori più preziosi della sapienza umana. Agostino, Rabano Mauro, Bernardo di Chiaravalle... Quanti insegnamenti trassi da quei sublimi maestri! Ma il tragico giorno in cui la luce delle mie pupille si affievolì, fui subito sollevata da quel compito e messa da parte alla stregua di uno straccio senza valore."

Già gravata dal lutto per suor Agata e dal diverbio con madre Engilberta, Beatrice sentì il petto riempirsi di tristezza. "Non è giusto," mormorò. "Anche se la vista vi fa difetto, potreste comunque trasmettere agli altri la vostra conoscenza."

"Oh, potrei, certo! E pure la dotta Engilberta potrebbe farlo, insieme a molte altre monache dall'insospettabile quanto fulgido passato. Ma rispondi, figliola! Quale vescovo, quale papa accorderebbe mai a una donna il privilegio di declamare la sua sapienza dall'alto di una cattedra?"

La giovane rimase in silenzio. Aveva poco più di sette anni quando, partecipando a una messa, aveva udito per la prima volta l'espressione *foemina est instrumentum diaboli*. Un'espressione che i predicatori, forti degli insegnamenti di sant'Ambrogio e di san Girolamo, divulgavano alla stregua di un divino comandamento. Proprio come voleva la chiesa concepita da Paolo di Tarso, ironizzavano con amarezza le sue consorelle. La chiesa volta a relegare le figlie di Eva alla sottomissione e all'obbedienza. Alla rassegnata convinzione di essere creature lascive, imperfette, inferiori all'uomo.

Ed ecco, d'un tratto, che Beatrice colse il significato profondo di quanto accennato da Engilberta riguardo l'avvento degli emissari del vescovo.

La *magistra abbatissa* non temeva il dover sottostare temporaneamente all'autorità di qualche chierico e armigero, ma il clima di morboso disprezzo verso le donne che quegli individui avrebbero diffuso come veleno quando sarebbero giunti a porre domande sulla morte di suor Agata.

Eppure, rifletté la novizia, quel timore non era nulla rispetto a quello balenato negli occhi della reverenda madre di fronte a una semplice piuma.

"Perciò," riprese all'improvviso il discorso, "la piuma del pavone sarebbe un segno traslato."

Suor Celeste si limitò ad annuire.

"E cosa starebbe a significare?" insistette Beatrice.

"Preoccupati delle tue consorelle, piuttosto!" la mise in guardia la vecchia, per poi riprendere il cammino verso il portone. "Le ho sentite bisbigliare. Temono tu abbia fatto la spia."

5.

Engilberta non fu di parola. Invece di raggiungere le sue monache radunate nella navata della chiesa, uscì dal parlatorio e puntò di buon passo verso la torre. Uno spaventoso arcano le bruciava sotto le meningi. Un arcano che aveva la forma splendida e allo stesso tempo terribile di una piuma di pavone.

Rivolgendo occhiate piene di angoscia alla coltre sempre più chiara del cielo, si mosse sotto le arcate del chiostro puntando nella direzione opposta rispetto a quella presa da Beatrice e da Celeste, per poi imboccare l'entrata della vetusta struttura a guardia del monastero. Mancava pochissimo al battere delle laudi, e lei era ancora ben lungi dal comprendere la natura dell'enigma di fronte al quale si trovava.

Giunta nello studio, chiuse la porta a doppia mandata e iniziò a muovere la lanterna davanti all'*armarium* collocato di fronte allo scrittoio.

Non erano molti i volumi custoditi in quel mobile. Oltre a un vecchio libro delle ore e a un antifonario mezzi rosi dai tarli, vi si trovavano una Bibbia, un martirologio e una Regola di san Benedetto.

Su uno scaffale di riguardo, tuttavia, campeggiava una pila di preziosi codici rilegati che la badessa aveva portato con sé dalla lontana abbazia di Rupertsberg. Copie degli scritti della sua maestra Ildegarda. Trattati di erboristeria, di scienza *physica* e di elevazione spirituale fra i quali spiccava l'inarrivabile capolavoro, lo *Scivias*, dedicato alle visioni di quella grande donna.

Ildegarda glieli aveva donati il giorno in cui si erano dette addio, a perenne ricordo dell'amore e della vicendevole stima che le aveva legate. *Va'*, l'aveva congedata. *Ora sei pronta ad affrontare il mondo.*

Engilberta però era rimasta abbracciata alle sue ginocchia, incapace di smettere di piangere. Non era vero, singhiozzava come una bambina. Non era ancora pronta.

Erano trascorsi ormai dieci anni da quel giorno, e otto dalla morte della venerabile Ildegarda, ma madre Engilberta continuava a ripetere dentro di sé quelle tristi parole. Si sentiva sola, piena di paure e d'incertezze di fronte a un mondo che ordiva sempre nuove minacce per schiacciarla.

Allontanandosi da quel ricordo, appoggiò il lume sullo scrittoio e prese dall'*armarium* uno dei manoscritti di Rupertsberg. Un poderoso tomo di pergamena contenente un'opera dedicata alla catalogazione e alla descrizione di ogni genere di vegetale, minerale e animale presente nel creato. Dopo aver quindi impilato in un angolo i fogli di pergamena sui quali aveva scritto durante il corso della notte, ritenendoli indegni di entrare in contatto con i componimenti della sua antica mentore, aprì il libro sullo scrittoio e iniziò a sfogliarlo.

Trovata la sezione dedicata ai volatili, il suo indice scivolò veloce fino al terzo capitolo, intitolato *De pavone*.

Il pavone è un animale caldo e umido, lesse avidamente. *Come conseguenza di ciò, esso manifesta un temperamento fiero, astuto e violento che sfocia nella tortuosità immorale del maschio, uso a distruggere le uova della sua compagna. La sua carne ha un cattivo sapore e nuoce agli infermi.*

Meditando su quelle parole, Engilberta estrasse da una tasca della tonaca la piuma consegnatale da suor Celeste e la posò sulla pagina, così da poterla esaminare al bagliore della lanterna.

Acer et astutus, *calidus et tortuosus*. Ecco gli aggettivi usati dalla sua maestra per descrivere la bestia alla quale apparteneva quella splendida piuma.

Aggettivi di certo collegati, anche se in modo ancora misterioso, alla morte di suor Agata.

Engilberta, d'altro canto, stava cercando ben altro. Un riferimento preciso che rammentava d'aver già letto in quel manoscritto, ma di cui sentiva il bisogno di trovare conferma nella parola scritta. Ragion per cui, guidata dal ricordo, spostò l'attenzione su una delle numerose postille vergate a margine della pagina. Era senz'altro opera di Wiberto di Gembloux, il *secretarius* di Ildegarda. Il dotto amanuense che, con paziente dedizione, aveva scritto sotto dettatura e talvolta ampliato i componimenti di quella grande studiosa.

Nell'antica Roma, chiosava succintamente Wiberto, *l'effigie del pavone designa la consacrazione delle principesse, così come l'aquila quella dei Cesari.*

Si trattava già di un valido indizio, rimuginò la badessa.

Ma fu nella frase successiva che trovò quel che, attraverso la memoria, aveva fomentato le sue paure.

Una frase in cui, per elevatezza di stile e scelta dei vocaboli, echeggiava la sapienza di Bernardo di Chiaravalle.

Indossavi la tiara? Eri, tu, rutilante di gemme, di vesti di seta o coronato con penne di pavone?

6.

Quando Beatrice mise piede all'interno della chiesa, trovò le sue consorelle sotto la volta scrostata dell'abside, raccolte in preghiera. Nemmeno per un istante si lasciò ingannare da quei volti contriti e dalle voci sussurrate. Infatti, non appena fu abbastanza vicina da poter cogliere i loro sguardi, ebbe conferma che tutte le monache tenevano gli occhi puntati su di lei, al pari di una giuria in attesa di processo.

Sforzandosi di far finta di nulla, continuò a camminare a fianco di suor Celeste, che nel frattempo aveva riacquisito il suo senile contegno. Ma nel momento in cui ebbe raggiunto il coro e fece per prendere posto su un seggio libero, una delle religiose più anziane si alzò di scatto e le rivolse un cenno di diniego.

"Cosa significa?" reagì Beatrice, mentre il bisbiglio delle consorelle cessava.

La monaca ritta in piedi la trapassò con uno sguardo ostile. "La tua presenza è richiesta altrove, *soror.*"

"Per ordine di chi?"

"Di suor Ursiana."

Beatrice si sentì travolgere da un'ondata di sconcerto. Suor Ursiana era la *praeposita*, ovvero la sorella priora. Colei che, in quanto ad autorità, era seconda soltanto a madre Engilberta.

"Se è la verità," replicò tuttavia, lanciando occhiate diffidenti fra le religiose sedute a semicerchio, "perché suor Ursiana non m'impartisce di persona i suoi comandamenti, anziché servirsi di una portavoce?"

"Perché ella non si trova in questo luogo," ribatté la monaca, rimettendosi a sedere con una smorfia sussiegosa. "È scesa nel *putridarium*, per dare l'estremo saluto alla povera suor Agata." E quasi stesse per congedarsi da un'anima condannata alla più triste delle pene infernali, rivolse a Beatrice un sorriso compassionevole. "È là che ti attende."

7.

Munita di una lucerna di terracotta e di tutto il coraggio di cui disponeva, Beatrice imboccò la scala diretta ai sotterranei del monastero. Serbava perfetta memoria dell'unica volta in cui era scesa là sotto, ma in quel frangente aveva avuto accanto a sé due consorelle e ignorava l'orrore che si celava in fondo a quell'oscurità. Adesso invece era sola e consapevole.

Giunta al termine dei gradini di pietra, si ritrovò in una cripta schiacciata da un soffitto basso e circondata da una chiostra di colonne che piangevano perenni stille di umidità.

In fondo all'ambiente, dietro un antico sarcofago simile a un altare, si apriva un minuscolo ingresso che avrebbe intimorito il più audace dei guerrieri. Per tutta l'altezza degli stipiti e sull'architrave, quel passaggio era infatti decorato da teschi incastonati nella parete alla stregua di macabri bassorilievi.

Tenendo sollevata la lucerna, la novizia attraversò la soglia senza far caso al palpitare delle ombre dentro le orbite vuote, preparandosi allo spettacolo ancor più truce che l'attendeva oltre il passaggio.

Ma nel momento in cui accedette al *putridarium*, non fu il raccapriccio a dominare le sue emozioni.

Fu la pietà.

Entrata in una cella poco più grande di una segreta, si ritrovò a camminare tra due file di stalli disposti lungo le pareti. Per la maggior parte, quei sedili erano occupati da cadaveri di monache in diversi stati di disfacimento. Segnacoli del *memento mori*. Simboli di quanto miserabile e fugace fosse la condizione umana. A instillare in Beatrice quei pensieri non furono solo la vista o l'odore della decomposizione, ma soprattutto il rumore dei liquami che, come sabbia di un'implacabile clessidra, colavano dalle sedute cave per finire raccolti in vasi d'argilla collocati sotto di esse.

Suor Ursiana si trovava al centro dell'ambiente, prostrata in ginocchio davanti a un catafalco di pietra su cui giaceva il corpo di suor Agata.

"Vieni accanto a me," si limitò a sussurrare, non appena ebbe colto la presenza della nuova arrivata.

Quest'ultima, obbediente, s'inginocchiò al suo fianco.

"Saluta la tua consorella finché la pallida carne copre ancora le sue gote," soggiunse la priora. "Imprimi nella memoria l'immagine di questa caduca veste esteriore, poiché a mano a mano che essa andrà incontro alla dissoluzione, rivelerà la segreta purezza delle ossa."

C'era una nota di morbosità in quelle parole. Una sorta di tacita gelosia nei confronti di chi, senza aver conosciuto l'umiliante decadimento della vecchiaia, stava già varcando i cancelli del regno celeste. Fu proprio a causa di quel tono che, prima di osservare la defunta, Beatrice diresse il lume verso Ursiana, rischiarando un viso bello e altero sul quale la giovinezza pareva appena sfiorita. Quindi, sollevando la lucerna, fugò le ombre dal corpo disteso sul catafalco. E con un fremito di orrore, si ritrovò a guardare una faccia livida distorta in una smorfia che per un istante le impedì di riconoscere la sua consorella.

Ancora avvolta nella sua tonaca nera, ma con il velo lacero e il soggolo deformato dal cappio, suor Agata pareva ben lungi dall'essersi addormentata nell'abbraccio della misericordia divina.

"*Pulvis es, et in pulverem reverteris,*" mormorò amareggiata, facendosi il segno della croce.

"Brava, figliola," fece Ursiana, sfiorandole una mano con la punta delle dita. "E ora obbedisci, rivelami cos'hai detto alla *magistra abbatissa.*"

"Ma, sorella *praeposita*..." esitò la novizia.

Senza cambiare d'un briciolo la sua posizione di preghiera, la priora la scrutò di sbieco. "Non obbligarmi a ripetere la domanda."

"In sostanza, vorreste sapere anche voi come ho scoperto il cadavere?"

"Non è questo a interessarmi, e lo sai bene," indurì la voce Ursiana. Poi spostò lo sguardo verso il cadavere disteso sulla lastra di pietra. "Hai parlato a madre Engilberta delle abitudini di suor Agata?"

"Le ho detto che al nostro risveglio non era nel suo giaciglio," si limitò a rispondere Beatrice, evitando così di raccontare una bugia.

“Nemmeno una parola su quel che ella era solita fare di notte?”

La novizia scosse il capo.

“Bada bene,” la mise in guardia la priora. “Sui corpi delle persone appena defunte aleggiano sciami di demoni bramosi di ghermire le loro anime. E se mai uno di quegli spiriti immondi dovesse fiutare una menzogna, non esiterebbe a entrare nella bocca di chi l’ha proferita.”

“Sono stata sincera, *soror*,” dichiarò Beatrice.

“Perciò,” volle sincerarsi Ursiana, “madre Engilberta non sospetterebbe nulla delle abitudini segrete di Agata?”

“Questo non posso saperlo,” si schermì la novizia.

La *praeposita* rifletté un istante su quella risposta. Ora i suoi occhi erano puntati direttamente su Beatrice. Due lapislazzuli d’oltremare socchiusi in fessure lucide di diffidenza.

“Ho un’ultima domanda,” soggiunse, avvicinando il suo viso a quello della novizia. “Le hai per caso detto che, in quel momento, nemmeno io mi trovavo nel dormitorio?”

8.

Erano molti i divieti da rispettare, nel monastero di San Lazzaro. Divieti di vario genere, che andavano dal semplice tenere i capelli lunghi sotto il velo al cadere addormentate durante l'ascolto delle sacre letture. Dal mostrarsi superbe con le consorelle al turbare la quiete fra le mura del claustro. Engilberta trasgredì forse a uno dei più gravi. Violare i sacri confini del claustro.

Uscendo da un passaggio segreto della torre, un pertugio di cui solo lei e un paio di altre monache anziane erano a conoscenza, camminò tra gli alberi di nespole e i rovi di more selvatiche che circondavano il perimetro del cenobio, avvicinandosi di soppiatto al grande portale della chiesa. Estratta una chiave d'ottone, fece quindi scattare il catenaccio e schiuse di poco il battente.

"In nome di Dio!" strepitò una voce dall'interno.

La badessa s'insinuò attraverso il varco e pose un indice davanti alle labbra della monaca seduta nella penombra del vestibolo.

Si trattava di suor Prospera, la portinaia, una virago alta e robusta incaricata di sorvegliare quell'accesso in ogni momento del giorno e della notte. Mai prima d'allora, pensò Engilberta, quella devota consorella incaricata di schiuderlo personalmente al battere delle laudi doveva averlo visto aprirsi dall'esterno.

"*Matre abbatissa*, cosa ci fate qui?" continuò Prospera, levandosi in piedi dalla seggiola di vimini sulla quale era assisa. "Ho temuto fossero i ladri... o anche peggio!"

"Per carità, abbassa la voce," la esortò la *magistra*, mentre accennava con un'occhiata circospetta all'ingombrante tramezzo di legno che divideva la navata della chiesa dalla zona del coro. "Le consorelle raccolte nell'abside non devono sentirci."

"Ecco perché siete passata da fuori..." comprese la portinaia, rasserenandosi. "Non volevate essere vista dalle *sorores* passando dall'interno della chiesa."

"Quelle poverine sono già provate dallo spavento e dal cordoglio," si giustificò Engilberta. "Preferirei tenerle all'oscuro dei gravosi interrogativi che mi pungolano l'anima." Quindi, con modi sempre più confidenziali, si avvicinò ancora di più a suor Prospera. "Ma tu forse puoi aiutarmi! Tu, che hai il compito di vigilare su questo passaggio e che più di chiunque altra, in questo monastero, tieni l'occhio e l'orecchio rivolti verso il mondo esterno... Tu, *soror*, hai per caso percepito qualche rumore sospetto o colto qualche movimento insolito prima del ritrovamento del corpo di suor Agata?"

"Nulla, reverenda madre," rispose la virago.

"Ne sei proprio sicura?" volle sincerarsi Engilberta, scrutandola imperiosa dal basso verso l'alto.

Suor Prospera la superava in altezza di quasi due spanne, e se invece della tonaca e del velo avesse indossato una cotta di maglia e una casacca di cuoio, sarebbe potuta passare per un armigero del vescovo. D'altro canto, la sua eterna espressione di bambina ingenua le conferiva una nota di purezza difficilmente riscontrabile in molte delle sue consorelle.

"In verità," confessò in un fremito di vergogna, "stavo dormendo."

"Intendi dire che non avresti udito nemmeno il grido proveniente dal chiostro?" si accigliò la badessa.

La portinaia la fissò confusa. "Alludete al grido di suor Beatrice?"

"No. A quello che l'ha preceduto."

La virago accennò un diniego.

"Per la santa Vergine..." mormorò incredula la reverenda madre.

"Chiedo venia, *magistra abbatissa*," si scusò Prospera. "Me ne stavo distesa sul giaciglio della guardiola, immersa nel sonno dopo una lunga veglia. A destarmi è stata la sorella priora, quando è venuta a chiamarmi perché mi unissi alle altre per il canto mattutino."

"E io che speravo potessi essermi d'aiuto!" sbuffò Engilberta corrucciata.

Suor Prospera abbassò lo sguardo. "Mi rincresce, reverenda madre," si scusò di nuovo, per poi tornare a fissarla con un improvviso scintillio negli occhi. “Però, a ben pensarci…”

“Orsù, parla!” la spronò la badessa, speranzosa. “Ti sei per caso rammentata di qualche particolare?”

“No, ma mi è appena venuto in mente,” rispose la portinaia, “che c’è qualcuno, in quest’ala del cenobio, ad avere vista e udito assai più fini dei miei.” E con un gesto allusivo rivolse l’indice verso l’alto.

9.

La chiamavano *Noctua*, la Civetta. Non tanto per i suoi occhi leggermente strabici quanto per l'abitudine, a causa della quale era stata rimproverata spesse volte, di starsene appollaiata alla finestra della cella campanaria collocata in cima alla facciata della chiesa. Giovanissima e schiva di carattere, suor Nicodema si era offerta volontaria per diventare regina di quel nido di solitudine lo stesso giorno in cui, a causa di un'infausta caduta, la precedente sorella incaricata di scandire il trascorrere del tempo era volata tra le braccia del Signore.

Per raggiungere quella postazione elevata, Engilberta dovette salire su una scala di legno fissata a un contrafforte della chiesa e superare un ballatoio che, costeggiando il tetto, conduceva a una nicchia di mattoni protetta da una copertura di tegole.

All'interno di quell'ambiente, dietro i corpi sinuosi di due piccole campane gemelle, si scorgeva una bifora affacciata su un paesaggio velato dalla caligine autunnale. La Civetta se ne stava là, accovacciata sul davanzale in un apparente stato di contemplazione.

"Suor Nicodema," la chiamò sottovoce Engilberta, per evitare di spaventarla. "Sei desta?"

Con un rapido movimento del collo, la giovane stilita si voltò verso di lei e la trapassò con uno sguardo rapace. "*Magistra abbatissa*," la salutò quasi infastidita. "Siete stata alquanto incauta a salire fin quassù."

"Le necessità me l'hanno imposto," si strinse nelle spalle la badessa.

"Quelle dei defunti o quelle dei vivi?" domandò Nicodema, lasciando intendere d'aver già colto la ragione di quella visita.

"Di entrambi," rispose con eguale sottigliezza Engilberta. Aggirando le campane, mosse quindi gli ultimi, prudenti passi verso la monaca seduta sul margine della bifora. "Prima di addentrarci in certi discorsi," aggiunse, "vorrei tuttavia fugare un dubbio che mi è appena sovvenuto," e si fermò di fronte a lei. "M'inganno, o tu non eri presente nel coro quando è stato trovato il corpo di suor Agata?"

"Non v'ingannate, *magistra*," rispose atona la Civetta. "Mi trovavo quassù."

Engilberta emise un sospiro di disapprovazione. Benché custode della cella campanaria, Nicodema aveva l'obbligo di unirsi a tutte le altre monache durante lo svolgimento di qualsiasi funzione sacra. O questo, per lo meno, la badessa usava ripetere allo sfinimento mentre continuava a tollerare il suo caparbio astenersi dalla vita comunitaria. Sospettava infatti che quella giovane donna avesse scelto la vita del claustro non per vocazione, ma perché in cerca di un isolamento che nasceva da un'intima insofferenza nei confronti del prossimo. Un isolamento dal quale, sperava, sarebbe uscita per volontà propria, un po' per volta.

"Intendi dire," riprese il discorso, "che dopo aver suonato i rintocchi del mattutino non sei più scesa a terra?"

"A onor del vero non l'ho più fatto da ieri sera," precisò la monaca. "Da quando sono salita sul tetto per battere i rintocchi di compieta."

All'idea di restare sola dopo il tramonto in quel rifugio esposto all'umidità e al respiro del vento, Engilberta non poté fare a meno di stringersi nella tonaca. "E mentre ti trovavi qui sopra," continuò, "hai notato qualcosa nel corso della notte?"

Nicodema tornò a scrutare il paesaggio. "Ogni notte porta con sé le sue particolari stranezze," ribatté, "molte delle quali, se si presta la dovuta attenzione, è possibile cogliere da quassù."

"Ma riguardo *questa* notte?" rimarcò la badessa, irritata. "La notte in cui è morta suor Agata?"

"Molto dev'essere successo," rivelò la Civetta, col tono enigmatico di una profetessa. "Però c'era la bruma. Una bruma bassa, serpeggiante, dalla quale emergevano soltanto le chiome scure degli alberi." Quindi, sporgendosi senza alcun timore verso il vuoto, indicò un punto in cui i nespoli confinavano con una distesa di querce e di castagni estesa fino ai dossi del fiume Padus. "Ecco, là!" disse risoluta. "I cavalli devono essersi fermati sotto quegli arbusti."

“Quali cavalli?” sobbalzò Engilberta.

“Ho udito il trepestio dei loro zoccoli dopo la mezzanotte, nel momento in cui la gente è usa abbandonarsi al secondo sonno,” rivelò la monaca campanara. “A giudicare dal rumore, si trattava di due, forse tre corsieri dal passo svelto. Sono rimasti fermi a lungo, nascosti sotto le fronde, per poi ripartire dopo il grido risuonato nel chiostro.”

“Intendi quello di suor Beatrice?”

“No,” rispose Nicodema. “Mi riferisco al *primo* grido. Quello al quale vi ho sentita rispondere con un richiamo dalla torre.”

“Quindi l’hai sentito anche tu,” sentenziò la badessa.

“Da questa cella elevata è possibile percepire i suoni assai distintamente,” confermò la monaca campanara. “Certe volte, anche se provengono da lontano.”

“E non hai visto nulla?”

La Civetta scosse il capo. “Guardando dal ballatoio esterno, l’unica postazione dalla quale sia possibile scorgere il chiostro, il giardino è coperto quasi per intero dalla chioma del ciliegio. Inoltre ho dovuto ritirarmi immediatamente nella cella per suonare i rintocchi del mattutino.”

Engilberta rimase per un attimo a fissarla, meditando sui nuovi elementi di cui era entrata in possesso. “Dei cavalli, hai detto...”

“Proprio così, *magistra*. Credo siano giunti da nord.”

“E da cosa l’avresti arguito?”

“Al loro sopraggiungere, uno stormo di uccelli si è levato in volo dagli arbusti ed è fuggito nella direzione opposta.”

La reverenda madre osservò il punto fra gli alberi che le era stato indicato. Si trovava a un centinaio di passi dal monastero, nelle vicinanze, se ben rammentava, di un sentiero abbastanza largo da consentire il passaggio di un barroccio. Quindi aguzzò la vista verso tramontana, oltre la selva, oltre il fiume, finché non colse il profilo plumbeo delle mura di Ferrara.

"E se ti fossi ingannata?" volle accertarsi.

"Erano zoccoli di corsieri, non mi sbaglio," ribadì Nicodema. "Se però sulle loro groppe sedessero degli uomini o dei demoni notturni," soggiunse con una punta di sarcasmo, "questo non mi è concesso saperlo."

Demoni notturni, ripeté dentro di sé Engilberta, mentre rievocava il ricordo della sagoma nera fuggita dal chiostro.

Suor Nicodema, nel frattempo, era scesa dal davanzale della finestra e, con passi felini, si dirigeva verso una nicchia all'interno della quale bruciava una grossa candela con una mezza dozzina di chiodi infissi a intervalli regolari lungo il suo asse.

Dopo aver controllato il livello della fiamma, ormai giunto a far sciogliere la cera in corrispondenza del chiodo più alto, la monaca indicò con un gesto secco alla badessa di andarsene.

"Ma..." obiettò Engilberta, contrariata.

"Fossi in voi mi affretterei a scendere," la interruppe la Civetta, categorica. "È quasi l'ora delle laudi. E *lui*, come ben sapete, non tarderà molto ad arrivare."

10.

Beatrice risalì al piano superiore della chiesa col respiro trafelato di una fuggiasca. Era impressionata da come, durante la breve permanenza nella cripta, le sue concezioni sulla vita e sulla morte, ma ancor di più sul giusto e sullo sbagliato, fossero radicalmente mutate. Non tanto per ciò che aveva visto in quell'anticamera dell'oltretomba, quanto per l'atteggiamento ambiguo e velatamente minaccioso mostrato dalla priora. E fu proprio in virtù di quel cambiamento che, avvicinandosi al coro, la novizia avvertì un improvviso senso di disagio nel ritrovare le consorelle sedute a semicerchio, a snocciolare preghiere coi volti contriti, al pari di tante, inutili sonnambule.

"Madre Engilberta!" chiamò mentre camminava spedita in loro direzione. "Dov'è madre Engilberta?"

"La *matre abbatissa* non si è ancora palesata," le rispose la monaca altezzosa che poco prima l'aveva indirizzata al *putridarium*.

"È ancora nella torre?" si meravigliò Beatrice, lanciando un'occhiata verso l'uscita collegata al chiostro.

"Dove credi di andare, *soror*?" la fulminò la consorella, indovinando le sue intenzioni. "Abbiamo l'ordine di aspettare tutte qui dentro!"

"È stata suor Ursiana a chiedermi di andare in cerca della badessa," si difese la novizia, indurendo lo sguardo e il tono della voce. "Ella ha urgente bisogno di parlarle."

"Ah, sì?" la incalzò con scetticismo la seccatrice.

Beatrice annuì. "La priora dichiara di non volersi allontanare dal corpo di suor Agata fin quando non verranno fissati dei turni di veglia funebre. E questo genere di disposizioni, come ben sappiamo, spetta alla venerabile Engilberta."

In verità, suor Ursiana non era stata così categorica nell'affidarle quel compito, e nemmeno aveva lasciato trapelare una simile urgenza. Servendosi di quel pretesto, tuttavia, Beatrice intendeva conferire il prima possibile con Engilberta per riparare a un torto del quale riteneva di essersi macchiata durante la loro precedente conversazione.

Ma la monaca che l'aveva attaccata, una pertica secca e rugosa dal nome di suor Basilia, accennò un secco diniego. "Non è necessario scomodare la badessa," dichiarò a mento alzato. "Provvederò io a scegliere tra di noi le più adatte a iniziare il turno di veglia."

La novizia tentennò un istante, nella speranza che qualcuna, tra le consorelle, intervenisse per biasimare quella sfacciata esibizione di prepotenza. Accorgendosi però che nessuna si azzardava ad alzare lo sguardo, capì all'improvviso di essere sola. "E voi, *soror*," sfidò dunque Basilia, "chi sareste, *voi*, per arrogarvi una simile autorità?"

"Io sono una delle monache anziane," sentenziò la spilungona. "E dispongo dell'autorità sufficiente per..."

"Per riordinare le pentole in cucina!" la canzonò Beatrice, mentre accennava a dirigersi verso l'uscita.

"Aspetta, *soror*!" la trattenne Basilia in un crescendo di alterigia. "Hai davvero tanta fretta di andare a fare la spia?"

"Pensate ai vostri peccati di superbia," tentò di rintuzzarla la novizia, "anziché proferire false accuse."

L'ovale incartapecorito dell'anziana si contrasse in una smorfia di disprezzo. "Proprio tu parli di superbia! Tu, una monaca novella che fino a poco tempo fa usava pavoneggiarsi per le strade di Ferrara, avvolta in abiti di seta e di broccato! Guardatela!" continuò a sbraitare, indicandola alle consorelle sedute in silenzio. "Ecco a voi la gran matrona! La vedova del nobile crociato morto in Terrasanta!" e in un crescendo di furia marciò verso di lei. "Confessa, Beatrice de' Marcheselli!" la apostrofò col suo nome da laica. "Reputi sul serio di essere una nostra pari? Pensi davvero di apparire agli occhi di nostro Signore tale e quale siamo noi, *virgines integrae et sine macula*?"

Non fu quell'ultimo insulto a far perdere le staffe a Beatrice. La rabbia le era già affiorata nel petto un attimo prima, nel momento in cui aveva sentito parlare in modo irrispettoso dell'unico uomo di cui fosse mai stata innamorata. "Persino una vergine può comportarsi da sgualdrina," disse di getto, mentre trapassava l'anziana consorella con un'occhiata gelida. "Specie se la vergine in questione è una vecchia scrofa inacidita dall'invidia!"

Emettendo un grido che avrebbe instillato il terrore in un branco di lupi, Basilia si gettò su di lei con le mani aperte ad artiglio e la ghermì per il velo.

La novizia si ritrovò in ginocchio, costretta a difendersi dalle unghie di quell'arpia, mentre le consorelle assistevano mute e impassibili alla sua umiliazione.

Fino a quando una voce autoritaria non tuonò sotto le volte della navata.

Madre Engilberta si ergeva furente davanti all'altare.

"*Magistra abbatissa*..." squittì Basilia, gettandosi immediatamente in ginocchio.

Beatrice invece si rimise in piedi, i pugni stretti e il volto segnato da un antico dolore.

"Bestie!" esclamò la badessa. "Ecco cosa siete! Bestie use a litigare non appena vengono rinchiuse nello stabbio! E tutto questo mentre una vostra consorella giace priva di vita sotto i nostri piedi, fra i putridi liquami dei defunti!"

"Non è certo colpa mia..." mormorò in sua difesa Basilia, gli occhi rivolti a terra. "Se questa impudente non mi avesse mancato di rispetto..."

Ignorando le sue parole, Engilberta marciò a lunghe falcate verso Beatrice. "Sarebbe questa la sensibilità d'animo di cui, a tuo giudizio, io difetto?" le rinfacciò. "Queste le misure a tuo parere necessarie per rendere giustizia alla povera suor Agata?"

La novizia fu tentata di sfogare su di lei la tempesta che in quel momento le si agitava nel petto. Poi trovò la forza d'inspirare a fondo e attese di veder sparire nelle brume dei ricordi il dolce sorriso di un uomo al quale non era ancora riuscita a dire addio.

"Venerabile *magistra*, ho urgenza di parlarvi in privato," dichiarò non appena fu tornata padrona delle proprie emozioni.

Ma la badessa si era già rivolta alle monache sedute nel coro.

"E voi, che avete assistito come pecore ignave al litigio delle vostre sorelle… Voi, massa di stolte!" dichiarò. "Ritrovate in fretta la vostra virtù e il vostro coraggio, giacché il portale del monastero è stato aperto. E ben presto, insieme alla luce dell'aurora, da quel varco entrerà colui nelle cui mani è riposto il nostro incerto destino!"

Seconda campana
Laudi

Sorge il fulgido Lucifer
nunzio del mattino,
cade la caligine della notte
la luce santa c'illumini.

AMBROGIO DI MILANO,
Hymnus ad laudes

11.

Il carro uscì a poco a poco dagli alberi, accompagnato dalla luce dorata dell'alba. Trainato da un unico cavallo, con un telo incolore teso sopra la serpa, si fermò davanti al monastero mentre le campane iniziavano a battere i rintocchi delle laudi.

L'unica persona che vi sedeva sopra, un uomo avviluppato in una cappa scura, legò le redini a un'asta accanto al punto in cui sedeva e, quasi colto da un presagio, scostò un lembo del cappuccio per guardare verso la mole grigiastra della torre.

Due monache lo attendevano sotto il portale della chiesa. Suor Prospera e suor Ursiana.

"Padre Vespertilio," lo salutò quest'ultima, ossequiosa. "Stamane ci omaggiate della vostra venerabile presenza ancor prima del previsto."

"E spero pure di sbrigare in fretta le mie incombenze," replicò il religioso, facendo sporgere le sue gambe magre giù dalla vettura. "Non si può star troppo lontani dalla curia vescovile, quest'oggi."

"A causa delle esequie di papa Urbano?" non poté trattenersi la priora.

Per tutta risposta, l'uomo abbassò il cappuccio sulle spalle, scoprendo un'ampia tonsura circondata da una corona di capelli neri e ispidi. "*Miseranda curiositas*," pontificò, per poi porgere a Ursiana la mano destra adorna di un anello d'oro. "*Miseranda feminina curiositas*," rimarcò austero, nell'attesa che la priora baciasse il castone sul quale comparivano le immagini dei santi Giorgio e Maurelio, patroni e protettori della cattedrale di Ferrara. "E adesso lasciate ch'io provveda a celebrare la messa," soggiunse, voltandosi verso l'entrata nella chiesa.

Ma suor Prospera gli si parò di fronte per sbarrargli il passo.

"Ebbene?" si accigliò padre Vespertilio. "Non ho forse appena dichiarato di aver molta premura?"

"La recita della messa dovrà attendere," sospirò Ursiana, senza più riuscire a nascondere il nervosismo.

Il sacerdote la trapassò con le sue iridi scure. "Perché mai?"

La priora distolse lo sguardo. "L'onere di far chiarezza sulla questione grava sulla *magistra abbatissa*," si limitò a rispondere. "Ella vi aspetta nella torre."

"Nella torre?" ripeté padre Vespertilio, al limite della sopportazione. "Per quale motivo dovrei salire fin lassù?"

"Così ha disposto la reverenda madre," si limitò a specificare suor Prospera.

"Si tratta di un argomento alquanto delicato," aggiunse Ursiana, mostrando maggior tatto. "Madre Engilberta ha vietato categoricamente a noi tutte di farne il benché minimo cenno fin quando non ne avrà discusso con voi."

"Per la lingua di san Giovanni!" sbuffò il sacerdote, mentre sollevava il capo per guardare di nuovo verso la sommità di quel bastione diroccato. E d'un tratto, con un fremito d'inquietudine, si ritrovò a fissare una monaca ferma a scrutarlo da una delle finestre più alte. "Mi auguro che quella donna non intenda chiedere un qualche aiuto alla curia, o di procrastinare il pagamento delle decime... Oh, Dio non voglia! Il vescovo ne ha già fin sopra i capelli di simili grattacapi!"

"Si tratta di ben altro genere di sciagura, vostra grazia," tentò di placarlo la priora.

"Sciagura?" sobbalzò Vespertilio. "Avete detto sciagura?"

"Vi prego di non insistere," replicò Ursiana, per poi far segno a suor Prospera di lasciare libero il passaggio. "Entro breve saprete. Madre Engilberta vi spiegherà ogni cosa."

"Così sia," mormorò l'uomo, avanzando rassegnato verso l'interno del monastero. "Portatemi da lei... e si faccia in fretta! Non avete idea di quale fermento ribolla tra le mura della curia! Non posso proprio addossarmi questioni di poco riguardo... capite? Non quest'oggi! Non con quello che sta succedendo in città!"

La priora tuttavia stava già camminando davanti a lui, facendo strada verso l'alto tramezzo di legno eretto a guardia della zona dell'abside. Aperta una porta a graticcio, continuò a condurlo verso il coro.

Dopo aver osservato un istante le venti monache assise a semicerchio sulle panche, figure mute e tremebonde, padre Vespertilio continuò a seguire la sua guida fino a un ingresso sigillato da un robusto battente coperto da borchie d'ottone.

"Ecco," proferì Ursiana, mentre apriva il passaggio. Dopodiché, mettendosi a lato della soglia, indicò il porticato diretto all'entrata della torre.

"Ho l'ordine di non accompagnarvi oltre," soggiunse la monaca. "Dovrete percorrere da solo l'ultimo tratto."

12.

Madre Engilberta stava arroccata dietro lo scrittoio, i palmi posati sul ripiano e lo sguardo diretto verso la porta spalancata dello studio.

"Vostra grazia," disse algida, non appena vide la figura del sacerdote comparire sulla soglia, "i miei ossequi."

Padre Vespertilio attraversò l'uscio e si fermò al centro della stanza. Nero di capelli e di vestiario, ossuto e torvo d'aspetto. Mai nome avrebbe potuto essergli più congeniale, pensò la badessa. Bastava un'occhiata, infatti, per cogliere la somiglianza fra quel religioso e le bestiole alate che volteggiavano nell'aria dopo l'imbrunire, i vespertili. Una somiglianza non solo legata all'aspetto esteriore, giacché qualcosa di umbratile, insieme a una certa ispidezza caratteriale, trapelava dall'atteggiamento di quel servo dell'Ecclesia uso ormai da molto tempo, per incarico conferitogli dal vescovo di Ferrara, a recarsi ogni giorno presso il monastero femminile di San Lazzaro per celebrare la messa e per impartire i sacramenti della comunione e della confessione alle consorelle.

"Ebbene?" sentenziò di colpo, passandosi una manica della cappa sulla fronte sudata. "Per quale ragione mi avete costretto a fare una simile scarpinata?"

"Sono solo poche scale," minimizzò Engilberta, restando immobile a scrutarlo. "Un misero prezzo da pagare, se paragonato ai vantaggi di cui possiamo beneficiare in questa stanza."

Vespertilio chiuse il battente e le si avvicinò circospetto. "A quali vantaggi state alludendo?"

"Alla riservatezza," rispose la reverenda madre, indicandogli uno scranno a iccase posto davanti al tavolo da scrittura.

"Permettetemi di dissentire," commentò il sacerdote, mentre prendeva posto con riluttanza. "Come ben sapete, a una monaca non è permesso incontrare chicchessia al di fuori del parlatorio, per di più senza la presenza di almeno due consorelle anziane. Anche nel caso si tratti di una *magistra* della vostra levatura."

"Purtroppo non ho avuto scelta."

"In tal caso," si arrese l'uomo, "fate sì che le vostre occorrenze non rubino troppo tempo alle mie."

"In verità," replicò Engilberta, "ciò che sto per rivelarvi rientra a pieno titolo nei vostri doveri di membro della *curia vassallorum* del vescovo, nonché di padre spirituale di codesta comunità."

Vespertilio la guardò spostare alcuni fogli di pergamena impilati sul bordo del ripiano. "Se non altro," osservò con un'alzata di spalle, "mi concederete finalmente il privilegio di dare una scorsa ai vostri scritti di erboristeria."

"Non è certo ciò che intendo mostrarvi," si schermì la badessa.

"Riguardano le piante velenose, se ben rammento," continuò tuttavia il sacerdote. "Un ampliamento alla tanto osannata opera della vostra maestra."

"Si tratta solo di un'*appendix*," specificò con modestia Engilberta. "Un'aggiunta nella quale mi sono prefissa il compito d'inserire alcune erbe tossiche di cui la chiarissima Ildegarda, a causa delle fonti da lei consultate nello *scriptorium* di Rupertsberg, non era a conoscenza."

Vespertilio appoggiò i gomiti sulle ginocchia per guardarla più da vicino. "Ora capisco," sogghignò, "a cosa vi servivano gli stigmi di loto blu che il mese scorso vi siete fatta consegnare da un pellegrino tornato dall'Egitto."

"Immagino ve ne abbia fatto parola una delle mie consorelle durante la confessione," disse senza scomporsi la *magistra*, per poi sfilare una piuma di pavone da sotto gli incartamenti.

Il sacerdote s'irrigidì all'istante. "E quella cosa sarebbe?"

"È una parte del motivo che mi ha indotto a convocarvi fin quassù," rivelò Engilberta, sollevando la penna per esporla al debole alone di luce proveniente dalla finestra alle sue spalle.

"E la parte restante di tale motivo?" volle sapere Vespertilio.

"Si trova nei sotterranei del monastero," rivelò cupa la *magistra*, "coricata su un catafalco."

Il religioso scattò in piedi.

"Una delle nostre monache più giovani," confermò Engilberta, dando sfogo a un'improvvisa quanto profonda contrizione. "Suor Agata di Corteregia, entrata in questa *familia* sei anni or sono."

"Come sarebbe accaduto?"

"L'abbiamo trovata al battere del mattutino, nel chiostro esterno."

Gli occhi di padre Vespertilio erano gorghi di sbigottimento. Una domanda impronunciabile vorticava nel loro profondo.

Alla badessa bastò un'occhiata per coglierla. "Era appesa all'interno del pozzo," specificò.

"Impiccata?"

Engilberta esitò ad annuire.

"In nome del Creatore..." mormorò il sacerdote. "Proprio oggi... Ad appena un giorno dall'inizio delle esequie del papa! Oggi, mentre in città fervono i preparativi per il conclave!"

"L'elezione del nuovo pontefice si terrà a Ferrara?" domandò meravigliata la badessa.

"È così," annuì Vespertilio con un sospiro cavernoso. "E come certo capirete, in siffatte, delicatissime circostanze, ciò di cui non si ha assolutamente bisogno è il diffondersi della notizia di una monaca che, alla stregua del più infausto dei presagi, si sia tolta la vita seguendo l'esempio di Giuda Iscariota."

"Io non ho affatto parlato di suicidio," sottolineò Engilberta.

"Poco importa," tagliò corto il religioso. "Conosco bene suor Agata. Dopo anni trascorsi a raccogliere le confessioni delle spose di Cristo che alloggiano tra le mura di questo monastero, posso dichiarare senza alcuna esitazione che quella monaca era una pecora nera. Dietro i suoi modi placidi e obbedienti, nascondeva un'anima inquieta."

La badessa non riuscì a trattenere un fremito.

"Era piena di ossessioni e di rimorsi," soggiunse Vespertilio. "Più e più volte l'ho esortata alla penitenza, a combattere le tentazioni del demonio... ma proprio come una falena attratta dalla fiamma, ella ricadeva sempre nel peccato."

"*Quale* genere di peccato?"

"Non vorrete indurmi a spezzare il sacro vincolo della confessione!" si schermì il sacerdote.

Engilberta celò dietro un cenno di scuse la sua frustrazione. Vespertilio sapeva più di lei, ma le si parava di fronte come un forziere sigillato da un'inviolabile serratura. Un ricettacolo in cui erano ben custodite, insieme alle sue e a quelle di ogni altra consorella del claustro di San Lazzaro, le confidenze più intime di suor Agata. Confidenze che d'altro canto, rifletté la *magistra*, dovevano riguardare l'abitudine di quella monaca di uscire dal dormitorio durante le ore notturne. Ripensando dunque alla conversazione avuta con suor Beatrice, Engilberta si chiese se l'inquietudine cui accennava il sacerdote non fosse altro che un sentimento d'amore. Uno struggimento o una forma di passione così forte da aver prima indotto suor Agata a commettere il peccato della lussuria e poi risvegliato in lei un pentimento talmente insopportabile da spingerla al suicidio.

Poi però rammentò l'ombra che aveva visto fuggire dal chiostro. E il rumore dei cavalli giunti nella notte. E la piuma.

"No," concluse tra sé. "Non può essere così semplice."

"Come dite?" la richiamò all'attenzione Vespertilio.

Engilberta sollevò con prontezza la penna di pavone. "Quando vi ho mostrato questa piuma," sentenziò, "non ho potuto fare a meno di notare il vostro sgomento. Non provate a negare, vostra grazia! È, in effetti, lo stesso sentimento dal quale io stessa sono stata colta non appena ho saputo che questa piuma è caduta dalle vesti di suor Agata mentre il suo cadavere, liberato dal cappio, veniva trasportato lontano dal pozzo."

Vespertilio tornò a sedersi.

"Uno sgomento ben giustificabile, del resto," continuò la badessa, "per chiunque sia in grado d'intuire il *significato* di questa piuma."

"Se mi state sottoponendo un enigma," tentò di dissimulare il religioso, mentre si rigirava intorno all'indice l'anello d'oro, "me ne sfugge il senso."

"Davvero, nel vederla, non vi è balenata alla mente la corona di piume che cinge la *sua* sacra fronte?" lo incalzò Engilberta. "Davvero non avete pensato al *frygium*, la tiara sgargiante, il simbolo supremo del potere salvifico di Cristo?"

"Non osate aggiungere una parola!" la fulminò Vespertilio, sempre più nervoso. "Non avete prove che si tratti di *lui*!"

"Sua santità il papa," dichiarò tuttavia Engilberta, battendo i palmi sullo scrittoio. "Ancora ignoro se ciò riguardi il pontefice appena defunto o quello in procinto di essere eletto dal conclave," soggiunse, "ma la piuma di pavone va chiaramente interpretata come allusione a uno dei due." E si alzò in piedi con lapidario contegno. "Di qualsiasi mistero si tratti, suor Agata ne era coinvolta."

13.

“Ora vi impartirò tre ordini,” sentenziò padre Vespertilio, mentre sul suo volto si combatteva una violenta battaglia in cui prevalevano ora l’angoscia, ora il senso d’urgenza. “E non accetterò rifiuti.”

Engilberta continuava a stargli di fronte con i pugni stretti. “Comandate pure,” lo assecondò.

“Innanzitutto esigo che non facciate cenno ad anima viva degli argomenti dei quali abbiamo appena discusso,” la informò il sacerdote. “Soprattutto, badate bene, per quel che riguarda le vostre fantasie sul coinvolgimento del santo padre.”

“Fantasie?” ripeté la badessa, inarcando un sopracciglio.

“Non voglio sentire mai più simili assurdità uscire dalle vostre labbra,” chiuse la questione Vespertilio.

“Ma la piuma di pavone...” tentò di obiettare lei.

“In secondo luogo mi condurrete al luogo in cui giace la salma di suor Agata di Corteregia,” la zittì lui, con il tono di chi si rivolge a un’alunna indisciplinata. “Desidero esaminarla di persona, vedere coi miei occhi i segni lasciati dal cappio, così da poter fugare ogni perplessità su quanto mi avete riferito."

"Non vi fidate della mia parola?"

"Siete una donna," replicò lui con una punta di sprezzo, "ossia una creatura irrazionale e facile alla suggestione. Qualcosa d'importante potrebbe esservi sfuggito."

"Se questo è il vostro desiderio..." fu costretta ad accondiscendere la badessa, pur non approvando che un individuo esterno alla *familia* monastica, benché ministro di Dio, violasse la sacralità ipogea del *putridarium*.

"Per ultimo," concluse Vespertilio, "saliremo nella colombaia."

"Immagino intendiate inviare un piccione al vescovo."

Il religioso scosse il capo. "Sua eccellenza è subissato di impegni," sospirò. "Dovrò informare qualcun altro."

"Chi?"

"Una persona dotata di sufficiente autorità e acume da poter gestire la calamità di fronte alla quale ci troviamo."

"*Chi?*" insistette Engilberta.

"Non vi riguarda," la rintuzzò il sacerdote, suscitando in lei il desiderio di colpirlo in testa con il volume più pesante della libreria.

Senza curarsi dell'espressione contrariata della reverenda madre, Vespertilio puntò lo sguardo verso l'antica travatura del soffitto. "Se non m'inganno," parve ricordarsi di colpo, "è lassù che tenete i vostri pennuti."

"Rammentate bene," confermò lei. "La colombaia del cenobio trova sede in cima alla torre."

"In tal caso," ponderò il religioso, posando una mano sulle proprie ginocchia, "eviterei la seccatura di fare le scale per due volte consecutive," e si avviò verso l'uscita dello studio. "Perciò, se non vi crea disagio, ci occuperemo prima del messaggio da affidare al piccione e poi della defunta."

"Ai vostri ordini," snocciolò a denti stretti madre Engilberta.

14.

A Beatrice pareva fosse trascorsa un'eternità. Seduta in forzato silenzio tra le consorelle, teneva gli occhi puntati sulle fiammelle di un candelabro situato in un angolo del coro per evitare gli sguardi astiosi di suor Basilia. Non certo perché la temesse o perché fosse pentita di averla offesa. La vera difficoltà, per lei, consisteva nel resistere all'impulso di marciare verso quella boriosa e prenderla a schiaffi.

Si era permessa di accennare al suo passato. Di farsi beffe del suo nome e del suo adorato Manfredo. Di quel che aveva sofferto, e che soffriva ancora, nell'essersi ritrovata improvvisamente sola e indifesa dopo aver sfiorato per un attimo la felicità.

Stringendo le palpebre per evitare di versare lacrime, vide le fiamme delle candele trasformarsi in lanuginose lance dorate. Sbarre di luce rivolte verso l'alto. Sbarre che la imprigionavano in una cella di compunzione e di obbedienza.

Aveva detto bene, quella vipera di Basilia. Lei non era come tutte le altre consorelle di San Lazzaro. Prima di prendere il velo monacale, era stata donna e moglie. Aveva conosciuto le gioie di essere sposata a un uomo in carne e ossa. Il calore degli abbracci notturni e la dolcezza del risvegliarsi in un talamo adorno di coltri sgargianti. E aveva pure conosciuto gli onori derivati dal prestigio del casato cui apparteneva.

Tesori tramutati in polvere in un batter di ciglio. Al sopraggiungere di una semplice lettera.

Sussurrò un *amen* per porre termine a quel triste concatenarsi di pensieri e tornò a osservare le religiose nerovestite sedute nel coro. In fin dei conti non era del tutto sola, si consolò Beatrice. Alcune di quelle anime pie le erano vicine, quasi amiche. Proprio come stava per diventarlo suor Agata. Una monaca giovane, ancora più giovane di lei, con la quale aveva iniziato a instaurare un rapporto di timida complicità. Sedendo una accanto all'altra a mensa. Bisbigliando commenti spiritosi sui rispettivi lavori di cucito. Scambiandosi pizzichi e occhiate per tenersi sveglie durante le interminabili prediche di padre Vespertilio.

Suor Agata però nascondeva un segreto.

Beatrice ci aveva messo un po' a scoprirlo. Ma notte dopo notte, vedendola alzarsi dal giaciglio e sgattaiolare fuori dalla grande stanza del dormitorio, si era resa conto che Agata non usciva a passeggiare nel buio per il semplice scopo di cercar requie dall'insonnia. Scappava per incontrare qualcuno.

Un'altra consorella, secondo alcune malelingue, in allusione ai modi fin troppo mascolini della portinaia o al carattere ambiguo della Civetta. Oppure, come supponevano certune, un amante esterno al monastero e uso a insinuarsi con il favore del buio fra le arcate del chiostro.

C'era una terza voce, però, a circolare fra le consorelle.

Un'insinuazione maligna, alla quale Beatrice si rifiutava di dar credito. Anche se, ora più che mai, quelle parole parevano trovare un indiscutibile quanto sinistro fondamento.

Suor Agata si sarebbe recata fuori dal dormitorio per adorare il diavolo.

Affiorando di colpo da quel rimuginare, la novizia scoprì su di sé le iridi azzurre di madre Engilberta.

Proprio in quel momento, la *magistra abbatissa* stava passando accanto al coro in compagnia di padre Vespertilio. Torva e inusualmente rigida nell'incedere, seguiva il sacerdote con l'aria stizzita di una padrona di casa costretta a diventare la serva di un ospite sgradito.

Prima che Beatrice potesse notare altro, tuttavia, Engilberta mormorò una parola all'orecchio del religioso e, ottenuto da lui un rapido cenno di assenso, si fermò davanti alle sue monache.

"Devote figliole," dichiarò con voce afflitta, "le circostanze m'impongono di pretendere da voi un ulteriore sacrificio, chiedendovi di prolungare questa funesta attesa. Sto conducendo sua grazia, padre Vespertilio, a far visita alla nostra sorella defunta, affinché egli le impartisca il sacramento dell'estrema unzione. Nel mentre, vi esorto a pregare."

Prendendo rapido congedo, Engilberta accennò quindi a voler raggiungere il sacerdote, che l'attendeva con una smorfia impaziente sotto un'arcata. Ma prima di riprendere il cammino scoccò un'occhiata severa verso Beatrice. "E in quanto a te, litigiosa impudente!" la rimproverò mentre, piombando su di lei, le artigliava una mano. "Non sperare che il tuo atto di arroganza resti impunito. Sali subito sulla torre e attendimi davanti alla porta dello studiolo! Al mio ritorno, provvederò io stessa a impartirti la giusta penitenza."

Dopodiché, senza più nulla aggiungere, si voltò di scatto e si allontanò.

"L'estrema unzione a una Saffo suicida!" sbuffò acidamente suor Basilia, non appena la *magistra* e il sacerdote ebbero varcato l'usciolo diretto alla cripta.

Beatrice scambiò un'occhiata con la vecchia Celeste, che le sedeva di fronte.

Quindi, cercando di non farsi notare dalle consorelle, aprì con cautela la mano destra e lesse il biglietto che la badessa le aveva messo nel palmo.

15.

L'anello di monache raccolte intorno al corpo della defunta continuò a recitare i versetti del *De profundis* fino a quando Engilberta e Vespertilio non furono a un passo dal catafalco.

"Concedeteci un attimo," le interruppe gentilmente la badessa, per poi esortarle con un rapido gesto a uscire dal *putridarium*. "Nell'attesa che io e il reverendo padre svolgiamo i nostri gravosi uffici," aggiunse, "avete il permesso di seguitare a intonare gli inni funebri nella cripta."

Obbedienti al comando, le religiose sciolsero il sacro cerchio di protezione e si avviarono una per volta verso l'uscita, mentre Vespertilio, con una manica della cappa premuta sul naso, osservava tra l'allibito e lo sgomento i vecchi cadaveri semidecomposti adagiati sui seggi. Un pellegrino smarritosi per caso in un anfratto dell'oltretomba.

"Guardate," lo richiamò all'attenzione Engilberta.

Curva sulla salma di suor Agata, stava indicando il soggolo gualcito e mezzo lacero.

Il sacerdote fu subito al suo fianco. "Non scorgo alcuna ferita," replicò. Quindi accennò con aria irritata alla tonaca di lana scura che fasciava dalla testa ai piedi la defunta. "Perché è ancora vestita di tutto punto?"

"Per rispetto," rispose la *magistra*. Poi tracciò una croce sulla fronte di suor Agata e le tolse la fascia di tessuto allacciato sotto il mento, scoprendo il collo.

L'ecchimosi violacea lasciata dal cappio era ben evidente.

"Ci sono altri segni?" volle sapere Vespertilio.

Anziché rispondere, Engilberta restò a fissare i terribili lividi sulla gola della defunta.

"Se, come da vostra insinuazione, suor Agata non avesse compiuto di propria iniziativa questo gesto infame, ma fosse stata uccisa da qualcun altro, potrebbe aver tentato di difendersi," specificò allora il sacerdote. "E in tal caso, presumo, le sue membra recherebbero traccia di qualche altra lesione."

"Avete ragione," riemerse dal suo mutismo la religiosa, aggrappandosi all'inaspettata speranza di trovare in quel ministro di Dio un alleato.

"Dunque?" la incalzò Vespertilio. "Avete già provveduto a far controllare il resto del corpo?"

"Non c'è stato tempo," lo deluse lei, insinuando una punta di menzogna. "Tutto è avvenuto troppo in fretta. Prima del vostro arrivo, ogni mio singolo istante è stato occupato dalla necessità di tener calme le mie consorelle."

Il sacerdote scostò la manica dal viso, lasciando trapelare una smorfia stizzita. "Non pretenderete certo che sia io a mettere a nudo le membra di questa povera serva di Cristo."

"Non vi permetterei mai di farlo."

"In tal caso," sospirò Vespertilio, "iniziamo con l'esame delle mani e dei polsi. Le parti più esposte, in caso di colluttazione, a subire percosse e ferite d'altro genere." Quindi scoccò un'occhiata di rimprovero alla badessa. "Per il resto, suppongo dovrò attendere."

"Incaricherò quanto prima la sorella *infirmaria* di svolgere una perizia accurata," gli promise Engilberta.

"Fatelo all'istante," sottolineò lui. "Non posso trattenermi a lungo fra queste mura, rammentate?"

Benché insofferente a quei modi autoritari, Engilberta si recò subito nell'ambiente attiguo della cripta e chiamò a sé una delle oranti. "Sali nella navata," le ordinò, "e di' a suor Ambrosia di scendere immediatamente qui sotto."

"Ai vostri ordini, *magistra abbatissa*," obbedì la consorella.

Rientrata quindi nel *putridarium*, la badessa scoprì padre Vespertilio già intento a sollevare una mano della defunta. La sua fronte pareva alquanto aggrottata.

"Avete scoperto qualcosa?" non poté esimersi dal chiedere.

Il sacerdote attese di averla vicina. Dopodiché, senza proferire verbo, le mostrò il palmo sinistro di suor Agata.

Engilberta spalancò gli occhi per la sorpresa.

Sull'epidermide nivea della defunta, scostata di poco dall'attaccatura del pollice, era tracciata una piccola croce nera.

"È capovolta!" sentenziò Vespertilio, col tono ripugnato di chi pronunzia un anatema.

16.

Per un attimo, Beatrice fu ben lieta di allontanarsi dalla semioscurità carica di tensione del coro. Ma non appena si trovò fuori dalla chiesa, sotto le arcate del chiostro, ripensò al messaggio che le era stato consegnato di nascosto dalla badessa.

Conteneva due frasi.

La prima rivelava l'esistenza di un passaggio segreto.

La seconda le impartiva un ordine a dir poco criptico.

Nell'incapacità di comprendere le intenzioni di Engilberta, oltre al motivo per cui la reverenda madre si fosse rivolta proprio a lei, Beatrice affrettò il passo verso la torre e, dopo essersi guardata alle spalle per sincerarsi di non essere seguita, ne varcò l'entrata.

Benché il messaggio non lo dichiarasse in modo esplicito, alludeva senz'ombra di dubbio a una missione clandestina da svolgersi con la dovuta cautela. Ragion per cui, non appena fu all'interno dell'edificio, la novizia si curò di chiudere il battente e, grazie alla luce del mattino che penetrava da una nicchia collocata sopra l'ingresso, andò alla ricerca del passaggio.

Posterula turris se occultat in tabulatum inferius, post taurum, spiegava la prima frase.

Nonostante si fosse espressa in latino, Engilberta aveva usato delle parole semplici per assicurarsi di essere compresa, pur serbando, tuttavia, una certa oscurità. Se infatti *tabulatus inferius* si riferiva chiaramente al piano inferiore della torre, l'espressione *post taurum*, "dietro il toro", risultava di assai dubbia interpretazione.

Beatrice però non era solita perdersi d'animo e, fiduciosa di trovare risposta all'enigma, iniziò a guardarsi intorno, rendendosi conto di quanto poco familiare le fosse quell'ambiente.

Ogni volta che ci aveva messo piede, era sempre stato in fretta e di passaggio, per imboccare i gradini diretti allo studiolo della badessa o alla colombaia, senza mai prestare attenzione agli oggetti disposti lungo le pareti dell'atrio. Vestigia di un'epoca remota, per lo più. Armi, pezzi di armatura e catene arrugginite, anfore di terracotta e gonfaloni coperti di ragnatele.

Nulla che richiamasse le parole scritte da Engilberta.

Il passaggio si occulta dietro il toro, rimuginò Beatrice, mentre iniziava a chiedersi se l'espressione *post taurum* potesse per caso essere interpretata anche in un altro modo.

Non era ancora riuscita a darsi risposta quando colse un debole riflesso di luce proveniente dal sottoscala.

A produrlo, scoprì ben presto, era stato un disco di ottone.

Un antico scudo fissato alla parete, con al centro un'immagine scolpita a sbalzo. Il muso di un toro.

“Per gli occhi di santa Lucia...” mormorò Beatrice, mentre posava le mani su quel clipeo proveniente dal passato.

La superficie era ruvida, segnata da una quantità di solchi rettilinei simili a cicatrici. Fendenti di spada, arguì in un crescendo di suggestione.

Dopodiché, fece caso a un altro particolare.

Lo scudo non si appoggiava direttamente alla parete. Buona parte del muro collocato sotto la rampa delle scale era infatti coperta da un arazzo polveroso che scendeva raggrinzendosi fino al pavimento.

Post taurum, rimuginò Beatrice.

Vinto un attimo di esitazione, mosse le dita sulla trama del tessuto e con un fremito di eccitazione percepì il vuoto dietro l’arazzo.

Non si trattava di un arazzo, ma di una tenda! Come quelle attraverso le quali comparivano e sparivano gli attori delle sacre rappresentazioni organizzate durante i giorni di Natale e di Pasqua nella piazza della cattedrale.

Accompagnata da quel pensiero, la monaca s’inginocchiò e sollevò un margine inferiore del drappo, ritrovandosi a fissare una cavità oscura dalla quale proveniva un alito di aria viziata.

La parte iniziale dell’enigma era risolta, si disse. Ora non le restava che confidare in Dio e scoprire in quale luogo intendesse condurla madre Engilberta.

Ma prima, rifletté mentre scrutava le tenebre oltre il passaggio, sarebbe stato assennato trovare un lume.

17.

“Una croce capovolta,” ripeté padre Vespertilio, lasciando cadere la mano della defunta con un gesto pieno di ribrezzo.

Anziché replicare, madre Engilberta s’inchinò a fianco di suor Agata e osservò il disegno. Tracciato con l’inchiostro di galla, intuì. Lei stessa, a causa dell’assiduo lavoro allo scrittoio, aveva i polpastrelli perennemente macchiati da quella sostanza. Il segno che stava osservando, però, era troppo accurato per essere stato causato da un uso maldestro del pennino. Era voluto.

“Io vedo una semplice croce,” minimizzò. “Che sia dritta o rovesciata, dipende soltanto da quale punto la si osserva.”

Il sacerdote abbozzò una smorfia diffidente. “E perché mai una monaca suicida avrebbe dovuto tratteggiarla sulla propria pelle?”

“Non abbiamo ancora stabilito se si tratti oppure no di suicidio,” gli rammentò la badessa, mentre si rialzava in piedi per fissarlo dritto negli occhi. “E in quanto alla costumanza di disegnare delle croci sul proprio corpo, sapete meglio di me quanto sia antica. Gli etiopi nestoriani, per esempio, sono avvezzi a marchiarla a fuoco sulla fronte. E in quanto alle genti delle nostre contrade, esse a volte si affidano a questa pratica al mero scopo di sentirsi protetti o più vicini a Dio. O più semplicemente, per suggellare un giuramento."

"Un giuramento?" ruminò Vespertilio.

"La mia era solo una congettura," corse ai ripari Engilberta. "Del resto, se i cavalieri giurano sulle loro spade, perché una sposa di Cristo non potrebbe farlo affidandosi al suo calamo?"

"E a quale giuramento si sarebbe votata, a vostro parere, un'anima inquieta come suor Agata di Corteregia?"

La reverenda madre distolse lo sguardo. Non per timore di non saper rispondere, ma per nascondere il peccaminoso sentimento di curiosità che, ne era certa, trapelava a chiari segni dal suo volto.

Era ancora indecisa, tuttavia, su quali argomenti deviare il discorso, quando un rumore di passetti felpati la indusse a voltarsi.

Una figura minuta dal viso rubicondo stava varcando l'ingresso del *putridarium*.

"Suor Ambrosia," la salutò Engilberta, in cuor suo sollevata. "Siete stata lesta."

"Mi è stato riferito che avete bisogno di me," si limitò a ribattere la nuova arrivata, con un soave accento francese, mentre indirizzava un gesto ossequioso verso il sacerdote.

"Bisogno è dir poco, sorella *infirmaria*," borbottò quest'ultimo, per poi indicare il corpo disteso sul catafalco. "Urge un esame accurato della salma."

Al suono di quell'ultima parola, suor Ambrosia torse la bocca. "Non sarebbe meglio aspettare fino a domani?" e si voltò verso la badessa. "Per rispetto nei confronti della nostra consorella, intendo. Secondo alcune credenze, l'anima di suor Agata potrebbe ancora risiedere nel sacello delle sue spoglie mortali."

"Purtroppo il tempo ci è nemico," sospirò Engilberta. "Sua grazia il confessore è incalzato da gravose incombenze, ma, essendo egli d'indole troppo rigorosa per trascurare le proprie responsabilità, vorrebbe farsi un'idea chiara dell'accaduto prima di lasciare il nostro monastero."

"Così che mi sia possibile informare il vescovo," specificò il religioso, dopo aver annuito. "Come ben sapete, devote *sorores*, all'interno di questo claustro io sono i suoi occhi e le sue orecchie."

"Naturalmente," lo assecondò la badessa, invitandolo a dirigersi verso l'uscita.

"Ma io devo essere testimone!" obiettò Vespertilio.

"Non pretenderete sul serio di assistere alla spoliazione di quella poverina!" lo zittì Engilberta.

"D'altro canto, se non mi venisse concesso di appurare personalmente le condizioni della salma..." replicò il ministro di Dio.

"Suor Ambrosia ha studiato scienze naturali in Franconia, nello *scriptorium* dell'abbazia di Fontevraud, ed è una perfetta conoscitrice della fisiologia umana," tagliò corto la religiosa, lasciando trapelare un'ombra di orgogliosa indignazione. "Sarà sua cura porgerci notizia di ogni benché minimo segno o ferita in cui dovesse imbattersi durante l'esame delle membra di suor Agata." Dopodiché lo prese per un braccio e lo accompagnò con fermezza fuori dal cubicolo.

"In tal caso," volle raccomandarsi Vespertilio, "controlli con attenzione che sulla sua pelle non compaiano altre croci capovolte!"

18.

Per un attimo Beatrice non vide altro che pareti di pietra e un soffitto coperto di muffa dal quale pendeva un groviglio di radici. Poi il cunicolo iniziò a salire, aprendosi in una cavità affacciata sul verde e sulla luce.

Prima di superare quell'ultimo tratto, la monaca si curò di smorzare la fiamma della lanterna che le aveva rischiarato il cammino e la pose a terra, in un punto in cui fosse certa di riuscire a ritrovarla. Sollevati gli orli della tonaca, proseguì quindi verso l'esterno, lieta di poter finalmente respirare all'aria aperta.

Ad accoglierla fu l'ispido intreccio di una tamerice, dopodiché si riscoprì sotto le chiome dei nespoli e comprese di essere vicina al monastero. Così vicina, rimuginò, che se non fosse stata attenta a muoversi con la dovuta cautela avrebbe rischiato di essere scoperta dalla sorella portinaia o da suor Nicodema, di sicuro appollaiata alla finestra della cella campanaria.

Domandandosi ancora una volta in quale genere d'intrigo la stesse coinvolgendo Engilberta, Beatrice si mosse nella direzione opposta al cenobio, inoltrandosi in una coltre di foschia perlacea che aleggiava fra i tronchi degli alberi.

Al contrario di quanto aveva creduto di scorgere mentre usciva dal passaggio segreto, il mattino era grigio e ombroso, al punto di indurla a valutare se non fosse il caso di tornare indietro per recuperare la lanterna. Ma un attimo prima che decidesse in tal senso, la vista di una radura sfiorata da un raggio di sole la invitò a proseguire.

Giunta in quel luogo, Beatrice sedette sulla gobba di una radice e si concesse una pausa per rileggere il messaggio della reverenda madre.

Incede usque ad quercus et investiga signa transitus equorum, c'era scritto. "Procedi fino alle querce e cerca segni del passaggio di cavalli."

"È forse uscita di senno?" sbuffò la novizia.

Non era la natura clandestina di quell'impresa ad avvilirla, ma, ancora una volta, l'ambiguità delle istruzioni di Engilberta.

Signa transitus equorum, rimuginò, nell'incapacità di comprendere se quell'espressione alludesse a un sentiero di terra battuta o a una scia di impronte. E se i cavalli ai quali accennava la badessa fossero bestie libere di vagare allo stato brado o destrieri condotti da cavalieri.

Rialzatasi in piedi, allungò il passo verso il punto in cui la distesa di nespoli confinava a nord con il querceto e a ponente con un piccolo specchio d'acqua circondato da ciuffi di giunco nero e fiori di ranuncolo. Benché le mura di Ferrara distassero meno di un'ora di cammino, quel luogo conservava un'atmosfera romita e selvaggia. Un'*insula*, usava definirlo la priora Ursiana con una punta di aristocratico disprezzo.

Un trepestio sul suolo la strappò di colpo ai suoi pensieri, spingendola a nascondersi dietro un tronco.

Il rumore di un cavallo al galoppo.

Domandandosi chi potesse essersi spinto così lontano dalla strada che portava alla città e al fiume Padus, Beatrice avanzò a testa china fin dietro un roveto. Ormai aveva raggiunto il luogo indicato dal messaggio. Le querce si levavano alte e maestose sopra di lei, gettando ombre inquiete sul groviglio di un sottobosco ammantato di bruma. Era lì che madre Engilberta la esortava a trovare dei *signa*, degli indizi. Ma a quanto pareva, la novizia era in procinto d'imbattersi in qualcosa di assai diverso. E forse, di pericoloso.

Acquattandosi tra le foglie, tese le orecchie per capire da quale direzione stesse provenendo il destriero. Il rumore dei suoi zoccoli si faceva ora più distinto ora più fioco, quasi le girasse intorno. Come una fiera a caccia della preda, non poté fare a meno di pensare.

Poi, di colpo, lo vide.

Un baio dall'andatura imponente montato da un uomo vestito di cuoio e metallo.

Beatrice rimase immobile, nella speranza di passare inosservata. Ma dopo una breve indecisione, il cavaliere spronò la bestia proprio verso di lei. Quasi avesse fiutato il suo odore.

Aveva una grande spada fissata alla sella e il viso coperto dal cappuccio di un capperone. La monaca non poté scorgere altro, poiché all'improvviso, così come si era avvicinato, l'armigero parve cambiare idea e voltò il destriero con un colpo di briglia, sparendo veloce tra gli alberi.

Incerta se restare ancora nascosta o uscire allo scoperto, Beatrice si mantenne in ascolto, senza curarsi delle spine di rovo che s'impigliavano nell'abito. Quelle selve, pensava, facevano parte dei possedimenti del monastero di San Lazzaro, ed erano precluse a chiunque non avesse un salvacondotto o il permesso del vescovo di attraversarle.

Ma era un ben altro genere d'incognita a turbarla.

E se fosse proprio questo, si disse, *che Engilberta mi ha mandato a cercare? Se ella mi avesse inviata fin qui per trovare segni del passaggio di quel misterioso cavaliere?*

Immersa in simili meditazioni, la monaca fece per rialzarsi in piedi quando, con un sobbalzo di paura, notò che a pochi passi da lei c'era qualcun altro celato sotto il groviglio dei rovi.

Un uomo sdraiato supino.

Con uno squarcio nel collo dal quale traboccava un ciuffo di erba secca.

19.

“Non ho trovato alcuna lesione o ferita,” disse suor Ambrosia, mentre sistemava un crocefisso di legno sul petto della defunta. “Eccetto il livore lasciato dal cappio, ovviamente.”

Madre Engilberta si avvicinò al catafalco. Ora suor Agata era avvolta da una semplice camiciola di tela bianca lunga fino ai piedi. Senza la tonaca nera e con i capelli corti lasciati liberi dal velo, non pareva altro che un bozzolo vuoto esposto all’oblio e alla consunzione. “Nessun indizio a sostegno dell’ipotesi che si sia difesa o abbia agito contro la propria volontà?” domandò.

L’*infirmaria* scosse il capo.

“Ciò conferma che si è impiccata,” concluse padre Vespertilio, appostato con le braccia conserte sulla soglia del *putridarium*.

“Non conferma un bel niente, invece,” obiettò la badessa. “La questione è tutt’altro che risolta.”

Il religioso abbozzò un sorriso misericordioso. “È comprensibile. L’affetto per la vostra pecorella smarrita v’induce a negare l’ovvio.”

"Da come la vedo io, qui non c'è niente di ovvio," insistette Engilberta. "Perché niente accade senza un motivo. Soprattutto se una giovane vita giunge a spegnersi in modo tanto innaturale."

"Solo Dio può sapere a quali gesti estremi possano spingerci i nostri demoni interiori. E suor Agata ne aveva molti, ve l'ho già detto. Era un'anima tormentata."

C'è caso che abbiate ragione, fu tentata di ribattere la reverenda madre. *Però io ho udito il grido e ho visto l'ombra fuggire dal chiostro. L'ombra di qualcuno forse giunto e fuggito a cavallo.*

Non aveva ancora deciso, tuttavia, se confidare al religioso quei segreti quando il brusio delle preghiere provenienti dall'ambiente attiguo della cripta s'interruppe, attirando la sua attenzione verso una sagoma monumentale appena comparsa alle spalle di padre Vespertilio.

"Suor Prospera," la riconobbe Engilberta, accigliandosi. "Quale infausta notizia ti ha imposto di scendere fin qua sotto?"

Mantenendosi ferma alle spalle del sacerdote, la portinaia rimuginò un istante come se non riuscisse a trovare le parole giuste. "La vostra presenza è richiesta al piano superiore," rivelò infine.

"Da chi?"

Prospera si limitò a dirigere un'occhiata furtiva verso Vespertilio, a intendere che sarebbe stato meglio mantenere il riservo su quell'informazione.

"Capisco," tagliò corto la badessa. Rivolta un'ultima, fosca occhiata al corpo di suor Agata, prese veloce commiato dal rappresentante del vescovo e si avviò verso l'uscita. "Tornerò il prima possibile," furono le sue ultime parole.

Un attimo dopo, Engilberta stava percorrendo la parte terminale della navata in direzione dell'atrio. Suor Prospera era rimasta muta come una tomba, un velo d'inquietudine teso sul suo volto di virago. Si trattava forse di suor Beatrice?, non osava chiederle la badessa.

Giunta sotto all'arco del portale, rimase a dir poco interdetta.

Un uomo in sella a un cavallo la attendeva nello spiazzo esterno del monastero. Fasciato da un usbergo e col capo coperto da un cappuccio di cuoio, torreggiava su di lei con un'aria di arcigna impazienza.

Engilberta avanzò senza alcuna esitazione.

"Cosa ci fate *voi* nelle mie terre?" lo affrontò recisa, dopo averlo scrutato in volto. "Vi avevo intimato di non tornare mai più."

L'uomo si piegò in avanti e accarezzò la criniera del destriero. "Voglio parlare con lei," replicò a bassa voce.

"Non è possibile," ribatté la badessa. "Non adesso, comunque."

"È un mio diritto," insistette il cavaliere.

Engilberta emise una risata stridula. "Non godete di alcun diritto in questo luogo, messer Guido."

"Nemmeno quello di asilo?" la colse di sorpresa lui, dopo aver storto la bocca al sentir pronunciare il proprio nome.

“Cosa intendete dire?” sobbalzò lei.

L’armigero posò le mani sulla parte anteriore dell’arcione e, dopo aver spostato il peso del corpo sulla staffa di destra, smontò dalla sella.

“Ho commesso un crimine,” dichiarò. “Se non mi concederete la vostra ospitalità e protezione, prima del vespro avrete la mia vita sulla coscienza.”

Terza campana
Ora prima

Discepolo. In quante parti si divide il giorno?
Maestro. In tre.
Discepolo. Quali sono?
Maestro. Il mattino, il meriggio e l'ultima parte, detta suprema. Il mattino si svolge dal sorgere del sole fino al concludersi dell'ora terza. Il meriggio da dopo l'ora terza fino all'ora nona. La parte suprema dall'ora nona fino al calare del sole.

BEDA IL VENERABILE,
De divisionibus temporum, VIII

20.

Quando Beatrice era ormai a pochi passi dal monastero, le campane già scandivano i rintocchi dell'ora prima e il cielo iniziava a schiarirsi, sovrastando con la sua luce argentata gli alberi vestiti d'autunno. Procedendo come un animale da preda sotto il loro fogliame, la novizia continuava a pensare al corpo accasciato sotto il roveto. Il secondo cadavere in cui era incappata dal momento in cui, al battere del mattutino, aveva aperto gli occhi.

Presa da tali pensieri, stava per commettere l'errore di uscire allo scoperto per dirigersi verso il portale della chiesa, quando si rammentò della segretezza della sua missione. Se non voleva essere vista dalle consorelle ed essere costretta a dare spiegazioni sul perché fosse uscita dal claustro, sarebbe dovuta rientrare furtivamente, attraverso il passaggio sotterraneo collegato alla torre.

Ma non aveva ancora iniziato a muoversi in quella direzione quando notò qualcosa d'inaspettato.

Davanti alla facciata dell'edificio, accanto al carro di padre Vespertilio, c'era un cavallo baio bardato di tutto punto.

Beatrice non poteva essere certa che si trattasse dello stesso destriero che aveva visto comparire dalla foschia mentre si aggirava nel bosco. Però, valutò, sarebbe stata una ben strana coincidenza imbattersi in un così breve lasso di tempo in due bestie tanto somiglianti tra di loro. Di conseguenza, doveva essere per forza di cose lo stesso cavallo.

E il suo padrone?, si domandò.

Immaginando che quell'uomo non fosse molto lontano, e ignorando quali motivazioni avessero spinto un individuo dall'aspetto tanto minaccioso a sostare presso il monastero di San Lazzaro, la novizia ripiegò tra i nespoli per andare in cerca del passaggio segreto.

Desiderava soltanto ritrovarsi al sicuro tra le mura del claustro e riferire a Engilberta quanto scoperto, così da condividere con lei l'orrendo fardello ricaduto sulle sue spalle e meditare con calma sull'accaduto.

Individuato l'imbocco del sotterraneo, recuperò subito la lanterna e, dopo averla accesa, s'incamminò in fretta lungo il cunicolo, senza preoccuparsi di urtare contro le radici scheletriche che pendevano dal soffitto.

La morte di suor Agata, il cadavere sgozzato e l'avvento del cavaliere… rimuginava nel frattempo. Si trattava di eventi slegati, messi in fila semplicemente dal caso, oppure tra l'uno e l'altro intercorreva un nesso? E se sì, in quale misura era coinvolto il monastero di San Lazzaro?

Immersa in quel fitto rimuginare, Beatrice quasi non si accorse di essere giunta al termine del cunicolo. Poi il baluginio della lanterna si posò sui contorni di un'imboccatura, permettendole di riconoscere l'ordito lanuginoso dell'arazzo che vi era appeso davanti.

Due voci risuonavano sul lato opposto, una maschile e l'altra femminile.

"Dovrei alloggiare in questo rudere?" diceva la prima, in tono scontroso.

"La torre è più solida di quanto crediate," rispose la seconda, nella quale Beatrice riconobbe all'istante madre Engilberta. "Inoltre non saprei dove altro nascondervi."

"Voi monache non avete un dormitorio?"

"Il dormitorio, così come il chiostro, lo spazio della *schola cantorum* e l'aula della mensa vi resteranno interdetti. E se mai dovessi venire a sapere che durante la vostra permanenza in questo luogo vi siete avvicinato di vostra iniziativa a una delle mie consorelle..."

"Guai a me!" sghignazzò l'uomo.

"Non sfidate la mia pazienza, messere. La situazione è grave, e non desidero affatto vederla peggiorare."

"Temete che la mia presenza possa gettar scompiglio in questa gallinaia?"

"Giuratemi che non accadrà."

"Lo farò in cambio di una promessa."

"So bene a cosa alludete," si esacerbò la badessa, "ma io non sono avvezza a cedere ai ricatti. Soprattutto se a mettermi alla prova è un individuo che si rifiuta di confessare per quale genere di misfatto pretenderebbe il diritto di asilo."

"Il crimine di cui mi sono macchiato," abbassò la voce l'uomo, "non è affar vostro. Mentre invece..."

"Se quel crimine non era affar mio," lo interruppe Engilberta, "lo è diventato nel momento stesso in cui ho acconsentito a darvi protezione."

"Mentre invece..." rimarcò imperterrito lo sconosciuto, "l'*altra* questione che mi ha portato fin qui vi riguarda molto da vicino."

"Avremo modo di discuterne più tardi," glissò la reverenda madre. "Ora sono reclamata da incombenze assai urgenti."

"Più urgenti della mia?" parve meravigliarsi l'uomo.

"Salite fino al piano alto della torre," finse di non averlo udito la *magistra abbatissa*. "Troverete un cubicolo attiguo alla colombaia. Provvederò quanto prima a procurarvi del cibo e un paglericcio."

"E il mio cavallo?" insistette l'individuo. "Se gli sgherri che mi danno la caccia, passando di qui, dovessero riconoscerlo..."

"Darò ordine alla sorella portinaia di dissellarlo e di condurlo nella stalla," tagliò corto Engilberta.

"Che venga trattato con riguardo," si raccomandò il misterioso interlocutore. "È una gran bestia."

Curiosa di scoprire l'identità di quello sconosciuto, Beatrice non resistette all'impulso di scostare un lembo dell'arazzo dietro il quale era nascosta per guardarlo in volto.

Ciò che vide, tuttavia, fu solo l'enorme schiena di un figuro incappucciato intento a disegnare un rigido inchino di congedo.

"Sarà bene per voi," lo sentì proferire, "che la mia attesa non sia troppo lunga."

Dopodiché lo sconosciuto si avviò verso le scale.

21.

Engilberta rimase ferma a guardare l'uomo in cotta di maglia salire le scale fino a quando non l'ebbe visto scomparire fra i tornanti a chiocciola della rampa. Poi, certa di non essere né vista né udita, si avvicinò allo scudo del leone.

"Ora puoi uscire," disse a bassa voce.

Dopo un attimo di silenzio, il drappo si scostò, mettendola di fronte all'espressione sbigottita di Beatrice. "*Magistra abbatissa*... come facevate a sapere che mi trovavo qui dietro?"

"Dal momento che sono stata io a guidarti verso quel passaggio nascosto," le rammentò Engilberta, "supponevo potessi essere già di ritorno. Inoltre," aggiunse con una nota di sarcasmo, "mentre parlavo con il nostro sgradito ospite ho scorto il bagliore della tua lucerna attraverso l'ordito dell'arazzo."

"Chi era quell'individuo?" ne approfittò per chiederle la novizia, uscendo dal pertugio.

La reverenda madre osservò il suo volto graffiato dai rovi e l'abito coperto di piccoli strappi e ragnatele. "Cos'hai scoperto?" la interrogò, tralasciando di rispondere alla sua domanda.

L'attenzione di Beatrice però era rivolta verso la sommità delle scale. "Credo sia lo stesso cavaliere in cui mi sono imbattuta nel bosco," insistette.

"Ti ha vista?" si accigliò la badessa.

La giovane monaca scosse il capo. "Mi sono nascosta in tempo."

Dopo aver sistemato l'arazzo in modo che il passaggio rimanesse ben celato, Engilberta invitò la novizia a seguirla all'esterno. "Dovrai cambiarti d'abito," disse, "per evitare di suscitare qualche sospetto nelle consorelle. Ma prima riferiscimi cos'hai scoperto."

Beatrice esitò.

"Ebbene?" la incalzò la *magistra*.

"Escluso il baio montato da quell'armigero," rispose la novizia, "non ho scorto alcuna traccia di cavalli," e abbassò lo sguardo. D'un tratto il suo volto si era fatto pallido e le labbra iniziavano a tremare. "Però c'era ben altro, ad attendermi fra le querce e i rovi… Un corpo."

"Un corpo?" ripeté Engilberta.

"Il cadavere di un uomo."

"Sii più precisa," tentò di mantenere la calma la badessa. "Parlami del suo aspetto, intendo. Delle condizioni in cui versava."

"È stato sgozzato," rivelò Beatrice con una smorfia di ribrezzo. "E la ferita sembrava fresca."

Engilberta si tracciò sul petto un rapido segno della

croce. “Non può essere un caso,” rimuginò. E, afferrandola per un polso, iniziò a trascinarla. “Ora,” sentenziò, mentre la spronava a seguirla fra le colonne, “farai esattamente quel che ti comanderò.”

“Altri ordini misteriosi?” obiettò la giovane, opponendole resistenza.

Engilberta si limitò a strattonarla con forza.

“Perché proprio io?” continuò a protestare Beatrice. “Perché non vi rivolgete a un’altra consorella? Magari a una delle anziane, nella quale potreste riporre maggior fiducia?”

“Perché tu sei diversa,” dichiarò la *magistra*, perseverando a tirarla come se fosse alle prese con un mulo.

“Non capisco! Diversa da chi?”

“Dalle altre *sorores*,” le spiegò recisa Engilberta, senza curarsi di urtare la sua sensibilità. “Molte di quelle pie donne *sono nate* per essere monache, capisci? Educate fin dall’infanzia alla vita isolata e all’obbedienza. Tenute lontane dalle insidie del mondo, al punto da restare pure e ingenue come bambine… Al punto da non sapersi orientare se dovessero trovarsi al di fuori di un recinto monacale! Mentre tu…” e allungò la falcata verso l’edificio del dormitorio, ormai vicino, “tu conosci le malizie degli uomini, hai esperienza delle minacce in cui ci si può imbattere al di fuori di questo claustro!”

“E con questo?”

“Forse sei un dono del Signore,” ribatté la badessa, sempre più criptica. “Forse egli, nella sua infinita lungimiranza, ti ha inviata in questo luogo come suo strumento.”

"Ora mi spaventate!"

Continuando a tenerla stretta per il polso, Engilberta la spinse all'interno di una porta. "Corri nell'aula comune, lavati il viso e indossa una tonaca pulita," le comandò. "Poi torna qui, da me, affinché t'istruisca a dovere."

"Su quale genere d'incarico?" pretese di sapere Beatrice.

"Dovrai trasportare il cadavere dello sgozzato nel luogo che ti dirò," si limitò a spiegare la *magistra abbatissa*, per poi squadrarla da capo a piedi come per valutarne la robustezza. "Però avrai bisogno di aiuti."

"Ma..." fece la monaca in un crescendo di turbamento.

"Ora va'! Spicciati a cambiarti d'abito!" tagliò corto Engilberta. "Oggi dovrai essere coraggiosa. Proprio come lo sei stata quando hai sfidato suor Basilia nell'abside. Ti ho osservata bene, mentre la affrontavi." E le rivolse un sorriso complice. "È stato in quel preciso momento che ho deciso che saresti stata *tu* ad aiutarmi!"

22.

Non avendo ricevuto alcuna istruzione su cosa fare dopo l'esame della salma di suor Agata, e non sapendo se potersi allontanare o no dal *putridarium*, suor Ambrosia, la monaca *infirmaria*, si era decisa a ingannare l'attesa nel modo più fruttuoso che le fosse venuto in mente, ossia pregando per l'anima della defunta. Benché di statura minuta e di aspetto indifeso, non sembrava provare il minimo disagio nel trovarsi da sola, prostrata davanti al catafalco, al cospetto di una muta assemblea di cadaveri abbandonati a un lento disfacimento. Ruminava l'*Ave Maria* in una sorta di sospensione dei sensi, le palpebre abbassate e le dita intrecciate sotto il mento, simile a una fanciulla inginocchiata davanti al suo giaciglio.

Stava ormai finendo di snocciolare per la ventesima volta la corona del rosario quando madre Engilberta si presentò di nuovo nella cripta.

"Be'?" si guardò intorno la badessa, non appena ebbe varcato l'entrata del *putridarium*. "Dov'è finito padre Vespertilio?"

"È salito per prendere una boccata d'aria fresca," rispose Ambrosia, rialzandosi in piedi. "O questo, almeno, è quanto egli mi ha detto prima di accomiatarsi."

"Se così fosse," commentò Engilberta, "l'avrei incrociato mentre scendevo nella cripta."

"Ha lasciato questa stanza subito dopo di voi," specificò l'*infirmaria*. "Pareva alquanto contrariato."

La *magistra* meditò un istante su quelle parole e si strinse nelle spalle. "Tanto meglio," concluse. "Non avrò bisogno d'inventare una scusa per mandarlo via."

"E l'estrema unzione?" la scrutò basita la giovane monaca.

Per tutta risposta, Engilberta si avvicinò al corpo di suor Agata e, con la dolcezza di una madre che augura la buonanotte alla figlia, le tracciò con l'indice una croce sulla fronte. "Di altro non ha bisogno, la nostra amata consorella," mormorò. "Sarà la luce degli angeli a guidarla verso la scala del paradiso."

Dopodiché si rivolse a suor Ambrosia. "Recati all'infermeria," disse, "e tieniti pronta."

"Per assolvere a quale compito?" tentennò Ambrosia. "Al momento, ringraziando il Signore, non abbiamo infermi ai quali dare assistenza."

"Non sarà di un infermo che ti dovrai occupare."

La monaca la scrutò ancor più perplessa.

"Ben presto ti sarà tutto chiaro," si limitò a rassicurarla Engilberta. "Nel frattempo sgombra il tavolo da cerusico e prepara i tuoi *specilla*."

Ambrosia, tuttavia, non accennava a muoversi.

"Va', ti dico!" la fece sobbalzare la badessa. "E se qualcuno dovesse chiederti dove sei diretta, non accennare assolutamente al compito che ti ho appena assegnato."

"Mi chiedete di mentire?"

"Ti chiedo di non soddisfare la curiosità altrui e di non fermarti a pettegolare."

"Ma se le *sorores* o padre Vespertilio mi domandassero..."

"Rispondi che stai andando verso le latrine," la interruppe Engilberta. "Si trovano vicino all'infermeria, dico bene? Ecco, le latrine! Così non sarai costretta a proferir menzogna."

"Come desiderate, *magistra abbatissa*," si congedò l'*infirmaria*.

"Un'ultima raccomandazione," la trattenne la reverenda madre.

"Vi ascolto."

"Non riferire a nessuno i discorsi che hai udito in questa stanza," la esortò. "Soprattutto quelli riguardanti il segno che suor Agata ha sul palmo della mano sinistra."

Una luce inquieta balenò nelle iridi di suor Ambrosia.

"Non crederai alle accuse del sacerdote!" volle sincerarsi Engilberta.

L'*infirmaria* distolse lo sguardo.

"Sei forse al corrente di qualche segreto?" continuò a interrogarla la badessa. "Qualcosa di cui la coscienza t'impone ch'io debba essere messa al corrente?"

“Sulla mia coscienza non grava alcun fardello,” si schermì Ambrosia.

“Allora perché non mi guardi più negli occhi?” la incalzò Engilberta.

“Perché mi fate paura. Non vi ho mai vista in un simile stato.”

“Una nostra consorella è morta impiccata e tu pretendi che io mantenga la calma?”

“Non sono i vostri modi arcigni a turbarmi,” spiegò l'*infirmaria* con un fremito nella voce, “bensì la vostra improvvisa inclinazione al sotterfugio.”

“La malizia di cui m'incolpi non è altro che prudenza.”

“Se si trattasse di semplice prudenza non agireste alle spalle di padre Vespertilio.”

“Hai la pretesa di giudicarmi senza conoscere la verità?” la rintuzzò Engilberta. “Provvedi a compiere il tuo dovere, *soror infirmaria*, mentre io tenterò di condurre il nostro naviglio attraverso le acque tempestose. E ringrazia il Cielo, piccola ingrata, di non dover essere tu quella chiamata, in un simile frangente, a governare il timone!”

“Non era mia intenzione...” squittì in sua discolpa Ambrosia.

La badessa la zittì con un gesto. “Adesso dimmi perché hai tentato di sviare il discorso quando ti ho chiesto dei segreti di suor Agata.”

“Io... io non conosco i suoi segreti.”

“Però hai sussultato. Ti ho vista!”

“Ho sussultato perché ho ripensato alle parole del

sacerdote… A quel ch'egli ha detto sull'anima tormentata della nostra povera consorella."

Engilberta rimase a scrutarla torva finché non si accorse che suor Ambrosia aveva giunto le mani in segno di preghiera. "Giura su Maria," sentenziò. "Giura sulla santa Vergine che mi stai dicendo la verità!"

L'*infirmaria* arretrò d'un passo. "Come avete dichiarato poc'anzi," si difese, "io non conosco la verità per quel che essa è realmente. Perciò non mi ritengo nelle condizioni di poter giurare." Poi fece per prendere congedo. "E ora, come da voi ordinato, mi accingo ad avviarmi nel più assoluto riserbo verso l'infermeria."

Prima che Engilberta potesse ribattere, Ambrosia abbozzò un gesto implorante. "Se volete sapere di più," sussurrò a mo' di saluto, "rivolgetevi alla priora."

23.

Suor Prospera stava camminando avanti e indietro dinanzi al portale della chiesa, spazzando vigorosamente le foglie secche che si erano accumulate sui gradini di pietra dell'entrata, quando avvertì una presenza alle proprie spalle.

"Suor Beatrice," esclamò stupita la virago, dopo essersi voltata, "cosa ci fai qui?"

La novizia le porse una ciotola fumante. "Un infuso per scaldarti le membra."

"Non ne ho bisogno," replicò secca la monaca portinaia, mentre riprendeva a muovere la ramazza. "Dopo tante notti trascorse nella guardiola, sono temprata al freddo."

"Lo manda la *magistra abbatissa*," insistette Beatrice. "Insieme a degli ordini."

"Quali ordini?" ribatté Prospera, trapassandola di nuovo con i suoi occhi sospettosi. "E perché la reverenda madre avrebbe inviato come ambasciatrice una consorella che dovrebbe essere segregata in punizione?"

"Conosci la pia Engilberta," rispose evasiva la novizia. "Sai bene quanto le piaccia agire per vie misteriose, e pure quanto detesti essere disobbedita."

L'imponente guardiana appoggiò la scopa a una delle due colonne che delimitavano i lati del portale ed, emesso un sospiro, prese la ciotola.

"Radici di cicoria," spiegò Beatrice.

"Quali ordini?" tagliò corto Prospera.

La giovane monaca indicò il baio intento a brucare a pochi passi dalla facciata dell'edificio, accanto al ronzino attaccato al carro di padre Vespertilio. "Per prima cosa," rivelò, "sarà necessario condurre quel destriero nella stalla."

La portinaia annuì.

"La reverenda madre," soggiunse Beatrice, "desidera evitare che qualche piantagrane, nel vederlo, decida di venire a cercare nel nostro cenobio il fuggiasco al quale ella ha concesso la sua protezione."

"È una saggia precauzione," convenne Prospera. Quindi si portò la ciotola alle labbra e, dopo averla vuotata con un'unica sorsata, gliela restituì. "Riferiscile che provvederò all'istante."

"Questo era l'ordine *più semplice*," le fece presente Beatrice, restando ferma al suo cospetto.

"Intendi dire che ce ne sarebbe un altro?"

La novizia annuì.

"E quale?"

"Te lo rivelerò in seguito," replicò con un sorrisetto volpino. "Ora provvediamo al baio."

"Sarò *solo io* a provvedere," la redarguì orgogliosamente suor Prospera. "Perdonami, monaca novella, ma dubito che fra le tue mansioni rientri la cura del serraglio degli animali."

Indifferente a quel tono sprezzante, Beatrice si avvicinò al cavallo e lo prese per le redini. "Ben presto, *soror*, ti accorgerai di quanto le mie mansioni quest'oggi siano cresciute di numero e di stranezza." E con la più assoluta disinvoltura, iniziò a condurre la bestia verso un caseggiato di legno e paglia eretto a ridosso delle mura settentrionali del monastero.

"Aspetta!" la seguì la virago, muovendo le sue gambe troppo lunghe e nerborute perché potessero star comode nella tonaca monacale. "Io sono l'unica alla quale è concesso andare in quella direzione!"

"Ho il *placet* di Engilberta," si limitò a ribattere la novizia.

"Ma le stalle sono attigue alla foresteria!" la incalzò Prospera. "E alle monache è proibito entrare in contatto con i viaggiatori alloggiati in quell'edificio."

"Non mi risulta che ci siano ospiti," replicò Beatrice, "eccetto l'uomo nascosto nella torre."

"Sì, però..." tentò di obiettare la portinaia.

La novizia nel frattempo aveva raggiunto il recinto all'esterno dello stabbio. "Aiutami a togliere le bardature," disse mentre iniziava ad armeggiare con i finimenti degli arcioni.

Prospera la scostò con una leggera gomitata e prese a slacciare le cinghie che fissavano la sella al dorso dell'animale. "Avete le dita troppo delicate, madonna de' Marcheselli," la canzonò.

Beatrice trattenne la lingua. A dispetto dei suoi modi scontrosi, la portinaia non si esprimeva con la cattiveria di suor Basilia. Era una persona semplice, aliena da ogni forma di gelosia e senso di rivalità. Un'anima priva di qualsiasi malizia.

"Nobile bestia," replicò a tal ragione la novizia, accarezzando la criniera del baio.

"Un cavallo da guerra," annuì la virago, mentre sollevava senza alcuno sforzo la sella compresa di staffe e della grande spada ancora inguainata a lato.

"E il suo padrone?" continuò Beatrice, stando ben attenta a non lasciar trapelare la sua curiosità. "Tu l'avrai visto, immagino."

"Sì," le rispose.

"E hai pure avuto modo di udire il suo nome?"

Con un movimento tanto brusco quanto improvviso, Prospera lasciò cadere il pesante finimento su un cumulo di paglia. "Madre Engilberta mi ha proibito di parlarne," sentenziò.

"Perciò anche se ti chiedessi..."

"Nemmeno una sillaba," tagliò corto la portinaia. "Così ha detto la *magistra*."

"Comprendo," finse di assecondarla Beatrice, mentre dentro di sé si arrovellava per escogitare un'astuzia che le consentisse di strapparle di bocca qualche informazione.

Non era ancora riuscita, tuttavia, a trovare un argomento adatto su cui far leva quando un rumore di voci giunse alle sue orecchie.

"L'hai sentito anche tu?" domandò alla consorella.

"A cosa ti riferisci?" fece suor Prospera.

La novizia guardò verso la foresteria. "Veniva da là."

“Ma come hai detto poc’anzi, là dentro non ci dovrebbe essere nessuno.”

“Per l’appunto,” esclamò Beatrice, incamminandosi in quella direzione.

La portinaia rimase a guardarla con aria contrariata, le briglie del baio strette in pugno. “Meglio non impicciarsi,” la mise in guardia.

Ma la giovane monaca non la ascoltava più. La sua attenzione era completamente assorbita dalla sagoma fatiscente della foresteria e dall’interrogativo di chi potesse celarsi al suo interno. Del resto aveva visto troppo, quel giorno, per non sospettare che là dentro potessero trovare rifugio persone collegate alla morte di suor Agata o all’avvento del misterioso cavaliere.

Giunta che fu davanti a una finestra di quel tugurio, scorse però qualcosa di così inaspettato da farla sobbalzare.

Un uomo e una donna premuti uno addosso all’altra, contro una parete.

Lei gemeva con gli occhi socchiusi, in uno stato di compiaciuta sottomissione, mentre lui le allargava lo scollo dell’abito per accarezzarle i seni.

Erano padre Vespertilio e la priora Ursiana.

Prima che Beatrice potesse vedere o sentire altro, una mano grande quanto la pala di un badile le si posò su una spalla.

“Meglio non impicciarsi,” le ripeté suor Prospera, con un cauto sussurro, per poi trascinarla lontana dalla finestra. “E adesso, monaca novella, rivelami qual è il secondo ordine della badessa…”

24.

Dopo una rapida visita al *putridarium* per sincerarsi che un piccolo gruppo di preghiera continuasse a vegliare sul corpo di suor Agata, Engilberta risalì in superficie per occuparsi delle sue consorelle. Il cenobio di San Lazzaro era a tutti gli effetti una grande famiglia e la madre badessa non poteva permettersi, a prescindere dalle sciagure abbattutesi su di essa, né di trascurarla, né tantomeno di lasciarla inoperosa.

"Dov'è la *praeposita*?" s'informò a tal riguardo non appena ebbe raggiunto l'abside.

"Suor Ursiana è uscita," rispose suor Basilia, emergendo in mezzo alle altre per merito della sua scheletrica altezza.

"Uscita?" replicò Engilberta con una smorfia di disapprovazione. "Ma io non le avevo dato il permesso di muoversi da qui!"

"È andata a prendere delle pietre calde per i piedi freddolosi di suor Celeste," spiegò la spilungona, lanciando un'occhiata serpentina verso la vecchia monaca prima che si azzardasse a contraddirla.

La badessa, d'altra parte, aveva già fiutato la menzogna. Basilia era a capo di un piccolo schieramento di consorelle così devote alla priora da considerarla la figura più autorevole del monastero e da accordarle qualsiasi genere di licenza. Una forma di venerazione sciocca e deplorevole, derivata in parte dai nobili natali di Ursiana, in parte dal suo naturale carisma capace di affascinare non solo molte delle *sorores* ma anche gli ospiti di alto rango accolti di tanto in tanto all'interno del claustro.

"Vorrà dire," ironizzò la *magistra abbatissa*, "che la priora ci raggiungerà non appena avrà portato a compimento la sua importante missione." E batté le mani. "In quanto alle altre, tutte in piedi! Ci sposteremo nell'aula della filatura!"

"E i sacri uffici?" protestò Basilia, fomentando un brusio generale. "Quest'oggi non è stata celebrata nemmeno la santa messa!"

"Espieremo la nostra colpa intonando una litania prolungata per tutta la durata della parte suprema della giornata, dal vespro fino a compieta," promise Engilberta, per poi far segno alle monache di alzarsi dagli stalli. "Orsù, figlie mie!" le spronò. "Per troppo tempo siete rimaste a scaldare gli stalli senza far nulla!"

"Ma..." tentò di ribattere una consorella dal naso a punta che, imitando Basilia, esitava ad alzarsi in piedi.

"Suor Giacinta!" la fulminò la badessa. "Proprio tu, la *formaria*, che dovrebbe dare il buon esempio alle più giovani!"

"Non per mancarvi di rispetto, venerabile *magistra*," ebbe l'ardire di ribattere Giacinta. "Reputo che sarebbe opportuno, se non doveroso, raccoglierci in canto fin da ora per intercedere a favore dell'anima peccatrice di suor Agata. Affinché il Signore, offeso dal suo gesto, non la lasci sprofondare nel..."

"C'è già chi sta pregando per lei," la interruppe Engilberta, sempre più bellicosa. "E in quanto a tutte le altre," proseguì, "offriranno in dono al Signore il loro lavoro come esempio di mansueta obbedienza!"

"Così sia," si arrese la *formaria*, spicciandosi a mettersi in fila verso l'uscita collegata al chiostro.

Dopo aver seguito i suoi movimenti con un'espressione torva, la badessa diresse un'occhiata da sparviero su Basilia, che si ostinava a restare seduta in fondo al coro. "Ebbene, *soror*?" la canzonò senza alcuna allegria. "Stai forse covando un uovo come una chioccia?"

Il viso della spilungona arrossì all'istante.

"Svelta, in nome dei profeti!" tuonò Engilberta. "O quest'oggi, all'ora sesta, resterai a digiunare mentre le tue sorelle consumano il pasto!"

Quindi, simile a un cane da pastore intento a dirigere un gregge, la badessa stette a guardare le sue nere pecorelle imboccare l'uscita una per volta fino a quando non vide la vecchia Celeste separarsi dalle altre e strascicare col suo lento incedere in sua direzione.

"E suor Beatrice?" sussurrò l'anziana non appena le fu vicina. "Non si unirà a tutte noi?"

"Suor Beatrice resterà in punizione," rispose con fermezza la badessa, per poi rivolgere un'occhiata furtiva verso il portale della chiesa.

Sapeva di pretendere molto dalla novizia, ma in quel delicatissimo frangente le era concesso di operare solo attraverso gli strumenti di cui poteva disporre. E uno di questi era proprio Beatrice.

Non appena Celeste si fu allontanata, Engilberta pregò dunque la Madonna di proteggere la giovane novizia. E di far sì che nessuno la vedesse quando fosse ritornata al monastero con il suo macabro fardello.

25.

“Quale cadavere?” domandò suor Prospera, mentre s’inoltrava tra il folto degli alberi di nespole.

Prima di risponderle, Beatrice guardò verso la torre campanaria per sincerarsi di non scorgere gli occhi vigili di suor Nicodema puntati su di loro. “È il cadavere di un uomo sgozzato,” spiegò, tirando per la corda il muletto che avevano portato via dalla stalla del monastero. “Giace sotto i rovi, al limitare del querceto.”

“E perché la *magistra abbatissa* vorrebbe che lo trasportassimo in segreto all’interno del claustro?”

“Si è ben guardata dal rivelarmelo.”

“Mi pare così assurdo!” bofonchiò la monaca portinaia.

“Mai quanto la scena alla quale ho assistito poc’anzi alla foresteria,” ribatté la novizia, scavalcando una grossa radice che affiorava lungo il sentiero.

“Credevo di essere stata chiara. Meglio non impicciarsi.”

“Ma Ursiana è la nostra priora! Come puoi far finta di nulla?”

"Perché ci tengo a essere lasciata in pace," sospirò Prospera. "Basilia e le altre anziane mi metterebbero in croce. Sono fedeli a Ursiana, capisci? Prenderebbero le sue difese e mi accuserebbero di essere una bugiarda."

"Però madre Engilberta..." obiettò la novizia.

"Madre Engilberta!" rise con amarezza la portinaia. "Tu non capisci. Non c'è donna più giusta e più saggia della chiarissima Engilberta, però Ursiana proviene da una famiglia potente. Gode di importanti amicizie e corre voce che la sua presenza nel nostro monastero sia solo temporanea. È destinata a grandi cose, intendi? A diventare la badessa di un convento importante, bisbigliano alcune. O forse, addirittura, a riscattare la sua posizione nobiliare per ereditare i feudi del padre defunto."

Beatrice non poté trattenere un'esclamazione di stupore. Sapeva bene cosa significasse essere una femmina d'alto lignaggio. Fino ad allora, tuttavia, non aveva mai sentito parlare di nobildonne capaci di disporre della propria libertà a quel modo.

"Se quanto affermi fosse vero," le venne da ribattere, "perché concedersi a un uomo brutto come padre Vespertilio?"

"Lo ritieni brutto?" parve meravigliarsi Prospera.

"Tu no?" ridacchiò.

La portinaia si strinse nelle spalle. "Per me son tutti uguali, come i cavalli."

Se mai Beatrice avesse nutrito qualche dubbio sulle inclinazioni di Prospera, in quel preciso istante ebbe conferma che quella monaca dal portamento marziale era del tutto indifferente al genere maschile. "Sono fermamente convinta che qualora Ursiana desiderasse un amante," rimarcò, "ne sceglierebbe uno assai più giovane e bello del nostro confessore."

"E dove troverebbe un uomo del genere, fra le mura isolate del nostro cenobio?"

"Una donna della sua autorità e del suo carisma non si fermerebbe di certo dinanzi a simili limitazioni."

"Ma sarebbe costretta ad allontanarsi di nascosto," le fece presente la portinaia. "Proprio come stiamo facendo noi in questo momento."

"E chi ci dice che stanotte non sia andata proprio così?" arguì all'improvviso la novizia.

"Cosa intendi?" domandò la virago voltandosi a guardarla, dopo aver chinato la testa per passare sotto una fronda bassa.

Prima di rispondere, Beatrice strattonò il muletto che esitava ad affondare gli zoccoli in una pozzanghera di fango. Il bosco si faceva sempre più fitto e ombroso, aleggiante dell'odore dell'acqua stagnante e dei fiori di ranuncolo seminascosti dalle forme contorte dei tronchi. "Tu lo ignori perché stavi di guardia dietro il portale del monastero," spiegò. "Ma al battere del mattutino, nel dormitorio, il giaciglio di suor Agata non era il solo a essere vuoto."

"Non starai insinuando..."

"La priora non era nel suo letto," confermò. "Tutte noi l'abbiamo visto."

"Magari era andata alle latrine."

"In tal caso l'avrei incrociata mentre mi ci recavo io stessa," ipotizzò Beatrice, per poi ripensare al tono velatamente minaccioso con cui suor Ursiana le si era rivolta in confidenza nel *putridarium*. "No," concluse. "Dev'essersi diretta verso un altro luogo."

"Di sicuro non è fuggita all'esterno," sentenziò Prospera, col tono di chi vuol disilludere una bambina. "Altrimenti l'avrei vista varcare il portale."

"E se fosse uscita dal passaggio segreto della torre?" non si diede per vinta la novizia. "C'è da supporre che Engilberta non sia l'unica a conoscerlo."

"Tutto è possibile. Però non riesco proprio a immaginare l'altezzosa sorella priora intenta a vagare da sola, nel buio e nella nebbia."

A meno che qualcuno non le fosse andato incontro, rifletté la novizia. Qualcuno sopraggiunto a cavallo e rimasto ad attenderla tra gli alberi, non lontano dal luogo in cui stavano camminando proprio in quel momento. Considerando la pericolosità di quei pensieri, ebbe tuttavia il buon senso di non esprimerli ad alta voce.

"E poi, perché darsi tanta pena?" continuava la portinaia, assumendo ora un tono sprezzante. "Orsù, ragiona! Pensi davvero che una consorella dal temperamento così schizzinoso e superbo si sia avventurata fra questi alberi per commettere un peccato di lussuria con un avvenente diavolo tentatore?"

E se si fosse macchiata di un peccato assai più grave?, fu sul punto di ribattere la giovane monaca.

"Ecco!" disse invece, mentre indicava all'improvviso un groviglio di rovi. "Dev'essere là!"

"Ne sei sicura?" volle accertarsi Prospera.

Dopo aver legato il mulo a un arbusto, Beatrice si avvicinò al cespuglio spinoso in mezzo al quale, al sorgere dell'alba, aveva cercato riparo per nascondersi al misterioso cavaliere e, in un crescendo di raccapriccio, ritrovò il cadavere sdraiato supino.

"Era ancora giovane," osservò la sorella portinaia, non appena le fu accanto.

La novizia si fece il segno della croce. Durante la sua recente disavventura non aveva prestato attenzione a quel particolare. La vittima era poco più di un ragazzo. I riccioli biondi e il viso imberbe, segni di una primavera spezzata, rendevano ancor più crudele il destino capitato in sorte a quello sventurato.

"Guarda lo squarcio sul collo," continuò Prospera, senza lasciar trapelare alcuna emozione. "L'hanno riempito con dell'erba secca, perché l'odore del sangue non attirasse le fiere."

Beatrice la scrutò attonita.

"Mio padre era un cacciatore," spiegò con un'alzata di spalle la consorella, per poi chinarsi sul cadavere. "Coraggio, *soror*," soggiunse, mentre lo afferrava per le caviglie. "Aiutami a deporlo sul muletto."

26.

La stanza della filatura trovava sede al piano inferiore dello stesso imponente edificio che ospitava il dormitorio, il refettorio e le cucine. Consisteva in un'aula dal soffitto basso rischiarata da una serie di piccole finestre orientate a levante, nella direzione opposta rispetto al chiostro. Un particolare, questo, cui Engilberta, nel suo proposito di tenere la *familia* monastica all'oscuro dell'incarico affidato a Beatrice, attribuiva grande importanza.

"Quest'oggi," dichiarò all'improvviso, mentre attendeva a braccia conserte che ogni consorella si fosse munita di ago e filo e prendesse posto su uno dei seggi di legno distribuiti nella stanza, "vi dedicherete al doppio esercizio del ricamo e dell'esicasmo."

Non sentendo proferire alcun commento, si avvicinò a suor Maifreda, una delle più giovani presenti nella stanza. "Sapresti spiegare, *soror*, cos'è l'esicasmo?"

La monaca divenne paonazza e abbassò lo sguardo.

"Suor Giacinta," sospirò Engilberta, rivolgendosi alla *formaria*, "potresti cortesemente dissipare le ombre dell'ignoranza?"

"Esicasmo, dal greco *hesychia*, 'quiete'," snocciolò l'interpellata. "È la pratica della preghiera continua e silenziosa tramandata dai Padri del Deserto per entrare in perfetta comunione con Dio."

"Preghiera unita al respiro," semplificò la badessa, portandosi una mano al petto. "Ogni volta che espellerete aria dalla bocca sussurrerete una frase dell'*Ave Maria*, così che la preghiera divenga parte di voi mentre procedete nella tessitura."

"Ma così facendo..." si incupì suor Basilia.

"Così facendo," la anticipò Engilberta, "non avrete modo di pettegolare e di alimentare le vostre angosce."

"A onor del vero," insistette la spilungona, "intendevo dire che così facendo ci impedirete di chiedervi del cavaliere."

"Quale cavaliere?" finse di non capire la *magistra abbatissa*.

"Quello che avete ospitato nella vecchia torre."

"Nella torre ci sarebbe un cavaliere?" dissimulò con una risata la reverenda madre. "E chi ti avrebbe mai raccontato una simile sciocchezza?"

Gli occhi di suor Basilia fuggirono verso le compagne senza fermarsi su nessuna in particolare.

"Poc'anzi, in effetti, sopraggiunse un uomo a cavallo," ammise Engilberta, rivolgendosi a tutte le presenti, "ma io l'ho cacciato."

"Per quale motivo?" la pungolò una voce altera.

La badessa si voltò verso la porta d'ingresso e s'imbatté nella priora.

"Oh, suor Ursiana!" la salutò beffarda, mentre la squadrava da capo a piedi. "Ebbene? Dove sono le pietre calde per i piedi di suor Celeste?"

"Quali pietre?" si accigliò Ursiana.

"Dovresti chiedere a suor Basilia," le consigliò Engilberta, senza lasciarle il tempo di raccapezzarsi. "Ma non adesso," e le mostrò una sedia rimasta libera al centro della stanza. "Dopo di me, tu sei la più alta in grado nella gerarchia di comando, perciò ti affido il compito di vegliare sulle tue consorelle affinché cuciano e preghino fino all'ora sesta."

"E voi, in questo lungo lasso di tempo," replicò in tono di sfida la priora, "a quale genere di occupazioni vi dedicherete?"

"Tanto per cominciare andrò in cerca di padre Vespertilio," dichiarò pacata la *magistra abbatissa*, per poi trapassarla con un'occhiata inquisitoria. "Tu per caso, sorella *peaeposita*, sapresti darmi uno spunto su dove cercarlo?"

"No davvero," rispose a tono Ursiana.

Quindi, adagiandosi sul seggio con il sussiego di una regina che s'insedia su un trono, rivolse un cenno mellifluo alle consorelle. "Orsù, miei fiori preziosi," disse, "avete udito gli ordini della *magistra abbatissa*? Che vengano eseguiti alla lettera, affinché ella possa dedicarsi presta e risoluta ai suoi misteriosi uffici."

Ingelosita da come l'ammaliante Ursiana veniva prontamente obbedita, Engilberta si congedò con un gesto benedicente e sigillò la porta d'ingresso alle proprie spalle.

Il chiostro l'accolse con un silenzio mortifero.

Oltre le volte del porticato, il verde pallido dell'erba sembrava trattenere l'ultimo, enigmatico anelito dell'anima di suor Agata.

"*Requiescat in pace*," non poté fare a meno di sussurrare la badessa, prima di dirigersi a lunghe falcate verso un ambiente attiguo, dal quale uscì poco dopo tenendo sottobraccio un involto di stoffa e paglia.

In breve si ritrovò dentro la torre, a salire i gradini diretti alla sommità col respiro trafelato.

Un attimo di pace!, pensava. Se solo il Signore le avesse concesso un attimo di pace, forse sarebbe riuscita a dipanare il groviglio dell'enorme matassa in cui era invischiata. Ma più tentava di mettere ordine negli eventi, più cercava di far fronte ai suoi doveri, più si rendeva conto di quanto sottile fosse la lama del tempo. Al punto di riscoprire dentro di sé il desiderio di fuggire lontano, come aveva fatto Giona per sottrarsi ai doveri impostigli da Dio.

E proprio come era accaduto a Giona, temeva di essere ingoiata da un momento all'altro da una bestia enorme e spaventosa.

Una bestia che l'avrebbe trascinata giù nell'abisso.

27.

Suor Nicodema fu risvegliata dal canto di un pettirosso.

Un rapido controllo alla candela graduata le diede conferma di essersi assopita solo per un istante. Giusto il tempo di sognare la collina romita sulla quale era nata. La collina dalle selve nere e profonde in cui, all'età di sei anni, aveva rischiato di perdere la vita.

Accarezzando il ruvido davanzale sul quale sedeva, appoggiò la nuca allo stipite della finestra con l'espressione di un navigante appena giunto in un porto sicuro. Un porto elevato, che le consentisse di scrutare ogni cosa da una postazione di vedetta. Senza aver tema di essere azzannata nel sonno.

"Tu mi comprendi, non è vero?" mormorò al pettirosso intento a zampettare fra le tegole sotto i suoi occhi. "Meglio starsene appollaiati su un ramo, lontani dai lupi." E, quasi a conferma di simili parole, puntò lo sguardo sulle chiome boscose che, come un mare rosso d'autunno, si estendevano davanti al monastero.

Ben poco si poteva scorgere sotto quella coltre di foglie e rami secchi.

L'attenzione della Civetta, tuttavia, fu subito catturata dall'oscillare di un carro che procedeva lungo un sentiero abbastanza largo ed esposto al sole da consentirle di scorgerne il tracciato.

Il ronzino dalle orecchie asinine aggiogato alla vettura e il telo incolore teso sopra di essa non le lasciarono alcun dubbio. Si trattava di padre Vespertilio. Doveva aver lasciato il monastero mentre lei dormiva, pensò Nicodema, giacché non rammentava di aver udito lo schiocco delle redini e il rumore delle ruote che si allontanavano.

La monaca campanara era ancora immersa in simili considerazioni quando, osservando più in lontananza, individuò altre presenze lungo il sentiero. Due individui a cavallo intenti a procedere al trotto nella direzione opposta rispetto a quella del sacerdote. Nel giro di poco tempo ne avrebbero di sicuro incrociato il cammino, ma erano ancora troppo distanti perché la monaca riuscisse a distinguere i particolari del loro aspetto. Al momento poteva trattarsi di predoni come di pellegrini, benché quel che vide accadere, d'un tratto, la mise in allarme.

Con un movimento improvviso, uno dei due liberò un falco che volò verso il cielo con veloce frullare d'ali, iniziando a volteggiare sopra il bosco.

Nicodema non aveva mai amato quei grandi uccelli predatori. Le facevano paura, se possibile, ancor più dei lupi. E fu quasi senza rendersene conto che, scesa dal davanzale, si rannicchiò in un angolo della cella campanaria a fissare le maestose ali screziate del rapace veleggiare sempre più vicine al monastero.

Se avesse avuto coraggio, e fosse rimasta a far da guardia alla finestra, sarebbe stata testimone dell'incontro fra i due cavalieri e padre Vespertilio. E pur non riuscendo a cogliere i loro vicendevoli gesti di saluto, né tantomeno i loro discorsi, avrebbe visto il carro del sacerdote invertire direzione con il chiaro proposito di fare da scorta ai due misteriosi individui.

Ma proprio allo stesso modo in cui il pettirosso si era nascosto fra le tegole del tetto, suor Nicodema se ne rimase rincantucciata in un angolo del suo nido di pietra e mattoni, pregando che il falco non la notasse.

E così facendo, non si accorse della minaccia assai più grave e concreta che stava per abbattersi sul cenobio di San Lazzaro.

28.

Quando madre Engilberta giunse al piano superiore della torre, l'uomo con il capperone stava davanti a una finestrella affacciata sul chiostro.

"Messer Guido, vi prego di spostarvi," disse la religiosa, gettando il paglericcio sul pavimento. "Non vorrei che qualcuna delle mie consorelle vi scorgesse."

"Guardando verso questo alto pertugio?" fece l'armigero con un'espressione perplessa. "Mi pare assai improbabile."

"Orsù, accontentatemi," insistette lei, porgendogli un involto contenente una fetta di formaggio e due mele mature. "Mi evitereste un ulteriore assillo."

"Quali crucci potranno mai turbare una badessa a capo di un piccolo monastero al di fuori delle mura cittadine?" replicò lui, voltandosi per osservarla. "Poc'anzi avete evitato di rispondere a questa domanda, ma ora esigo di conoscere la causa di tanta apprensione."

"Come mi pare d'aver già detto, voi non siete nella posizione di esigere un bel niente."

“Rammentate chi sono e a quale stirpe appartengo,” la esortò l’uomo, mentre le si avvicinava con passi arroganti. “Non sono un comune plebeo al quale potreste ordinare di cucirsi la bocca.”

“Anche se vi fregiate del nobile nome degli Ademari,” fece lei, “restate comunque un fuggiasco giunto a implorare la mia protezione.”

Col movimento repentino di chi sta per mettere in atto una minaccia, l’uomo si abbassò il cappuccio sulle spalle, scoprendo una criniera di capelli del colore del grano maturo. “Questo fuggiasco, molto presto, verrà eletto podestà di Ferrara, perciò sarà meglio per voi trattarlo con gli opportuni riguardi,” e osservò con disprezzo l’involto tra le mani della monaca. “A partire dal cibo che mi portate.”

Engilberta rimase per un attimo in silenzio, a fissare il volto seducente e al contempo spregevole che la squadrava dall’alto in basso. “Podestà?” ripeté con una nota di sbigottimento. “Ma io reputavo...”

“Che fossi tanto stolto da seguire l’esempio di mio fratello maggiore?” replicò Guido degli Ademari. “Che intendessi farmi scannare come quel folle davanti alle mura di Tiro, per servire Corrado di Monferrato?”

“Vostro fratello non era un folle.”

“Lo era, invece. Al pari di chiunque altro s’illuda di poter rendere il mondo un luogo migliore.”

“Non sono certo le parole che ci si aspetterebbe di sentir proferire da un futuro podestà,” lo pungolò Engilberta.

"Non è per fatui ideali di giustizia che miro a quel titolo," si schermì l'uomo con un'alzata di spalle, "ma per dare grandezza al nome della mia famiglia. Proprio come a suo tempo fece mio padre."

"Da quel che mi risulta, vostro padre consolidò quella grandezza usurpando titoli e beni ecclesiastici."

"Come osate?"

"E vostro fratello maggiore, che tanto sembrate disprezzare..." soggiunse la monaca, ormai incapace di trattenere lo sdegno, "si adoperò per espiare l'onta di quei peccati."

"Mi compiaccio! Sembrano gli stessi discorsi di quel Bernardo da Chiaravalle che chiama tutti alla crociata!" sghignazzò Guido, dimentico all'apparenza della provocazione appena ricevuta. "Siate sincera, reverenda madre! È in questo modo che voi gente di chiesa riuscite a riempire le galee con tanta carne da macello? Istigando le frustrazioni e i sensi di colpa?"

"Non proferite blasfemie!"

"Corre voce che papa Urbano sia deceduto proprio a causa di simili esaltazioni," proseguì invece l'uomo, inasprendo i toni. "Dicono sia morto di crepacuore in seguito alla notizia della caduta di Gerusalemme. Ma in fede mia, ritengo sia schiattato di vergogna," rise, "nel momento stesso in cui ha visto crollare quell'impero di sabbia e di bugie."

"Ora basta!" sbottò Engilberta. "Non sono salita fin quassù per ascoltare i vostri deliri, ma per informarvi che la mia ospitalità avrà termine domani stesso, al battere del mattutino."

Guido degli Ademari posò una mano sul pugnale che teneva inguainato alla cintura. "Intendete liberarvi di me come se fossi un cane rognoso?" sibilò.

"Intendo ristabilire la quiete fra queste mura," ribatté senza timore la reverenda madre. "Risolvendo un problema per volta."

"In tal caso sarà meglio che facciate attenzione," la mise in guardia l'uomo. "Perché se proverete a cacciarmi..." e dopo aver sfoderato la lama, trafisse una delle mele che la monaca teneva in grembo e se la portò alla bocca, "i vostri problemi aumenteranno anziché diminuire."

"Correrò il rischio," disse lei con fermezza.

Per tutta risposta, Guido diede un morso al frutto e si portò di nuovo alla finestra.

Vi ho già pregato di non affacciarvi a quel pertugio, fu sul punto di richiamarlo Engilberta.

Ma d'un tratto lo vide sobbalzare per la sorpresa.

"Cosa vi accade?" lo interrogò la monaca, mentre lo guardava sporgersi verso l'esterno.

"Che l'inferno m'inghiotta!" furono le uniche parole a uscire dalle labbra di Guido degli Ademari.

Trenta piedi più in basso, fra i rami scheletrici del ciliegio che copriva il chiostro, s'intravedevano due sagome nere impegnate a trasportare un fagotto dalle proporzioni umane.

29.

Il cadavere era pesante. Più di quanto Beatrice avesse mai immaginato. Benché lo reggesse per le caviglie, lasciando la maggior parte dell'onere a Prospera, che lo teneva sollevato da sotto le ascelle, rischiava a ogni passo di stramazzare in ginocchio.

"Un ultimo sforzo!" s'impose, guardando speranzosa il portico meridionale del chiostro. "Oltre quelle colonne c'è l'orto, dopodiché saremo giunte a destinazione."

"Sempre che non c'imbattiamo in una delle nostre *sorores*," le fece presente la portinaia, senza dare il minimo segno di stanchezza.

"Non ci vedrà nessuno, madre Engilberta me l'ha assicurato," si premurò di tranquillizzarla la novizia, pur provando lei stessa un grande senso d'inquietudine. Un conto, meditava, era rischiare di essere sorprese mentre si sgattaiolava fuori dal monastero. Un altro era venire scoperte con la salma di uno sconosciuto a pochi passi dal pozzo in cui era stata trovata suor Agata. E se fosse accaduto, a nulla sarebbe valso spiegare che quella profanazione era avvenuta per ordine di Engilberta. Se qualche spiona avesse voluto denunciare l'accaduto al vescovo tramite padre Vespertilio, la madre badessa non sarebbe stata in grado d'impedirlo.

La meta tuttavia era vicina, si fece coraggio Beatrice. E con essa, la fine di quel macabro incarico.

"Non capisco," la riportò all'attenzione suor Prospera. "Perché trasportare questo corpo inanimato fino all'infermeria?"

"In tutta sincerità, lo ignoro."

"Non si tratta mica di un infermo bisognoso di cure," continuò a rimuginare la virago. "A questo sfortunato sconosciuto, ormai, servono solo una fossa e un'orazione funebre."

"Forse il suo decesso ha un legame con quello di suor Agata," si lasciò sfuggire Beatrice.

"L'ha detto la *magistra abbatissa*?" domandò Prospera, sbigottita.

La novizia scosse il capo. "È quel che suppongo io," mormorò. "Due morti violente verificatesi a breve distanza l'una dall'altra e in un arco di tempo egualmente breve. Non ti sembra un po' troppo per trattarsi di un caso?"

"In effetti questo cadavere non può essere rimasto nel bosco per più di una notte," fu costretta ad ammettere la monaca portinaia. "Se ci fosse stato più a lungo, gli uccelli gli avrebbero beccato i visceri e gli occhi. Senza contare che non esala ancora il tanfo della corruzione."

Pur essendo giunta alle medesime conclusioni, Beatrice non riusciva a sopportare i commenti eccessivamente brutali della consorella. “Ancor più delle sue condizioni,” aggiunse d’un tratto, “sarei curiosa di conoscere il nome di questo giovane uomo e il motivo che l’avrebbe spinto a portarsi vicino al nostro monastero.”

“Forse fuggiva dai predoni,” ipotizzò la consorella, con l’espressione di chi si accinge a raccontare una storia spaventosa. “O magari era lui stesso un bandito.”

“E se invece fosse stato un viandante che aveva smarrito la strada?”

“Potremmo scoprirlo guardando dentro la sua scarsella.”

“Dubito l’abbia.”

“Non hai controllato?”

“Non mi è parso rispettoso frugargli addosso,” si giustificò Beatrice, manifestando i suoi sentimenti di pietà nei confronti del defunto. “Però sono certa che non abbiamo dimenticato nulla tra i rovi, né tantomeno lungo il sentiero. Ogni effetto di cui costui era in possesso è contenuto nel telo che lo avvolge.”

“Buon per lui,” ironizzò cupa suor Prospera. “Per lo meno, verrà sepolto con tutti i suoi averi.”

Nel frattempo si erano lasciate alle spalle il colonnato del chiostro e stavano per imboccare un sentiero di terra battuta che attraversava l’orto delle erbe officinali.

Beatrice provava un senso di disagio nel dover trasportare il suo lugubre fardello tra le piante di altea, di malva e di rosmarino. A dispetto dei comandamenti impartiti da madre Engilberta, iniziava infatti ad avere il sentore di commettere un’azione empia e sacrilega.

Sto turbando il sonno di questo povero defunto, si disse. *L'ho sottratto alla terra per recarlo in luogo assai diverso da quella che dovrebbe essere la sua ultima dimora. Un luogo in cui non ho idea di ciò che gli verrà fatto, ma che io stessa, se fossero mie queste spoglie, non vorrei mi venisse fatto. Perché l'unico desiderio dopo la morte, io credo, è quello di essere lasciati in pace.*

Ma ormai era troppo tardi per i ripensamenti. Oltre le siepi a guardia dell'orto, già si scorgeva il locale dell'infermeria e la distesa di ruderi che, simile alla carcassa di un gigantesco animale spolpato dai secoli, gli sorgeva accanto.

"La porta d'ingresso è aperta," disse Prospera, aguzzando la vista verso la vetusta costruzione.

"Proprio come mi aveva detto Engilberta," mormorò Beatrice, stremata. "Qualcuno ci sta aspettando."

30.

“Deponetelo qui sopra,” disse suor Ambrosia, indicando un lungo tavolo di legno interamente sgombro.

Mentre aiutava suor Prospera a svolgere quell’ultimo, faticoso compito, Beatrice fece scorrere lo sguardo lungo le pareti interne dell’infermeria, ritrovandosi in un locale spoglio e lugubre, nel quale la luce del mattino penetrava fioca e quasi timorosa. Gli unici oggetti degni di nota erano alcune brande di vimini destinate ad accogliere i malati e un paio di scaffali occupati da vasi e albarelli.

Al pari della stanza, il volto dell’*infirmaria* esprimeva una tetragona cupezza.

Per quanto si sforzasse di ricordare, la novizia era certa di non averla mai vista in quello stato. Minuta, rubiconda e ancora giovane di età, Ambrosia era solita rivolgersi alle consorelle con un sorriso di bambina addolcito dal suo accento della Loira. Ora invece se ne stava tesa e taciturna, con le piccole mani paffute aggrappate ai bordi del ripiano.

“Dove l’avete trovato?” la sentì mormorare.

“Nel bosco,” rispose Beatrice. “Nel punto in cui gli alberi di nespolo confinano con il querceto.”

Ambrosia si avvicinò al cadavere e, dopo aver osservato lo squarcio del collo, studiò i suoi abiti, soffermandosi sulla sopravveste da viaggiatore, la cintura di cuoio e le uose di feltro. "Chi era costui?"

"Ignoriamo il suo nome e pure il motivo per cui sia andato incontro a una morte così truce."

"Se non siete in grado di rispondere a queste domande..." soggiunse la monaca francese, sempre più nervosa, "potreste almeno spiegarmi perché la *magistra abbatissa* mi avrebbe coinvolta in un simile intrigo?"

"A onor del vero," replicò Prospera, "speravamo fossi tu a darci un'idea di cosa stia succedendo."

"Engilberta mi ha semplicemente ordinato di raggiungere questo locale," la deluse Ambrosia, "con l'esortazione di mantenere il silenzio e di tenermi pronta ad assolvere a una misteriosa incombenza."

"Lei e i suoi maneggi!" non poté trattenersi dall'esclamare Beatrice. "E ora, cosa dovremmo farcene delle spoglie di questo disgraziato?"

"Oh, non chiedetelo a me!" strepitò l'*infirmaria*. "Il solo pensiero di agire alle spalle delle nostre consorelle e di padre Vespertilio mi mette in un tale stato d'agitazione che non riesco a ragionare!"

"In ogni modo io non posso restare," tagliò corto Prospera, caustica. "Il portale del monastero è rimasto incustodito troppo a lungo. Il senso del dovere m'impone di tornare ai miei uffici."

"E avresti il coraggio di lasciarci qui da sole, con questo cadavere?" la fulminò con un'occhiata Beatrice.

"Ma io..." tentò di giustificarsi la virago.

"Perciò sarebbe *lui*," le fece sobbalzare una voce.

Prima che le tre monache vincessero lo sbigottimento, madre Engilberta varcò la soglia e si fermò davanti al tavolo da cerusico. "Suor Prospera," sentenziò senza distogliere lo sguardo dal defunto, "torna pure ai tuoi uffici e non far parola con nessuno di quanto hai visto e udito."

"Come voi ordinate, *magistra abbatissa*," annuì mansueta la monaca portinaia.

"Tu invece, suor Beatrice, stammi accanto," proseguì Engilberta, attirandola al proprio fianco con un gesto imperioso. E non appena Prospera se ne fu andata, si rivolse ad Ambrosia. "Ora voglio che tu sottoponga il corpo di quest'uomo allo stesso esame che hai eseguito su suor Agata."

"Per quale ragione?" fremette la monaca francese.

"Non saprei risponderti con chiarezza. Non ancora, per lo meno," disse la *magistra*. "Però una cosa posso dirtela. Proprio come la salma di suor Agata, il cadavere che qui giace disteso non va considerato alla stregua di un semplice guscio svuotato dell'anima, bensì di un segno o di un vestigio che richiede d'essere indagato, interpretato e letto per consentirci di svelare una parte dell'enigma in cui noi tutte siamo coinvolte."

"Se vi riferite al presunto suicidio della nostra consorella," osò replicare Ambrosia con la sua vocina melodiosa, "padre Vespertilio sembrava aver già risolto il dilemma."

"Come ho cercato di farti capire poc'anzi," sottolineò Engilberta, mentre inaspriva il cipiglio, "padre Vespertilio vede solo ciò che vuol vedere, tralasciando tutto il resto."

"Se egli ha tralasciato qualcosa," insistette l'*infirmaria*, in allusione al corpo disteso sul tavolo, "è perché voi gliel'avete tenuto nascosto."

"È semmai vero il contrario," la rintuzzò la reverenda madre, "dal momento che Vespertilio sembrerebbe conoscere degli aspetti della vita di suor Agata a me del tutto ignoti."

Ambrosia parve sul punto di ribattere, ma si morse le labbra.

"Ah, ecco che riemerge la reticenza di poco fa!" la incalzò Engilberta, sardonica.

La monaca francese lanciò un'occhiata verso Beatrice, ma la badessa si frappose immediatamente tra di loro, spezzando sul nascere quell'invisibile richiesta di complicità. "Comprendo e rispetto il sentimento di lealtà che vi lega alle vostre consorelle," disse rivolgendosi a entrambe. "Ciò nonostante, vi esorto, figlie mie, a ponderare con giudizio le vostre scelte, giacché il segreto di cui vi siete elevate a custodi potrebbe costare la vita di qualcun'altra."

"Io so soltanto..." insinuò a quel punto Beatrice.

"Taci!" la zittì Ambrosia.

"So soltanto che suor Agata era solita uscire dal dormitorio durante la notte," riprese la novizia, suscitando un sospiro di disapprovazione della consorella.

"Questo me l'avevi già detto," le rammentò la badessa. "Ma dove si recava?"

"Lo ignoro," rispose la novizia, "anche se mi sono sempre rifiutata di credere che ella approfittasse di quelle brevi fughe per commettere azioni turpi. Agata aveva un'anima gentile," e si asciugò una lacrima. "Una delle più gentili che abbia mai conosciuto."

"Ti sono grata, suor Beatrice," annuì Engilberta, per poi tornare a scrutare Ambrosia.

"Vi prego di non insistere," si schermì quest'ultima. "Il poco di cui ero a conoscenza l'ho già rivelato in confessione."

"Lungi da me il volerti obbligare a rompere il vincolo della confessione, *soror*," la rassicurò con un sorriso rapace la reverenda madre. "Quel che pretendo da te, al momento, è solo l'esame del cadavere."

L'*infirmaria* arrossì di colpo. "Mi state chiedendo di denudare un corpo maschile?"

"Inizia per gradi," la spronò Engilberta. "In caso di necessità, io e Beatrice saremo qui ad assisterti."

Dopo aver emesso un sospiro di rassegnazione, la monaca francese si piegò sulla salma distesa sul tavolo. "Era un uomo di giovane età," iniziò l'esame. "Il mento e le gote sono ancora imberbi, la pelle priva di rughe. Di sicuro non arrivava ai vent'anni."

"Continua," fece la *magistra*.

"Il *livor mortis* è appena accennato. La pelle inizia a colorirsi di verdastro e non presenta ancora segni di putrefazione," osservò Ambrosia. Dopo aver aperto un astuccio di pelle, estrasse un paio di piccole pinze che utilizzò per sollevare le palpebre. "*Contractio pupillae*," ricominciò. "Bulbi leggermente secchi e opachi." Poi ispezionò l'interno della bocca con una bacchetta d'osso. "Rigore del muscolo delle fauci. Sangue rappreso in fondo al cavo orale."

Recuperate un paio di pinze leggermente più grandi rispetto alle precedenti, si dedicò quindi a liberare la ferita della gola dalle foglie secche che la ostruivano, deponendole una per volta in una ciotola di terracotta.

"Il taglio è netto e profondo," dichiarò mentre mondava la lacerazione con un panno umido. "Descrive una linea continua da orecchio a orecchio. La lama che ha inferto il colpo doveva essere molto affilata."

"Si trattava di un coltello o di una spada?" volle sapere Engilberta.

"Mi difetta l'esperienza per comprenderlo," si scusò Ambrosia. "Però chi brandiva l'arma doveva essere dotato di una considerevole forza fisica. Il filo è affondato nella carne fin quasi a toccare l'osso."

"Dunque è opera di un uomo."

"O di una donna vigorosa."

La badessa annuì. "E circa il momento del decesso?"

"Secondo suor Prospera," intervenne Beatrice, "il corpo di quell'uomo non può essere rimasto all'aperto per più di una notte."

"Concordo," annuì Ambrosia, mentre iniziava a tastare il torace della vittima. "Membra rigide e stomaco ancora sgonfio. La morte dev'essere sopraggiunta fra compieta e il mattutino."

"Se ci fossero altre ferite," rimuginò Engilberta, "potremmo forse arguire cosa gli sia successo."

"Se ce ne fossero, gli abiti sarebbero lacerati," obiettò l'*infirmaria*. "Invece sono intatti."

"Le percosse e i colpi di randello non strappano i tessuti," le fece però notare la *magistra abbatissa*.

"In tal caso," dovette arrendersi Ambrosia, "inizierò dalle mani."

"Indossa dei guanti," notò solo allora Beatrice.

"Guanti di pelle di cervo," precisò Engilberta. "Un indumento non comune."

"Doveva essere una persona facoltosa," ipotizzò la novizia, mentre cercava la conferma di quell'affermazione nell'alta cintura di cuoio che fasciava la vita del defunto. E così facendo, notò un sottile rotolo di pergamena che spuntava da sotto la fibbia.

Proprio in quell'attimo, suor Ambrosia emise uno strepito.

"Cos'hai trovato?" sobbalzò la reverenda madre.

L'*infirmaria* non rispose.

Si limitò a lasciar cadere il guanto che aveva appena sfilato dalla mano sinistra e a tenere gli occhi puntati sul palmo nudo del cadavere.

Dove, ben visibile sulla pelle, compariva una minuscola croce nera.

31.

“È identica alla croce che abbiamo trovato sul palmo di suor Agata,” non poté fare a meno di commentare Engilberta.

“Dio ci protegga...” squittì Ambrosia, tremebonda. “Un’altra croce capovolta!”

“Chi era mai costui?” si domandò la badessa. “Quale legame poteva avere con la nostra consorella?”

“Forse,” intervenne Beatrice, avvicinandosi al cadavere, “*questo* potrebbe aiutarci a comprendere.” E sfilò il piccolo rotolo di pergamena seminascosto sotto la cintura di cuoio.

Engilberta se ne appropriò all’istante e lo aprì.

“Ebbene, *magistra*?” non poté trattenersi la novizia. “Cosa c’è scritto?”

La badessa rimase a fissare il minuscolo lembo di cartapecora senza proferire un fiato. I suoi occhi erano stretti, velati di un’incredulità che tracimava nello sconcerto.

Nella speranza di non indispettirla, Beatrice si mise cautamente al suo fianco e lesse quello che pareva un breve messaggio vergato in latino.

Corpus Iohannis apostoli trado in custodiam tuam.

"Il *corpus Iohannis*?" ripeté basita la giovane monaca. "Non sarà per caso..."

"Non è possibile," la interruppe Engilberta.

"Di cosa state parlando?" s'inserì Ambrosia che, senza allontanarsi dal tavolo da cerusico, continuava a tremare in preda all'angoscia.

Dopo aver ritrovato, almeno all'apparenza, un atteggiamento di contegnosa freddezza, la reverenda madre le mostrò il testo. "*Ti affido in custodia il* corpus *dell'apostolo Giovanni*," tradusse.

L'*infirmaria* tornò a fissare per un attimo il cadavere, come se dalla bocca senza vita di quello sconosciuto potesse uscire d'un tratto una spiegazione. "Ma la parola *corpus*," mormorò con titubanza, "non starà per caso a significare..."

"Una reliquia," confermò Engilberta. "Il *corpus* di un santo è ciò che resta delle sue spoglie mortali quando l'anima è volata in cielo."

"Perciò, se il messaggio fosse veritiero," commentò Beatrice, "al giovane uomo disteso su questo tavolo erano stati affidati i sacri resti dell'Evangelista!"

"Non è possibile," rimarcò la badessa. "A mio sapere, le ossa dell'apostolo Giovanni riposano inviolate a Efeso."

"Forse qualcuno le ha rubate," propose la novizia, "come accadde per le reliquie di san Marco?"

"Sarebbe un crimine gravissimo del quale non vorrei mai diventare complice," chiuse la questione Engilberta, per poi far sparire la pergamena in una tasca del suo abito.

"La *magistra abbatissa* ha ragione," fece Ambrosia. "Le storie dei furti di reliquie traboccano di disgrazie e di spaventosi accadimenti. Meglio non essere coinvolte in simili disavventure!"

"Eppure, in base a quanto vi ho sentite dire," replicò Beatrice, mentre indicava con enfasi la croce nera tracciata sul palmo del cadavere, "quel segno dimostra che noi siamo *già* coinvolte."

"Non finché manterremo il segreto," sentenziò Engilberta, incrociando le braccia sul petto.

Le due giovani consorelle si scambiarono un'occhiata perplessa.

"Ascoltatemi bene," le richiamò all'attenzione la badessa. "Per la salvezza del nostro monastero, ora farete esattamente come vi dirò."

"Per i santi martiri!" non poté trattenersi Beatrice. "Non sarà un altro dei vostri enigmatici comandamenti!"

"Nessuna ambiguità, questa volta," promise Engilberta. "Vi affido il compito di far sparire il corpo di questo defunto."

Il dolce volto di Ambrosia si trasformò in una maschera di sconcerto. "E in quale modo?"

La *magistra abbatissa* sorrise volpina. "A pochi passi da questo locale c'è il cimitero," spiegò. "Basterà scavare una fossa."

L'*infirmaria* stava già annuendo debolmente quando Beatrice scosse il capo. "Se qualcuno venisse a curiosare," obiettò, "noterebbe la terra smossa di fresco e potrebbe chiedersi chi sia stato sepolto di recente in quel buco."

"Non lo farebbe di certo se quel buco fosse destinato ad accogliere le spoglie di suor Agata," proferì Engilberta.

"Ma le spoglie di suor Agata non verranno collocate insieme a quelle delle altre consorelle defunte, su uno dei seggi del *putridarium*?" domandò la novizia, confusa.

La badessa emise un sospiro costernato. "A una presunta suicida non può essere concesso un simile privilegio."

"Nemmeno quello di essere sepolta in terra consacrata," le fece notare Ambrosia.

"Però la *magistra abbatissa* non crede che suor Agata si sia suicidata," precisò Beatrice, inorridendo al pensiero che la povera suor Agata subisse l'umiliazione di venir sepolta all'esterno del monastero, tra gli alberi.

"È vero, non ci credo affatto," proferì Engilberta. "Tuttavia, al momento, dobbiamo curarci di ben altre questioni e sperare che nessuno faccia caso a simili sottigliezze," e muovendo un indice tracciò nell'aria due linee sovrapposte. "La fossa che scaverete dovrà essere più profonda di quanto si è soliti fare. Profonda *il doppio*, capite? Nel livello più basso deporrete il cadavere dello sconosciuto e lo coprirete con uno strato di terra alto non più due spanne, in modo da consentirci in seguito di deporvi sopra i resti di suor Agata. Così, se anche qualcuno dovesse notare una tomba aperta nel cimitero, la crederà il sepolcro predisposto per la nostra consorella e non sospetterà mai che sotto di esso giaccia già un altro corpo."

"Sta bene, *magistra*," disse la novizia. "Io e suor Ambrosia ci metteremo subito al lavoro." Quindi scrutò l'espressione indecifrabile della reverenda madre. "E voi, nel frattempo, cosa farete?"

"Andrò in cerca di indizi," rispose sibillina Engilberta. "Nel primo luogo in cui, a ben vedere, avrei dovuto recarmi fin dal mattutino."

32.

"*Porgi l'orecchio alla mia preghiera,*" salmodiava suor Prospera a denti stretti, "*sulle mie labbra non c'è inganno.*"

Mettendo un passo davanti all'altro, attraversava l'algida navata della chiesa sforzandosi di non pensare al ginepraio di sotterfugi e di menzogne che si era lasciata alle spalle. Pur confidando nelle buone intenzioni di madre Engilberta, ed essendo persuasa della giustezza del suo operare, lei non era fatta per quel genere di situazioni. La vita agreste dalla quale proveniva e la sua fede di bambina, una devozione ingenua e credulona mai avventuratasi nel mare tempestoso del dubbio, l'avevano resa una persona adatta a obbedire senza far domande. O come di tanto in tanto soleva definirsi lei stessa, una sposa volenterosa che non disdegnava di svolgere le monotone ma necessarie mansioni domestiche.

"*Custodiscimi come pupilla degli occhi, all'ombra delle tue ali nascondimi,*" continuava a recitare con un filo di voce, mentre superava il tramezzo di legno per raggiungere l'imboccatura del portale.

Non vedeva l'ora di sedere sulla sua seggiola di vimini e di riprendere il lavoro di cucito che vi aveva lasciato sopra. Un lavoro noioso, ripetitivo, ma di certo in grado di aiutarla a scacciare fino all'ora di pranzo il ricordo del cadavere trovato nel bosco e delle azioni clandestine che, pur non comprendendone il motivo, era stata costretta a svolgere.

Giunta davanti al maestoso arco d'ingresso affacciato sulla corte esterna, vide tuttavia sfumare i suoi propositi di tranquillità.

Sotto la luce grigia del mattino, tre individui attendevano il suo arrivo.

Il primo era padre Vespertilio, seduto sulla serpa del suo carro sgangherato.

Gli altri due era certa di non averli mai visti.

Uno era un giovane uomo vestito da paggio, in sella a un morello maltinto. L'altra una donna ammantata di nero, su un destriero pomellato, con un grande falco pellegrino appollaiato sull'avambraccio destro.

"In nome di Dio, era ora!" esordì Vespertilio con malcelata irritazione. "Dove ti eri cacciata, suor Prospera? Ti aspettiamo da un'eternità!"

"Ho dovuto svolgere una commissione per la madre badessa," si giustificò la monaca portinaia, osservando i due sconosciuti. "Ma voi, piuttosto..." si rammentò di colpo, spostando lo sguardo sul sacerdote. "Voi, chiarissimo padre... per quale ragione siete tornato indietro?"

"Ero sul sentiero diretto alle porte di Ferrara quando mi sono imbattuto in questa coppia di emissari," si limitò a rispondere Vespertilio. "Nel venirmi incontro, mi hanno chiesto indicazioni per il monastero di San Lazzaro, così ho provveduto ad accompagnarli di persona."

"Davvero generoso da parte vostra," si lasciò sfuggire ingenuamente la virago. "Soprattutto perché mi pareva d'aver inteso che aveste gran premura di tornare in città."

"Non l'avrei certo fatto per chiunque," replicò il sacerdote. "Costoro sono portavoce di un'alta eminenza, e sono giunti fin qui per incontrare la *magistra abbatissa*."

"Ma in questo momento, la *magistra abbatissa*..." fremette suor Prospera.

"Cosa vai blaterando?" s'irritò Vespertilio.

Lo stridere improvviso del falco richiamò l'attenzione della portinaia sulla donna in nero. Una strana creatura, non poté fare a meno di pensare. Magra e dal colorito esangue, aveva le pupille traboccanti di una misteriosa energia.

"Si tratta di una questione alquanto urgente," s'inserì il giovane vestito da paggio, mentre smontava da cavallo. "Urgente," rimarcò, "e insidiosa."

"Insidiosa?" ripeté Prospera, stringendo i pugni.

"Orsù, spicciati!" la incalzò Vespertilio, dall'alto della serpa. "Annunciaci alla tua badessa!"

La virago indugiò ancora un istante. Ma una risatina di scherno della donna in nero le fomentò un improvviso quanto inspiegabile senso di soggezione.

"Dovrete avere un po' di pazienza," mormorò, per poi indietreggiare con fare impacciato.

"Spero non troppa!" sbuffò il sacerdote.

"Tornerò con la *magistra abbatissa* il prima possibile," promise suor Prospera. "Nel frattempo, potete attenderla nel parlatorio."

Preso quindi congedo, si allontanò a lunghi passi verso l'interno della navata. Quasi correndo, si accorse d'un tratto. Ma a costo di apparire ridicola, se non addirittura grottesca, si guardò bene dal moderare l'andatura.

Con la tua spada liberami dal malvagio! recitò nella propria mente a conclusione del salmo.

Benché ne ignorasse il motivo, aveva l'impressione di essersi appena trovata faccia a faccia con il diavolo.

33.

“Scaviamo là,” disse Ambrosia, indicando un punto del cimitero che confinava con i margini occidentali dell’orto.

“No,” rispose Beatrice.

Stavano camminando una a fianco dell’altra, trascinando il telo di sparto sul quale avevano adagiato il cadavere dello sconosciuto. Intorno a loro c’era solo il grigiore di una lieve foschia che, sfidando la luce del sole, velava i ciuffi di erba officinale, le croci di legno e i brandelli di antiche murature disseminati nei dintorni.

“Un posto vale l’altro,” replicò la monaca francese, mentre procedeva col volto arrossato e lucido di sudore. “Perché sceglierne uno più lontano?”

“Perché non ho alcuna intenzione di scavare,” la colse di sorpresa la novizia, rallentando il passo.

Ambrosia la scrutò attonita.

“Mi sto portando appresso questo povero defunto da troppo tempo,” soggiunse Beatrice. “E in tutta franchezza, non ho la forza e nemmeno la pazienza di scavare una fossa per nasconderlo.”

"Ma la *magistra abbatissa*..." cercò di obiettare la consorella.

"Di' la verità, neppure tu vuoi farlo," la interruppe la novizia. "Ho visto la tua espressione corrucciata, mentre Engilberta ci impartiva gli ordini."

"Non posso negarlo," sbuffò Ambrosia, asciugandosi la fronte con la manica della tonaca. "Io non sono adatta a questo genere di cose. Alla fatica fisica, intendo. E per di più, provo rimorso nel compiere azioni improbe."

"La madre badessa non ci ha chiesto di fare nulla di improbo," precisò Beatrice. "Benché all'apparenza sembrino ispirati dall'avventatezza e dalla malizia, i suoi provvedimenti nascono dalla necessità di proteggere noi tutte."

"Se la pensi così," replicò l'*infirmaria*, "perché intendi disobbedirle?"

"Io non intendo disobbedirle," le rispose. "Voglio solo semplificare il nostro compito."

"Non capisco."

"Se ora io e te dovessimo metterci a scavare una fossa," spiegò la novizia, "termineremmo il lavoro non prima del battere dei vespri. E nel frattempo, chissà cos'altro sarà successo fra queste mura."

"Per la santa messa!" tremò Ambrosia. "Io spero invece non debba succedere più nulla!"

"Credi davvero che la morte di suor Agata resterà segreta?" la disilluse Beatrice. "Molto presto giungeranno gli uomini del vescovo, forse anche degli armigeri, e in un modo o nell'altro penetreranno nel nostro claustro per indagare sull'accaduto."

“E tu come fai a saperlo?”

“Ragiona!” la spronò. “Perché pensi che Engilberta ci abbia ordinato di occultare il cadavere? Se si fosse trattato di tenerlo semplicemente nascosto alle nostre consorelle, sarebbe stato sufficiente lasciarlo sul tavolo da cerusico e chiudere a chiave l’infermeria. Invece ha deciso di deporlo in una fossa.”

“Non hai torto,” disse Ambrosia, arrendendosi all’evidenza. “Ma a maggior ragione, perché non vuoi seppellire questo corpo?”

“Perché,” ammiccò Beatrice, “credo ci sia un modo molto più veloce e meno faticoso per farlo sparire.”

“Cioè?”

Per tutta risposta, la novizia indicò lo scheletro di un edificio abbandonato che sorgeva a pochi passi dall’infermeria. A causa della sua indiscussa antichità e del fatto che nessuna delle *sorores* ne conoscesse la storia e tantomeno lo scopo originario, quell’ammasso pericolante di travi e di pareti sbrecciate veniva chiamato “il grande rudere” per distinguerlo da quelli più piccoli che si trovavano intorno al monastero e nelle vicinanze della torre.

“Vorresti trascinarlo là dentro?” fremette Ambrosia.

“Se la memoria non m’inganna,” ribatté Beatrice, “fra quelle vecchie colonne ci sono delle crepe abbastanza larghe da poterci far scivolare in mezzo una persona adulta.”

L’*infirmaria* si voltò per osservare il corpo dello sconosciuto disteso sul telo. Poi, emettendo un sospiro, scrutò prima le file di croci del cimitero e poi il grande rudere silente. “Se facessimo come suggerisci tu,” mormorò, “non dovremmo spezzarci la schiena con le vanghe...”

“No. Non dovremmo.”

“Ma se la *magistra abbatissa* non approvasse?”

“Tutto d’un tratto ti fai scrupolo di dispiacerla?” si stupì Beatrice.

“Cosa insinui?”

“Ho sentito bene, poco fa, con quale fermezza hai ribattuto alle sue parole. E pure come ti sei rifiutata di rispondere alle sue domande.”

“Non l’ho certo fatto per spirito di ribellione,” precisò in sua difesa Ambrosia. “Io non appartengo alla cerchia delle sciocche che parteggiano per Ursiana. Però, allo stesso tempo, sono persuasa del fatto che la badessa debba dimostrare assoluta obbedienza ai ministri incaricati dal vescovo di celebrare la messa e di impartire i sacramenti in questo monastero.”

“Ti riferisci a padre Vespertilio?”

L’*infirmaria* annuì. “Con tutto il mio rispetto e la mia ammirazione per la saggia Engilberta,” disse, “quel sacerdote rappresenta la massima autorità in questo cenobio, e in quanto tale egli deve essere tenuto informato su qualsiasi cosa accada al suo interno,” e indurì l’espressione del volto. “Specie se si tratta di informazioni che potrebbero gettar luce sui segreti di quell’idolatra di suor Agata di Corteregia.”

“Perché parli così della nostra consorella?” si esacerbò Beatrice. “Non crederai a quel che si vocifera sul suo conto!”

"Oh," rise con amarezza la monaca francese, "a me non serve credere. Io *ho visto*!"

"Che cosa?"

Ambrosia s'incamminò verso una pietra che affiorava tra le erbacce e vi sedette sopra. "Qualche settimana fa è capitato che non riuscissi a prendere sonno," confidò dopo un attimo di esitazione. "Compieta era già trascorsa da molto, e io continuavo a rigirarmi invano sotto le coltri del giaciglio. Così, dopo un lungo esitare, pensai di alzarmi e di avvicinarmi a una finestra del dormitorio per prendere una boccata d'aria. Eravamo a inizio autunno e la notte era tiepida, con uno splendido cielo terso rischiarato dalle stelle e dalla luna." Strappò un filo d'erba e lo portò alle labbra. "È stato allora che l'ho vista."

Beatrice la fissava sbigottita.

"Giura che non lo racconterai alla badessa," la fece quasi sobbalzare la consorella.

"Perché?" non poté trattenersi dal chiedere la novizia.

Ambrosia abbassò lo sguardo. "Perché ho paura."

Impossibile stabilire se fosse sincera o stesse mentendo. Beatrice, però, era troppo curiosa di sapere. "Te lo giuro," promise pertanto.

Prima di riprendere il racconto, la monaca francese giocherellò per un po' con il filo d'erba, tracciando invisibili parole nell'aria. "Quella notte, mentre me ne stavo alla finestra, guardai verso il chiostro," proferì d'un tratto, "e vidi una monaca seduta sul bordo del pozzo."

"Suor Agata?"

"Sì," rispose Ambrosia. "Ma non era sola. C'era qualcun altro, con lei. Una presenza il cui semplice ricordo m'inquieta."

"Quale genere di persona può averti spaventata a tal punto?" domandò d'istinto Beatrice.

"Non si trattava di una persona," rivelò l'*infirmaria*. "Era un gufo. Un gigantesco gufo dagli occhi gialli."

"Un gufo?" ripeté incredula la novizia.

"Era quel che appariva, per lo meno," disse Ambrosia con voce tremante. "Le si ergeva di fronte imperioso, con le orecchie simili a corna e gli artigli posati sulle sue ginocchia. E la guardava, proprio come ora tu stai guardando me, ma più intensamente… Mentre lei, persa dentro quegli occhi, sussurrava delle parole."

"Come puoi essere sicura di averla udita?" obiettò Beatrice. "Pur affacciando sul chiostro, le finestre occidentali del dormitorio sono distanti dal pozzo. Abbastanza distanti, per lo meno, da rendere difficile percepire i suoni che provengono da quella direzione."

"Suor Agata sussurrava al gufo, ti dico!" insistette la monaca francese. "Proprio come fece Teofilo quando strinse il patto con il Maligno!"

"Sei certa di non aver sognato?" si lasciò sfuggire la novizia. "Forse ti eri appisolata sul davanzale e, mentre ti assopivi…"

"Ero ben desta, ti dico!" scattò in piedi Ambrosia. "Abbastanza desta da essere in grado di riconoscere una manifestazione del diavolo."

"Eccovi finalmente!" sentenziò una voce alle loro spalle. "Perché non eravate in infermeria?"

Beatrice e Ambrosia si voltarono all'unisono, imbattendosi nella figura monolitica di suor Prospera.

"Dov'è madre Engilberta?" soggiunse quest'ultima, guardandosi intorno con aria preoccupata. "Sono insorte delle complicazioni."

34.

Il dormitorio tratteneva fra le sue ombre l'umidità e il freddo della notte.

Dopo aver attraversato al chiaro di candela la doppia fila di giacigli che occupavano quel lungo spazio rettangolare, Engilberta si fermò davanti al letto appartenuto a suor Agata. Un semplice sacco di paglia incassato in un'intelaiatura di legno, identico a tutti gli altri.

Se mai la defunta fosse stata depositaria di un qualche segreto, uno dei pochi luoghi in cui avrebbe potuto custodirne traccia consisteva nella cassapanca collocata ai piedi del giaciglio.

Guidata da quel pensiero, la badessa appoggiò la candela sull'assito del pavimento e sollevò il coperchio del contenitore, trovandosi di fronte ai pochi oggetti appartenuti alla vittima. Un cambio d'abiti, un mantello di lana da usare nei mesi invernali, una spazzola per capelli e un paio di calzari di feltro.

Engilberta non se ne stupì. Alle religiose di San Lazzaro, come a qualsiasi altra sposa di Cristo educata secondo la Regola di san Benedetto, era vietato possedere effetti personali eccetto lo stretto necessario a condurre un'esistenza pia e decorosa. Ma la reverenda madre non si diede per vinta. Sapeva bene che una vita di privazioni poteva indurre una giovane donna a escogitare i metodi più ingegnosi per nascondere i suoi piccoli tesori. Dal cibo ai belletti, dalle bambole di pezza alle poesie d'amore, non c'era limite a ciò che le abitanti di un claustro s'industriavano a proteggere dalle ispezioni delle anziane.

Sinceratasi che la cassapanca non celasse un doppio fondo, Engilberta passò quindi a esplorare lo spazio tra il pagliericcio e l'intelaiatura del letto. Una volta, nell'abbazia di Rupertsberg, una sua consorella aveva conservato in quella fessura, per quasi un anno, un vecchio lunario di pergamena zeppo di figure zodiacali e di formule magiche. Ma non trovando alcunché nemmeno in quel recesso, iniziò a tastare il guanciale. Se una monaca era abile con ago e filo, poteva occultare facilmente nell'imbottitura di piume degli oggetti di piccole dimensioni.

Ancora una volta, però, gli sforzi della *magistra abbatissa* furono delusi.

Pareva davvero che Agata di Corteregia non avesse custodito segreti. O per lo meno, segreti affidati a cose materiali.

"Figliola mia," sospirò Engilberta, mentre sollevava la candela sopra il capezzale, "quale sciagurato mistero ti avrà mai condotta dentro quel pozzo?"

D'un tratto si accigliò.

Per un attimo, l'alone di luce della fiammella aveva fugato le ombre da dietro la testiera, rivelando dei segni scuri sulla parete alla quale era accostata.

Un disegno tracciato sull'intonaco, intuì la badessa, avvicinandosi a quel punto.

Dopo aver scostato di poco il giaciglio, trovò infatti l'immagine di due mani aperte, a mostrare i palmi.

Suor Agata doveva averla realizzata servendosi di un carboncino. Ma nulla provava che quella fosse opera sua. Forse l'artefice di quell'enigmatica raffigurazione era qualcun altro.

Come pure della parola scritta a caratteri maiuscoli sotto di essa.

CONSOLAMENTVM

Engilberta aveva appena iniziato a interrogarsi sul significato di quel singolare vocabolo quando un improvviso tremolio della fiamma la mise in allerta.

"Chi c'è?" esclamò, voltandosi verso l'ingresso del dormitorio.

Una figura alta e massiccia avanzò nella penombra.

"Dio sia lodato!" proferì con voce femminile. "Se non vi avessi trovata qui, non avrei saputo dove altro cercare!"

"Suor Prospera?" si meravigliò Engilberta.

"Sì, *magistra abbatissa*," confermò la nuova arrivata, allungando il passo in sua direzione. "Sono io."

C'era una nota di urgenza nel suo modo di esprimersi.

Un palpabile accenno di angoscia che la monaca portinaia non aveva manifestato neppure davanti al cadavere sgozzato disteso sul tavolo da cerusico.

"Ebbene?" le chiese la badessa. "Cosa saresti venuta a riferirmi?"

Prima di risponderle, la virago attese di esserle vicina.

"Due visitatori," sussurrò.

"Persone note?"

Prospera scosse il capo. "Hanno chiesto espressamente di voi. Sembrano avere molta premura."

Engilberta osservò un'ultima volta, di sfuggita, la parola scritta sulla parete e s'incamminò verso l'uscita del dormitorio. "Conducimi da loro," disse con un sospiro stoico.

Ma dopo pochi passi si arrestò.

Il barlume della candela aveva rivelato la presenza di un piccolo oggetto accanto a un giaciglio.

Incuriosita, la badessa andò a controllare.

"Se non m'inganno, quello è il letto della priora," disse la portinaia.

Engilberta la zittì con un cenno della mano e raccolse l'oggetto, un calice di terracotta, percependo all'istante l'odore di uva fermentata. Davvero insolito, rifletté. Fra le molte libertà che sospettava fosse usa concedersi suor Ursiana, ignorava ci fosse anche quella del bere vino di nascosto.

Ma dopo un rapido esame, notò qualcos'altro sul fondo del contenitore.

Erbe sminuzzate con il pestello.

Dopo aver annusato per capire di quale sostanza vegetale si trattasse, la badessa ripose il calice nel punto esatto in cui l'aveva trovato e tornò a scrutare suor Prospera.

"Andiamo," le ordinò recisa. "Non facciamo attendere oltre i nostri misteriosi ospiti."

Quarta campana
Metà mattina

Era l'ora terza quando lo crocifissero.
MARCO, 15,25

35.

"Che il Signore mi perdoni," disse padre Vespertilio. "Non saprei proprio rispondere alla vostra domanda."

"Però ammettete di non essere completamente all'oscuro della questione," lo incalzò il giovane uomo vestito da paggio, dopo aver indirizzato un'occhiata complice alla donna col guanto da falconiere.

Il sacerdote si limitò ad annuire, per poi spostare l'attenzione verso l'alto come se fosse stato rapito dai rintocchi dell'ora terza.

Si trovavano nel parlatorio, a fronteggiarsi in piedi, avvolti nei loro mantelli. Il giovane era l'unico a indossare abiti dai colori accesi, consistenti in una cappa di velluto giallo sotto la quale s'intravedeva una sopravveste bianca e nera. Sul capo portava una cuffia di lana scura che gli incorniciava il viso nascondendogli le orecchie.

"Ma il corpo, almeno..." ruppe il silenzio la donna avviluppata di nero. "Il corpo l'avete visto?"

"Mi credete un ingenuo?" la fulminò Vespertilio, irritato dal tono sfrontato con cui gli si era rivolta quella femmina. “Io sono un emissario del vescovo. Rappresento i suoi occhi e le sue orecchie.”

“Noi invece,” lo rintuzzò il giovane con una smorfia rapace, “rappresentiamo *le mani* di qualcuno ancora più in alto.” E posò l’indice inanellato sul pomolo del pugnale inguainato alla sua cintura.

Il sacerdote dissimulò il nervosismo dietro un rispettoso cenno di assenso. “Mani alle quali, vi rammento, ho offerto il mio aiuto,” osservò a bassa voce, per poi voltarsi verso la monaca dal venerabile aspetto intenta a scrutarli sulla soglia dell’ambiente.

“Madre Engilberta,” la salutò Vespertilio, distendendo subito l’espressione del viso. “Finalmente ci degnate della vostra presenza.”

“Come sapete,” gli rispose la badessa, mentre marciava verso il seggio dall’alto schienale collocato in fondo alla stanza, “quest’oggi il Signore mi ha gravato di impegni tanto spiacevoli quanto insoliti.”

Dietro di lei camminavano suor Prospera e suor Ursiana.

Una volta che si fu seduta, Engilberta invitò entrambe le consorelle a disporsi in piedi ai suoi lati, come si conveniva durante le visite ufficiali.

“Ebbene, buon padre?” soggiunse, dopo aver intrecciato le dita sotto il mento. “Chi sarebbero i forestieri che così inaspettatamente avete condotto nel mio claustro?”

Prima che Vespertilio potesse rispondere, l’uomo vestito da paggio avanzò risoluto e si inginocchiò in segno di deferenza. “Il mio nome è Raterio di Psalmodie,” si presentò, mentre estraeva un rotolo di pergamena dalle pieghe dell'abito. "Sono un umile chierico al servizio del venerabile Enrico di Marcy, il persecutore di eretici e cardinale vescovo di Albano."

Engilberta controllò il documento che le veniva porto. Si trattava di un salvacondotto. Il sigillo in calce recava un blasone nobiliare sovrastato da un galero cardinalizio.

"Forse la reverenda madre ignora," s'inserì Vespertilio, "che Enrico di Marcy ha partecipato alle esequie di papa Urbano e al momento si trova ancora a Ferrara, in una stanza segreta del vescovado, per prendere parte al conclave insieme a una rosa di porporati."

La badessa restituì il salvacondotto a Raterio. "E quali incombenze vi avrebbero portato fin qui?"

Sul volto del chierico balenò la mezzaluna di un sorriso. "Tanta impassibilità vi rende onore," disse, mentre si rialzava in piedi e spolverava i lembi della cappa entrati in contatto con il pavimento. "Del resto, non mi sarei aspettato nulla di meno da una discepola della Sibilla di Renania."

Tra i molti soprannomi riservati a Ildegarda di Bingen, "Sibilla renana" era quello che Engilberta amava di meno. Da un lato le attribuiva le doti di profetessa. Dall'altro la equiparava a un oracolo pagano.

"Padre Vespertilio vi ha parlato di me?" si limitò a replicare.

"Non ce n'è stato bisogno," intervenne la donna in nero. "Voi siete Engilberta di Villers, detta anche Engilberta la Fuggiasca. Le voci sulle vostre imprese sono giunte fino alle mura di Albano."

La badessa si smarrì per un attimo nelle iridi della sconosciuta. Iridi luciferine capaci di scorticare. Poi tornò a guardare Raterio. "Non mi avete ancora rivelato," gli ricordò, "per quale motivo siete venuto a chiedermi udienza."

"Per eseguire la volontà di sua eminenza Enrico di Marcy," si strinse nelle spalle il chierico. "Egli mi ha inviato in questo luogo romito per indagare sul furto di una reliquia."

"Una reliquia?" sobbalzò Engilberta.

"Sapete qualcosa?" la inquisì all'istante la donna in nero.

La badessa si ritrovò ancora a fissarla. Carnagione pallida, occhi di serpente. Non avrebbe saputo attribuirle un'età, né tantomeno un ruolo preciso in quella vicenda. Il mantello nero e il guanto da falconiere le conferivano allo stesso tempo l'aspetto della religiosa e della cacciatrice. Ma forse quella creatura era tutt'altro. Forse, sotto la sua pelle bianchissima, si nascondeva una natura molto più insidiosa e imprevedibile.

"Non avete ancora favorito il vostro nome," le fece notare.

"Winda di Saint-Félix," rispose succintamente la donna, trapassandola con lo sguardo.

Winda, ripeté dentro di sé Engilberta. Il nome di un'erba fragile e inutile. Non si sarebbe meravigliata se fosse stato inventato sul momento, proprio come il toponimo ambiguo che ne designava la provenienza.

"La mia sodale ha intuito il vero?" la colse impreparata Raterio. "Sapete qualcosa?"

"No," disse la reverenda madre.

"Eppure..." insinuò Winda.

"Quel che avete colto nella mia reazione era incredulità," si difese Engilberta. "Del resto, non sono abituata a sentirmi accusare di ladrocinio."

"Se le mie parole vi hanno in qualche modo offesa, chiedo venia," si affrettò a ribattere il chierico. "Non era rivolta a voi, la mia accusa. E non è certo per dare la caccia a un vile criminale che mi sono permesso di varcare i confini di questo monastero."

"In tal caso," lo incalzò, "vi esorterei a essere più esplicito."

Raterio annuì. "Sua grazia il cardinale vescovo di Albano nutre il sospetto che la reliquia cui vi accennavo sia stata nascosta fra queste sacre mura."

"E da dove sorgerebbe un simile sospetto?"

"Dal semplice fatto," rivelò Winda, "che l'autore del furto è stato visto allontanarsi a cavallo in questa direzione."

Facendo quasi violenza su se stessa, Engilberta si sforzò di mostrarsi algida e inespressiva. "Non è mia costumanza dare asilo ai banditi."

"E allora a chi appartiene il baio che sta pascendo fieno nella vostra stalla?" tornò a pungolarla la donna in nero. "Non ho potuto fare a meno di notarlo mentre io e frate Raterio attendevamo di essere accolti nel parlatorio."

Per un istante la badessa desiderò di strapparle dalla faccia quegli occhi indagatori. Ormai non aveva dubbi. Non era il giovane chierico colui dal quale si doveva guardare, bensì quella donna diabolica. "Se volete il padrone di quel baio, farò in modo di consegnarvelo," fu costretta a improvvisare. "Però, in tutta franchezza, dubito sia stato lui a commettere il crimine di cui parlate."

"Come potete esserne sicura?" si accigliò Raterio.

Engilberta, in verità, non lo era affatto. Ma con quelle parole aveva voluto rimarcare la sua estraneità al crimine di cui era stata appena messa al corrente. Una reliquia nascosta nel suo monastero! Al momento non aveva alcun modo di confutare una simile accusa. Però il cadavere trovato nel bosco e il messaggio reperito sotto la sua cintura – messaggio che ora la badessa nascondeva in una tasca della tonaca – sembravano confermare quel sospetto, infangando per sempre la reputazione del cenobio di San Lazzaro. Molto meglio, si disse, guadagnar tempo sacrificando un capro espiatorio. "L'uomo in questione appartiene a una nobile casata," ci tenne a precisare nondimeno. "È troppo orgoglioso per macchiare la sua reputazione compiendo una ruberia."

"Ma chi sarebbe costui?" intervenne Vespertilio, scuro in volto. "E perché mi avete tenuto all'oscuro della sua presenza?"

Prima di rispondere, la reverenda madre spiò le espressioni delle due monache in piedi ai suoi fianchi. Pallida e angosciata suor Prospera. Imbarazzata e sdegnosa suor Ursiana. "Ero talmente sconvolta dalla morte di suor Agata," mentì in sua difesa, "da dimenticarmene."

"Bugiarda!" la accusò il sacerdote. "Voi avevate l'obbligo di..."

"Basta!" lo zittì Raterio di Psalmodie, facendo risuonare d'un colpo tutta la sua autorità. "Non m'importa nulla dell'identità di quell'uomo, e nemmeno del suo grado di nobiltà. Se c'è anche una minima possibilità che egli sia coinvolto nel caso su cui sto indagando, pretendo di essere immediatamente condotto al suo cospetto!"

"Vi rammento che ci troviamo in un monastero femminile," lo colse impreparato Engilberta. "Non consentirò ad altri uomini di violare l'intimità di questo claustro."

"In tal caso," replicò Winda, "lo incontrerò io."

E dopo essersi sfilata il guanto da falconiere, lasciò scivolare a terra il mantello nero che la avvolgeva. Scoprendo un abito di monaca benedettina.

36.

Dopo aver lasciato Raterio e Vespertilio nel parlatorio, Engilberta ordinò a Prospera e a Ursiana di tornare alle loro rispettive mansioni. Poi si avviò con la misteriosa Winda di Saint-Félix verso la torre.

"A proposito della reliquia rubata," le disse, mentre camminavano fianco a fianco sotto il loggiato del chiostro, "potreste confidarmi di cosa si tratta?"

"Non mi è concesso," replicò Winda.

"Apparteneva forse al vostro signore, Enrico di Marcy?" insistette la badessa, nel tentativo di svelare almeno una parte di quell'arcano.

Per tutta risposta, la donna prese a guardarsi intorno con fare circospetto. "Insolita quiete," osservò. "Dove si trovano le vostre consorelle?"

"Nell'aula del cucito," rispose Engilberta.

Quasi avesse familiarità con la conformazione del monastero, Winda puntò lo sguardo verso l'edificio del dormitorio. "Tutte quante?"

“Eccetto la portinaia e la campanara. E tre anziane intente a vegliare sul corpo di una *soror* appena defunta.”

“Ho saputo della vostra perdita,” replicò a tal riguardo Winda, senza scomodarsi a manifestare una briciola di cordoglio. Poi lanciò altre occhiate tra le colonne. “E per quanto riguarda la servitù?” soggiunse. “Avete famigli o conversi ai vostri ordini?”

“No.”

“Nemmeno qualche buon samaritano che di tanto in tanto venga a svolgere i lavori pesanti?”

“Con l’aiuto di Dio, siamo abituate ad arrangiarci da sole.”

“Me ne compiaccio,” fece la donna, anche se dal suo volto trapelava una velata espressione di compatimento.

“E il cenobio al quale appartenete, se posso chiedere?” ribatté Engilberta, mentre le indicava l’accesso alla torre. “Saint-Félix è il suo nome?”

Winda abbozzò un cenno affermativo. “Si trova in Linguadoca, nei pressi della città di Tolosa,” spiegò evasiva. “Vent’anni fa, quand’ero ancora una fanciulla, vi si tenne un importante concilio teologico.”

“Non me ne sovviene memoria,” dovette ammettere la *magistra abbatissa*, suscitando una risatina indecifrabile dell’ospite. “E riguardo il guanto di cuoio che poc’anzi indossavate?” riprese a interrogarla. “Cosa significa?”

“Questo dovreste domandarlo al mio falco,” la canzonò la donna. “Ma ahimè, sarete costretta ad aspettare. L’ho lasciato fuori dal monastero, appollaiato sull’arcione del cavallo.”

Engilberta finse di non aver colto quella ventata maligna di scherno. “Soltanto le badesse dei grandi conventi si fanno vanto di possedere uccelli rapaci,” osservò. “Anche se, a quanto si racconta, raramente sono use servirsene per andare a caccia.”

Winda liquidò la questione con una smorfia e attraversò il portale della torre. “L'uomo cui avete accennato si nasconde lassù?” chiese conferma, guardando verso la sommità delle scale.

La badessa annuì. “Alloggia in un cubicolo vicino alla colombaia.”

“Il suo nome?”

“Guido degli Ademari.”

“E per quale motivo gli avreste concesso asilo?”

La *magistra abbatissa* si strinse nelle spalle. “Entro breve potrete chiederglielo di persona,” rispose con aria di sfida.

A dispetto della sgradevole intromissione del chierico Raterio e della sua sodale, non provava alcun rimorso all'idea di tradire la fiducia di messer Guido. Quell'individuo era infido e prepotente, una vera spina nel fianco. D'altro canto, temeva che non sarebbe stato facile convincerlo a collaborare senza l'uso della forza. E di certo, una donna esile come Winda aveva ben poche speranze di farsi valere su un uomo grande e grosso educato alla guerra.

Quasi in risposta a simili pensieri, l'emissaria di Enrico di Marcy sfilò un pugnale dalla svasatura di una manica e iniziò a salire le scale.

"Oggetto oltremodo insolito per una sposa di Cristo," non poté astenersi dal commentare Engilberta.

"Lui è armato?" si limitò a chiedere Winda.

"Possiede un pugnale simile al vostro."

"Poco male," disse la donna del mistero, mentre, più veloce di un furetto, la precedeva già di una decina di gradini.

Per non restare troppo indietro, Engilberta sollevò con una mano gli orli dell'abito e con l'altra si aggrappò alla corda tesa a mo' di corrimano lungo le pareti. Ma non fu comunque in grado di tenere il passo di colei che la precedeva.

La ritrovò sul ballatoio superiore, davanti all'ingresso del rifugio di messer Guido.

Prima che la badessa potesse mettersi al suo fianco, la donna si voltò verso di lei e le puntò la lama alla gola. "Dio vi maledica!" la apostrofò. "Mi avete mentito!"

"Cosa significa?" sobbalzò Engilberta, trafelata. "Io vi ho condotta dalla persona che mi avete chiesto d'incontrare!"

"Quale persona?" rise acidamente Winda, mentre con un cenno del capo indicava l'interno del cubicolo.

In un crescendo di sbigottimento, la badessa rivolse lo sguardo in quella stessa direzione. Dopodiché, indifferente alla minaccia del pugnale, si avvicinò all'entrata e scrutò le pareti scabre di quella piccola stanza.

Di Guido degli Ademari nemmeno l'ombra.

37.

Beatrice uscì dalle colonne del chiostro e camminò verso il pozzo. Era dai rintocchi del mattutino che non si fermava più in quel punto, e per un attimo le parve quasi di udire il macabro dondolio del corpo appeso alla corda. Poi il suo sguardo scivolò fino ai piedi del puteale e sul tappeto di erba circostante, alla ricerca delle ultime impronte lasciate da suor Agata. Ma naturalmente non scorse nulla. Tutto pareva essere così com'era sempre stato. Un tappeto di sottili fili verdi e di piccoli fiori gialli resistenti al freddo dell'autunno. Quasi che al creato non importasse nulla dell'involarsi di un'anima sofferente.

Appoggiate le mani sul parapetto di pietra, si sporse in avanti per osservare l'interno della cavità, nello sforzo di immaginare gli ultimi pensieri della sua consorella. Pensieri pieni d'angoscia, senz'ombra di dubbio. Brandelli di ricordi, emozioni, forse preghiere avvinti al cuore mentre il respiro veniva strozzato dal cappio.

Perché è dovuto succedere? non poté fare a meno di chiedersi.

Per quanto suor Ambrosia le fosse sembrata sincera, Beatrice si rifiutava di credere alla storia del gufo demoniaco. La verità risiedeva sicuramente altrove. Aveva un'altra forma. Altre motivazioni. E lei intendeva scoprire quali. A costo di sfidare l'autorità della reverenda madre.

Del resto, la stessa Engilberta era stata costretta ad ammetterlo. Una monaca qualsiasi non sarebbe mai riuscita a risolvere quell'enigma. Serviva qualcuna in grado di osservare le cose da un'angolazione diversa. Qualcuna capace di riconoscere la malizia umana laddove altre avrebbero creduto di scorgere il segno del Maligno.

Ecco perché Beatrice aveva voluto disfarsi in fretta del cadavere dell'uomo sgozzato. Voleva sfruttare il tempo risparmiato per andare in cerca di prove tangibili. A partire dalla *corda* alla quale era stata trovata appesa suor Agata.

Più ci ripensava, più si convinceva infatti d'aver notato qualcosa d'insolito in quella fune. Anche se al momento non era in grado di ricordare con precisione.

Peccato che la corda non ci fosse più. Doveva essere stata rimossa quando il corpo di suor Agata era stato estratto dal pozzo.

Dove sarà mai finita? si stava chiedendo la novizia, mentre un rumore di passi si avvicinava alle sue spalle.

"Dunque avevo visto bene," proferì una voce maschile. "Siete proprio voi."

Beatrice si voltò con un'espressione assorta dipinta sul viso. Davanti a lei stava un uomo dalle spalle enormi avvolte in un usbergo di metallo. Capelli biondi e occhi gentili mal si accordavano con il taglio spigoloso delle mascelle e la bocca arricciata in un sorriso volgare.

"Chi siete?" domandò d'istinto, arretrando verso il pozzo.

"Davvero non mi riconoscete?" fece lui, sollevando il mento.

"In fede mia, messere, credo di non avervi mai visto prima d'ora," si schermì la novizia. "Ma ho comunque il dovere di esortarvi a lasciare all'istante questo luogo sacro."

"Non potrei mai," ribatté beffardo lo sconosciuto, "poiché mi trovo qui *per causa vostra*!"

"Per causa mia?" fremette Beatrice, mentre girava intorno al puteale per frapporre un ostacolo tra lei e quell'individuo. "Voi farneticate! Andate via prima che chiami la *magistra abbatissa*!"

"Credo che la vecchia cornacchia sia alle prese con questioni troppo urgenti per badare a me," sghignazzò l'uomo. "Ma non temete, mia dolce Beatrice! Non sono qui per farvi del male."

La giovane monaca si sentì gelare il sangue. *Mia dolce Beatrice.* Qualcun altro, in passato, l'aveva già appellata in quel modo. Era successo il giorno delle sue nozze, davanti alla cattedrale di Ferrara. Una voce piena d'invidia, uscita dalla folla raccolta intorno a lei e al suo amato Manfredo. "Insomma!" esclamò. "Si può sapere chi siete?"

A quel punto l'armigero si fece serio. "Davvero vi siete dimenticata di me, madonna?" E intrecciò le braccia sul petto. "Io sono vostro cognato, il fratello di Manfredo."

Beatrice lo scrutò esterrefatta.

Mai avrebbe creduto possibile che il volto di un uomo fosse in grado di cambiare a tal punto nel giro di pochi anni. Ma non solo quello era mutato, nell'individuo che le stava di fronte. Il suo portamento e la sua marziale imponenza non appartenevano minimamente al giovane allampanato di cui la novizia serbava memoria.

Eppure, all'improvviso, fu certa che fosse proprio lui.

L'arco del sopracciglio, il mento appuntito e quel sogghigno arrogante perennemente scolpito sulle labbra glielo confermarono al di là di ogni dubbio.

"Ma voi... voi eravate..." si riscoprì a balbettare.

"Destinato a farmi monaco?" rise Guido degli Ademari, battendo le mani sulle braccia fasciate dalla maglia metallica. "Lo ero, sì. Come tutti i figli cadetti delle grandi casate, suppongo. Ma grazie al diavolo saraceno che rubò la vita a mio fratello, fui liberato da quel vincolo."

Beatrice non poté trattenere una smorfia di ripugnanza. "Ebbene?" lo affrontò, ritrovando di colpo la sua aristocratica alterigia. "Cosa volete da me?"

L'armigero la scrutò in tralice. "Significa che la vostra badessa non vi ha informata?" parve meravigliarsi. Dopodiché, emettendo un verso simile a un latrato, si piegò nel più grottesco degli inchini. "Ebbene, madonna, sappiate che sono qui per chiedervi di diventare mia moglie."

38.

"Non vi ho mentito," sentenziò Engilberta, mentre continuava a fissare la camera vuota in cima alla torre. "Messer Guido era qui, lo giuro!"

"In tal caso avreste dovuto rinchiuderlo a chiave," commentò secca Winda di Saint-Félix.

La badessa emise un sospiro contrito. Da vera ingenua, si era fidata della parola di quell'uomo arrogante. Un errore che non avrebbe mai commesso se non fosse stata in preda alla foga e all'angoscia a causa della misteriosa morte di suor Agata. "E adesso dove state andando?" domandò all'improvviso, vedendo Winda dirigersi verso le scale.

"Vado a cercare il vostro messer Guido," rispose l'emissaria di Marcy. "Non può essere andato lontano."

"Provvederò io stessa a consegnarvelo," si affrettò a ribattere Engilberta, niente affatto entusiasta dell'eventualità che un'estranea se ne andasse in giro a curiosare per il suo monastero. "Lo conosco bene, so come trattare con lui. Non appena sarò riuscita a scovarlo, mi servirò di una scusa per condurlo in parlatorio affinché voi e fratello Raterio possiate interrogarlo."

Winda rimase con un piede fermo su un gradino, a scrutarla. "No," dichiarò dopo un attimo di esitazione. E vedendo che la badessa allungava una mano per trattenerla, reagì puntandole contro il pugnale.

"Che il Signore abbia pietà di voi!" arretrò sdegnosa Engilberta. "Non potete essere una monaca!"

"Chi io sia veramente non vi riguarda affatto," rise con asprezza la donna in nero. "Ma state ben attenta, reverenda madre! Se vi rivelerete un ostacolo per la mia ricerca, o se mai dovessi avere il sentore che mi state tenendo all'oscuro di qualche indizio, con vostro sommo rammarico lo scoprirete!" Dopodiché le diede le spalle e si avviò in fretta e furia giù per le scale.

La *magistra abbatissa* non poté far altro che inseguirla. "Se almeno mi rivelaste qualche dettaglio in più sulla vostra missione," improvvisò nel tentativo di farle cambiare idea, "potrei esservi di maggior aiuto!"

"L'unica in grado di aiutarmi, qui dentro," rivelò la voce ormai lontana di Winda, "sarebbe stata forse quell'anima persa della vostra monaca impiccata."

Ci mancò poco che Engilberta non inciampasse a causa della sorpresa. "In nome di Dio!" proruppe, aggrappandosi al corrimano. "Cosa sapete di suor Agata?"

Per un attimo alle sue orecchie giunse soltanto uno scalpiccio di passi veloci intenti a scendere i gradini. Poi, di punto in bianco, anche quel rumore cessò.

"Rispondete, vi supplico!" insistette la badessa, mentre ricominciava a scendere. "Cosa sapete di lei?"

La donna in nero, tuttavia, si ostinava a tacere.

Engilberta si sporse oltre il parapetto delle scale per sincerarsi che quella sciagurata fosse ancora all'interno della torre. E d'un tratto la intravide, ferma sul ballatoio intermedio, ad attenderla.

"Insomma!" le si rivolse di nuovo. "Volete parlare?"

La risata sprezzante di Winda echeggiò fra le pareti dell'antica tromba di pietra. "Dico soltanto che se quella stolta d'una monaca fosse stata sincera con voi," si decise di ribattere, "adesso, forse, non saremmo costrette ad affrontare una situazione così disperata."

Un attimo dopo la badessa si ritrovò di fronte a lei. Scrutò il pugnale ancora stretto nella mano destra e la luce inquieta che le pulsava negli occhi. "Cosa insinuate?" la interrogò. "E come potete esprimervi con tanta sicurezza su una persona che non dovreste nemmeno conoscere?"

"Le mie non sono insinuazioni, bensì, più propriamente, ipotesi," precisò la donna in nero. "E giusto per dare replica alla vostra seconda domanda, io purtroppo non ho alcuna certezza. Le mie uniche conoscenze sulla defunta suor Agata di Corteregia si basano su quanto mi è stato succintamente riferito poco fa dal vostro bravo sacerdote, ma tanto mi è bastato a infondermi il sospetto che ella avesse un legame con l'autore del furto dell'oggetto di cui sono alla ricerca."

In un crescendo di sgomento, Engilberta pensò alle croci nere disegnate sui palmi delle due vittime. Un legame esisteva, era palese. Ma quale? "Posso sapere da dove nasce questo vostro sospetto?" non poté trattenersi dal chiedere.

“Se ci tenete così tanto a saperlo, ve lo dirò,” le promise Winda mentre, squadrandola di sottecchi, faceva scomparire il pugnale fra le pieghe della tonaca. “Ma a patto che mi aiutiate a trovare una prova concreta di questo presunto legame.”

“Lo farò solo se mi consentirete di agire in piena libertà,” negoziò la *magistra abbatissa.*

“Sta bene, reverenda madre,” accettò la donna in nero, per poi sorridere minacciosa. “Attenta però a non tradirmi.”

E dopo un istante aggiunse: “Il ladro della reliquia era un uomo fedele a Enrico di Marcy. Il suo nome è Alano di Corteregia.”

39.

“Mai e poi mai!” sentenziò Beatrice, indietreggiando con le iridi infiammate dall’ira.

“Perché?” camminò verso di lei Guido. “Non sono forse degno quanto mio fratello Manfredo?”

“Voi non sareste stato degno di baciargli nemmeno i piedi!” fece lei, mentre si sottraeva con disgusto a una sua mano. “Lui era nobile e fiero! E, sopra ogni cosa, era un uomo giusto.”

“Era un folle, invece!” proferì l’armigero. “Se lui vi avesse amata davvero, non sarebbe stato tanto idiota da prendere la croce per andare a morire in Terrasanta!”

“Credeva negli ideali,” lo difese Beatrice. “Ed era leale al marchese di Monferrato.”

“Ah, quel porco di Corrado di Monferrato!” imprecò Guido. “Fece promesse alla mia famiglia. Promesse che non mantenne. Mi auguro che la sua testa vada a adornare la picca di un moro di Saladino!”

“Ebbene, cognato, avete la mia risposta,” tagliò corto la giovane. “Non vi trattengo oltre.”

L'uomo tuttavia continuò ad avvicinarsi, costringendola a ripiegare verso i portici del chiostro. "Voi non capite, mia dolce Beatrice," replicò, incupendo improvvisamente lo sguardo. "Mai e poi mai accetterò un vostro rifiuto."

"Sono certa," fremette la novizia, ritrovandosi di colpo con la schiena premuta contro una colonna, "che molte fanciulle spasimerebbero all'idea di diventare vostra moglie."

"Ma io ho bisogno di voi," disse Guido, afferrandole le spalle.

"Lasciatemi o griderò!" lo avvertì lei.

"Gridate, gridate pure!" la sfidò lui. "E non appena le vostre consorelle saranno giunte, io dirò a tutte loro che poc'anzi vi ho vista trascinare il cadavere di un uomo attraverso questo stesso giardino."

Beatrice impallidì.

"Sembravate piuttosto di fretta, e non proprio a vostro agio," sogghignò il cognato, stringendole le spalle con maggior forza. "Per essere sincero fino in fondo, ho come avuto l'impressione che steste agendo di nascosto."

"Ciò che avete visto va al di là della vostra comprensione," si schermì Beatrice, mentre tentava di liberarsi da quella presa di ferro.

"In verità inizio a farmi una vaga idea di quel che sta accadendo fra queste mura," replicò Guido, avvicinando il suo viso come se intendesse baciarla.

"Non osate!" esclamò lei.

"Mi concederete la vostra mano?" insistette lui.

"Ormai sono una monaca," gli rammentò Beatrice, sostenendo il suo sguardo. "Dopo la morte di Manfredo, ho perso ogni interesse per il mondo e ho deciso di consacrarmi al Signore."

"Però, a quanto mi risulta, siete una novizia. Non avete ancora preso i sacri voti."

"Ho intenzione di pronunziarli quanto prima."

"Non lo farete. Diventerete mia moglie."

"Ma per l'amor del cielo..." si angustiò Beatrice, "perché v'intestardite nei miei confronti? Ci sono tantissime donne fuori da questo claustro! Per quale ragione insidiare la vedova di vostro fratello?"

"Perché voglio la vostra dote," le confidò senza vergogna Guido.

"La mia dote andrà alla badessa Engilberta," dichiarò lei. "In cambio della mia ammissione nella sua *familia*."

"Invece la darete a me," si oppose lui, "perché ne ho bisogno per assicurarmi la carica di podestà!"

Con un movimento improvviso, lei riuscì a divincolarsi e a trovar rifugio dietro una colonna. "Ecco svelato l'arcano!" commentò in un crescendo di disgusto. "È solo *questo* che vi interessa!"

"Vi eravate forse illusa che spasimassi per i vostri begli occhi?" la canzonò il cognato. "Voi ormai appartenete alla mia famiglia, e così pure i vostri beni! Avete già sposato un Ademari e ora ne sposerete un altro, che vi piaccia oppure no!"

"Andate all'inferno!"

"Suvvia, non fate i capricci," replicò Guido, con il tono mellifluo di chi cerca di ammansire un cavallo. "Se il velo monacale vi piace così tanto, avrete il permesso d'indossarlo ogni volta che vorrete! Persino il giorno delle nostre nozze!"

Benché furiosa, Beatrice si guardò bene dal rispondere a quell'ultima provocazione.

Seminascosta dietro la colonna, rimase a fissare la monaca dal viso sconosciuto che, camminando di soppiatto, si stava avvicinando alle spalle di Guido con un pugnale in mano. Poco lontano, sotto gli archi ombrosi del chiostro, si scorgeva la sagoma di madre Engilberta in trepidante attesa.

"Finalmente!" si compiacque il cognato, ignaro di quanto stesse accadendo dietro di lui. "A quanto pare, sono riuscito a zittirvi!"

Un attimo dopo, la monaca di cui Beatrice era sicura di non avere mai visto prima d'allora i lineamenti insinuò la lama fra le cosce di quel prepotente, provocandogli un repentino sobbalzo.

"Ora, mio signore, farete come vi ordino," proferì la sconosciuta, "o quant'è vero il diavolo, dovrete dire addio ai vostri testicoli."

40.

“Allontaniamoci dal chiostro,” comandò Engilberta.

Beatrice rimase immobile, incapace di staccare gli occhi da Guido degli Ademari e dalla monaca sconosciuta che lo teneva sotto la minaccia del pugnale. Fremeva di rabbia e d’indignazione. Il cuore le scalciava nel petto come se avesse corso per ore.

“Mi hai udita, figliola?” la richiamò all’attenzione la badessa, strattonandola per una manica. “Svelta, andiamocene!”

“Voi lo sapevate, non è così?” reagì di colpo la novizia, opponendole resistenza. “Sapevate che Guido si trovava in questo monastero!”

“Lo sapevo, sì,” confermò la reverenda madre. “Diverse volte, negli ultimi mesi, questo infame è venuto a bussare alla mia porta perché gli consentissi di incontrarti, ma io conoscevo la tua sofferenza per il nobile Manfredo e l’ho sempre respinto senza fartene parola. Fino a oggi, quando egli è venuto a implorare la mia ospitalità con un pretesto al quale non ho potuto opporre il mio solito rifiuto.”

"E perché me l'avete tenuto nascosto?"

"Volevo preservare la tua anima da altri affanni."

"Così da potermi manovrare con maggior convenienza?" la scrutò altera Beatrice. D'un tratto non si sentiva più un'umile monaca. Era tornata a essere madonna de' Marcheselli, la giovane signora abituata a comandare e a essere riverita.

"Taci, sciocca!" la fulminò Engilberta, sollevando la mano per schiaffeggiarla. "E seguimi!" Quindi, distendendo le pieghe del volto, indirizzò un cenno d'intesa alla donna col pugnale.

"Andate pure," dichiarò quest'ultima con noncuranza. "Il vostro uomo non mi scapperà."

"Ma cosa diavolo sta succedendo?!" sbraitò per tutta risposta messer Guido. "Madre Engilberta, ordinate subito a questa baldracca di togliere la lama dalle mie palle!"

"Pur se lo volessi," ironizzò la *magistra abbatissa*, "costei non mi deve alcuna obbedienza," e fece segno a Beatrice di allontanarsi. "A tempo debito ti spiegherò ogni cosa," le promise. "Ora è imperativo che io e te ci allontaniamo da questo luogo."

"Perché tanta fretta?" commentò orgogliosamente Beatrice. "Ormai non esiste alcuna stanza, fra queste mura, in cui possa sentirmi al sicuro. Tanto vale restare qui, ad assistere all'umiliazione di mio cognato!"

"Preferiresti essere testimone di un così misero spettacolo piuttosto che aiutarmi a scoprire la verità su suor Agata?" la mise alla prova Engilberta.

La novizia la fissò sgomenta. "Quale verità?"

"Una verità," disse con un bisbiglio la badessa, "custodita nel più improbabile dei nascondigli." E finalmente riuscì a convincerla a incamminarsi verso le arcate del chiostro.

41.

Quando ebbero raggiunto il piano intermedio della torre, Engilberta aveva già raccontato a Beatrice ogni cosa. Sia sul conto di Guido degli Ademari che sulla venuta degli emissari di Enrico di Marcy.

"Un particolare mi sfugge," commentò la novizia che, dopo aver ascoltato quel resoconto, iniziava a ritrovare una seppur fragile quiete. "Perché avete scelto di tenere nascosta a Raterio di Psalmodie e alla sua compagna la storia del cadavere sgozzato e della reliquia dell'Evangelista? Ricordo bene cosa mi avete detto riguardo le vostre paure sull'intromissione di eventuali intrusi nel nostro monastero... ma ormai gli intrusi sono giunti, e tutto sommato non sono così brutali e molesti come paventavate."

"Comprendo le tue perplessità," ammise la badessa. "E ti confido, figliola, di essere stata tentata di raccontare a quei due tutta la storia."

"E perché, invece, non l'avete fatto?"

Prima di rispondere, Engilberta estrasse una chiave e la usò per aprire il portone del suo studiolo. "Sarebbe stata una dimostrazione di buonafede, mi ero detta. Un gesto sincero per provare che io e la mia *familia* non c'entriamo nulla con il furto e con l'occultamento della reliquia."

"È quello che penso anch'io," confermò Beatrice.

La reverenda madre la fece entrare all'interno della stanza e richiuse il battente. "Poi," continuò, "ho realizzato che essere sincera non sarebbe servito a nulla, se non a peggiorare la nostra situazione."

"Lo credete davvero?"

"Da quanto ho potuto comprendere, Raterio e Winda non sono interessati ad altro che al ritrovamento della reliquia, e non si fermeranno fino a quando non saranno riusciti a entrarne in possesso. Ma noi, pur supponendo che si tratti della reliquia dell'Evangelista alla quale si accenna nel messaggio reperito addosso al cadavere, noi non ce l'abbiamo, né tantomeno sappiamo dove sia stata nascosta. Perciò, rivelando quel poco di cui siamo a conoscenza, rischieremmo soltanto di apparire ancor più sospette di quanto non lo siamo già."

"E come sperate di uscire da questo ginepraio?"

"Semplice," si strinse nelle spalle Engilberta. "Trovando la reliquia prima di loro e consegnandogliela. Soltanto così ce li toglieremo dai piedi."

Beatrice si guardò intorno, soffermando l'attenzione sullo scrittoio e sulle modeste scansie di libri. "È per questa ragione che ci troviamo qui?" domandò con un'ombra di scetticismo. "Reputate che il *corpus* dell'apostolo Giovanni sia stato occultato nel vostro studio?"

Senza rispondere alla domanda della novizia, la badessa s'inginocchiò davanti a un baule collocato in un angolo dell'ambiente. "Se vogliamo avere qualche speranza di trovare quell'oggetto," mormorò, "dovremo innanzitutto far chiarezza su quanto ha accennato Winda di Saint-Félix sul conto di suor Agata."

"Ma come potete fidarvi di lei? Quella monaca è estranea al nostro convento!"

"Non ne sono del tutto sicura," disse Engilberta con tono assorto, per poi aprire il contenitore. "E in ogni caso, vale la pena controllare."

"Controllare cosa?"

"Secondo le supposizioni di Winda, il cadavere che hai trovato nel bosco potrebbe avere un legame con la nostra consorella defunta. Capisci? È solo per permettermi di verificare la natura di questo legame che quella donna mi ha concesso di non seguirla in parlatorio."

"Dunque, a dispetto di quanto avete appena dichiarato, state comunque collaborando con lei!"

"Solo all'apparenza," precisò la *magistra abbatissa*, mentre iniziava a rovistare dentro il baule.

Curiosa di scoprire cosa fosse custodito in quel contenitore, Beatrice si avvicinò per guardare, scoprendo al suo interno un faldone di pergamene vergate d'inchiostro.

"Sono documenti riguardanti le consorelle di questo monastero," spiegò Engilberta, iniziando a spulciare fra quelle scartoffie. "Lettere di presentazione, atti di oblazione ed elenchi di beni e possedimenti elargiti al nostro cenobio."

A conferma di quelle parole, la novizia scorse per un attimo una *charta* dall'aspetto familiare. Si trattava della promessa di elargizione della sua dote in cambio dell'ammissione nel cenobio di San Lazzaro.

"Alcuni di questi manoscritti," soggiunse la badessa, "contengono notizie sui legami di parentela o addirittura sugli alberi genealogici delle nostre *sorores*."

"E in quale modo tutto questo potrebbe aiutarci a scoprire i segreti di suor Agata di Corteregia?"

"Mi accontenterei di trovare la lista dei suoi familiari," rispose Engilberta, senza smettere di frugare quei polverosi velli di cartapecora.

Beatrice sentì un brivido correrle lungo la schiena. "Non starete per caso insinuando..."

La *magistra abbatissa* annuì mestamente. "Secondo quanto mi ha confidato Winda di Saint-Félix, il giovane cavaliere sospettato del furto della reliquia si chiamava Alano di Corteregia," ed emise un sospiro. "*Corteregia*, capisci?" ribadì con gravità. "Potrebbe non trattarsi di una coincidenza."

42.

“Non avete alcun diritto di trattarmi in questo modo!” strepitò Guido degli Ademari, non appena ebbe messo piede nel parlatorio.

“Su questo avrei parecchio da obiettare,” ironizzò Raterio di Psalmodie, per poi rivolgere lo sguardo alla donna che stava conducendo il prigioniero sotto la minaccia del pugnale. “È l’individuo che si nascondeva nel monastero?”

Winda di Saint-Félix annuì.

“Stento a crederci!” esclamò padre Vespertilio. “Io lo conosco! Appartiene a uno dei casati più antichi di Ferrara.”

Il chierico fece comparire una corda da sotto la cappa e gliela diede. “Perché non aiutate la mia sodale a immobilizzarlo?” lo invitò tra il faceto e l’impositivo. “Come ho già detto, non m’interessa un fico secco del suo grado di nobiltà.”

Guido accennò ad aggredirlo, ma una lieve pressione della lama tra le gambe bastò ad ammansirlo. “Chi sarebbe questo donzello effeminato per parlare con tanta alterigia?” grugnì mentre Winda, rapidissima, faceva scivolare il pugnale sotto il suo mento e, ghermendolo per i capelli, lo metteva a sedere su uno scranno.

"Vi basti sapere che, se non risponderete con sincerità alle mie domande, potrei decidere di farvi scorticare vivo," lo avvertì Raterio, per poi invitare padre Vespertilio ad avvicinarsi al prigioniero. "Orsù, buon padre, legategli i polsi ai braccioli."

"Ma..." esitò il sacerdote.

"Non temete, non vi morderà," lo rassicurò la donna in nero con una risata beffarda. "È più docile di un cagnolino."

"Taci, baldracca!" si dimenò Guido. "Se non fosse per questo ferro affilato, ti avrei già torto il collo come si fa con le galline!" Poi trapassò Vespertilio con un'occhiata torva. "E voi, per Belzebù, non osate!" lo minacciò.

"Osate, osate!" replicò il chierico in un crescendo d'impazienza. "E rammentate bene, buon padre, in nome di chi vi esorto ad agire."

"Rivelalo pure a me, questo nome!" continuò a provocarlo il prigioniero. "Ma sappi, donzello, che chiunque sia il tuo padrone me la pagherai molto cara!"

"Winda!" si limitò a ribattere Raterio.

Con uno strattone alla nuca accompagnato da uno zelante utilizzo del pugnale, la donna in nero tirò indietro la testa di Guido, così da facilitare il compito di Vespertilio. "Legatelo stretto, buon padre!" esclamò con una nota di malizia. "L'animale è alquanto vigoroso, e non vorrei si liberasse."

"Se lo facesse, andrebbe solo a suo discapito," commentò il chierico, osservando il sacerdote che, servendosi diligentemente della corda, immobilizzava gli avambracci dell'armigero ai braccioli della sedia. A compito ultimato prese infine uno sgabello e, dopo averlo collocato di fronte a Guido, ci si accomodò sopra. "Ebbene, messere, vogliamo parlare?"

Il prigioniero gli sputò in faccia.

"Molto bene," sospirò Raterio, mentre si puliva con un orlo della manica. "Winda, mia cara, fatemi la cortesia di mozzargli un orecchio."

Prima che Guido avesse il tempo di proferire un fiato, la donna portò la lama al padiglione sinistro e con un guizzo fulmineo gli recise il lobo, provocando una copiosa fuoriuscita di sangue.

"Schifosa puttana!" gridò l'armigero, scalciando e dimenandosi in una smorfia di rabbia e di dolore. "Io ti uccido! Giuro che ti uccido!"

"Ma quello non è l'intero orecchio!" parve deluso il chierico.

Winda si strinse nelle spalle. "Chiedo venia, mio signore. Ho reputato che tagliandolo di netto avrebbe potuto aver difficoltà a udire le vostre domande."

"Avete ragione," le concesse Raterio, per poi concentrarsi di nuovo sul prigioniero. "Ora vi comporterete come si deve," snocciolò come se fosse al cospetto di un bambino disobbediente, "o chiederò alla mia sodale di amputarvi il labbro inferiore, siamo intesi?"

Negli occhi di Guido degli Ademari bruciava l'inferno. Ciò nondimeno, l'uomo annuì.

"Dunque," si compiacque il chierico. "Sono giunto in questo monastero per ritrovare un oggetto rubato," e aprì le mani con enfasi. "Una reliquia, o per meglio dire un *corpus*, attribuita all'apostolo Giovanni."

Dimenticandosi per un attimo della collera e dell'agonia, l'armigero abbozzò una smorfia allibita.

"So bene che non siete voi l'autore del furto," mise in chiaro Raterio. "Il ladro è un cavaliere di nome Alano di Corteregia. Un vile traditore che, fingendosi un servo devoto, si è approfittato della fiducia del mio signore per defraudarlo dell'oggetto prezioso di cui vi ho accennato."

"Se voi stesso ammettete che non sono stato io..." tentò di obiettare Guido, passando cautamente al "voi".

Il chierico gli pose un indice davanti alla bocca. "Sospetto che Alano avesse un complice," rivelò. "Un compagno che l'abbia aiutato nella fuga e a nascondere il maltolto."

"Ma io..."

"Disgraziatamente," lo zittì per la seconda volta Raterio, "pare che Alano di Corteregia si sia dileguato nel nulla. Però il Signore ci ha voluti assistere, consentendoci di seguire le sue tracce fino alla selva che si estende a nord di questo monastero."

"Non significa che il vostro uomo sia passato per forza da qui."

"Invece sì," intervenne Winda, ferma alle sue spalle. "Non è da escludere che egli avesse un legame con questo luogo."

"Quale legame?" sobbalzò Vespertilio, seduto in un angolo ad ascoltare.

"In verità, buon padre, siete stato proprio voi a fomentare i nostri sospetti," gli rivelò la donna. "Raccontandoci della monaca impiccata."

Il sacerdote la scrutò sbigottito. "Ma quella tragedia non ha nulla a che vedere con gli eventi di cui state parlando!"

"Ne siete sicuro?" sogghignò Raterio, per poi tornare a fissare Guido. "Forse questo prode armigero potrebbe smentirvi."

"State perdendo il vostro tempo!" sbuffò il prigioniero. "Io non so nulla!"

Sul giovane volto del chierico si dipinse una smorfia scettica. "Vorreste darmi a intendere che vi siete rifugiato in questo monastero per pura coincidenza? Proprio oggi, poche ore dopo che Alano di Corteregia si dileguava nei boschi circostanti con la reliquia dell'Evangelista?"

Prima di rispondere, Guido fregò la guancia sinistra contro la spalla nel tentativo di arrestare la fuoriuscita del sangue. "La mia presenza in questo luogo non ha nulla a che fare con quella dannata reliquia e con nessun altro dei maneggi di cui avete fatto menzione."

"Ma allora," insistette Raterio, sporgendosi in avanti per guardarlo da più vicino, "quale genere di peccato avreste commesso per chiedere asilo alla badessa Engilberta?"

43.

"Bene!" disse la reverenda madre, srotolando una pergamena sullo scrittoio. "Credo sia questo."

Beatrice osservò la superficie ambrata della cartapecora, scorrendo gli occhi tra le righe d'inchiostro vergate sopra di essa.

"*Ego soror Agatha Curtis Regiae, in nomine Patris et Filii et Spiritus Sancti...*" iniziò a leggere Engilberta, per poi muovere velocemente l'indice sulle parole successive. "È la missiva attraverso la quale suor Agata, diversi anni fa, supplicò il vescovo di Ferrara di acconsentire alla sua richiesta di ammissione in questo claustro. All'epoca era già monaca professa e viveva nell'osservanza della Regola benedettina presso il monastero di Santa Giulia, nel ducato di Brescia."

"Chiese di essere trasferita?" si meravigliò la novizia.

La badessa annuì. "Fra le mura di Santa Giulia non si trovava a suo agio. O così, per lo meno, suor Agata lascia intuire da quanto scritto su questo vello. Nulla di preciso, tuttavia. Ella ha accuratamente evitato di specificare le ragioni del suo disagio e, a mia memoria, non ne fece mai cenno durante la sua permanenza a San Lazzaro. Sapendo però quanto possa apparire freddo e ostile l'ambiente di un grande cenobio, specie agli occhi di una giovane dall'animo sensibile come il suo, posi un freno alla mia curiosità e non sollevai obiezioni al *placet* del vescovo. La accolsi come una figlia, proprio come ho fatto con tutte le altre, e da allora ella divenne parte di me e di questa *familia*."

Per la prima volta dal tragico risveglio del mattutino, Beatrice vide una lacrima solcare le gote di Engilberta. Ma provando ancora un segreto risentimento verso quella donna, che per ragioni non del tutto chiare le aveva tenuta nascosta la presenza di Guido nel monastero, si riscoprì a fissarla con indifferenza. "E se i rovelli interiori di suor Agata avessero avuto origine nel claustro di Santa Giulia?" presagì di colpo.

"Molte di noi recano sulle spalle il fardello di un triste passato," rispose amareggiata la reverenda madre. "Però non ci è concesso di supporre alcunché senza prima aver dato un nome e un volto al male che l'ha uccisa." E si chiuse in una breve meditazione. "*Consolamentum*," mormorò un attimo dopo. "Per caso hai mai letto o udito questa parola?"

La novizia scosse il capo.

"L'ho trovata scritta dietro il giaciglio di suor Agata, sotto il disegno di due mani aperte," rivelò la badessa. "Forse si tratta solo di un trastullo innocente. O forse è un segno dei rovelli interiori cui accenni," e tornò a consultare la pergamena. "Rovelli che padre Vespertilio parrebbe conoscere approfonditamente."

"E se ne parlaste con lui?" propose Beatrice.

"Ci ho già provato, ottenendo solo un'umiliante reprimenda."

"Ma adesso le cose sono cambiate. Sul monastero aleggia un'aria assai più ostile. Magari, alla luce degli ultimi eventi, quel sacerdote sarebbe disposto ad aprirsi con voi."

"No," sentenziò Engilberta. "Vespertilio è un uomo pavido e ottuso."

E pecca di lussuria, disse dentro di sé Beatrice, pensando alla scena dell'amplesso alla quale aveva assistito da una finestra della foresteria.

"Ecco!" la fece sobbalzare la reverenda madre.

Aveva fermato l'indice su un punto preciso del testo.

"Qui si accenna alla famiglia," dichiarò assorta. "Come rammentavo, suor Agata di Corteregia era orfana di padre e di madre. Nella lettera menziona soltanto una zia anziana, tal Maria di Benaco, anch'essa monaca in un claustro presso le rive del lago di Garda..."

"C'è da chiedersi perché non avesse fatto domanda di essere trasferita in quel cenobio, per starle accanto," commentò Beatrice.

Engilberta era troppo immersa nella lettura per ascoltarla.

"Avete trovato qualcosa?" s'informò la novizia, puntando lo sguardo sulle righe d'inchiostro.

"Sul finire si accenna anche a un fratello," rispose la *magistra abbatissa*, aggrottando la fronte. "Un *miles*, molto probabilmente un cavaliere, al quale fu destinata metà della dote di Agata per provvedere alle spese della sua vestizione, ossia all'acquisto di spada, usbergo e cavallo."

"E quale importanza avrebbe per la nostra ricerca?"

"Disgraziatamente per noi ne ha moltissima," sospirò Engilberta inquieta. Poi indicò una parola annotata verso la fine del testo.

Divorata dalla curiosità, Beatrice si affrettò a leggere.

Era un nome.

Alanus Curtis Regiae.

"Per la santa Vergine!" sobbalzò. "Non è lo stesso nome che vi ha fornito Winda di Saint-Félix?"

La badessa annuì. Il suo volto si era trasformato in una maschera sepolcrale. "Alano di Corteregia," scandì. "Così si chiamava, a detta di Winda, il ladro della reliquia. E adesso, con somma tristezza, apprendiamo che quel ladro altri non era se non il fratello minore della nostra amata suor Agata."

"Perché vi esprimete al passato?" non poté trattenersi la novizia.

"Ancora non capisci?" rise cupa Engilberta. "Benché non ci sia alcuna certezza, è assai plausibile che stiamo parlando del giovane uomo sgozzato nel bosco."

Quindi si allontanò dallo scrittoio e accostò un angolo della pergamena alla fiammella di una candela.

Beatrice la fissò sgomenta. "In nome di Dio… Perché lo fate?"

"Perché a dispetto della promessa che ho fatto a Winda di Saint-Félix," sussurrò lapidaria la badessa, "nessuno deve sapere."

44.

“Ho mentito, vi è chiaro?” ripeté Guido degli Ademari. “In verità non ho commesso alcun reato! Si è trattato solo di un raggiro per convincere la badessa a farmi entrare in questo dannato monastero!”

Raterio di Psalmodie abbozzò una smorfia diffidente. “In altre parole, avreste rischiato di infangare la vostra reputazione al semplice scopo d’interloquire con una monaca novizia?”

“La vedova di mio fratello,” specificò.

“Dice il vero,” confermò Winda di Saint-Félix. “Quando l’ho trovato, era in compagnia di una giovane monaca.”

“A ogni modo, continuo a non vederci chiaro,” rimuginò il chierico. “Perché esporsi a tal punto?”

“Questi, se mi è concesso esprimere un’opinione,” si schermì il prigioniero, “sono fatti che non vi riguardano.”

Raterio rivolse un cenno alla donna. “Mia cara, preparate la lama.”

“Aspettate!” lo supplicò Guido. E dopo aver imprecato tra i denti, abbassò lo sguardo. “Sono giunto fin qui per chiederla in sposa.”

“Le mie felicitazioni!” batté le mani il chierico, con fare grottesco. “Posso conoscere il suo nome?”

“Beatrice de’ Marcheselli.”

“Molto bene! E dove si troverebbe in questo momento?”

“Credo sia rimasta insieme alla badessa,” rispose Winda.

“Mi meraviglio di voi,” la rimproverò Raterio. “Avreste dovuto condurre anche lei al mio cospetto.”

“Non ne ho colto l’utilità,” si giustificò la donna.

“Vi beffate di me?” inasprì i toni il chierico. “E se fosse tutta una messinscena? L’avete preso in considerazione almeno per un istante?” e puntò l’indice verso Guido. “Se costui, d’accordo con Alano di Corteregia, avesse dato la reliquia a quella novizia perché la nascondesse?”

“Lo escludo,” replicò Winda. “Suor Beatrice non pareva affatto a suo agio dinanzi a quest’uomo. A dirla tutta, sembrava alquanto spaventata e desiderosa di allontanarsi dalla sua presenza.”

“Magari era ansiosa di correre via per occultare il maltolto che lui le aveva appena affidato,” propose Raterio.

“L’ho osservata con attenzione. Non aveva nulla con sé. Le sue mani erano libere.”

“A ogni modo gradirei interrogarla. Potreste condurla al mio cospetto?”

“In verità, non ho la minima idea di dove si trovi in questo momento. L’ho lasciata allontanarsi dal chiostro con la badessa.”

"Andate a cercarla, allora!"

Winda rimase immobile. "Con tutto il rispetto, preferirei non lasciarvi solo con questo ribaldo," e accennò a Guido. "Se per caso, in mia assenza, egli riuscisse a liberarsi dai vincoli..."

"Non avete tutti i torti," fu costretto ad ammettere il chierico, per poi voltarsi verso l'angolo più ombroso e recondito del parlatorio. "Padre Vespertilio, sareste così gentile da sbrigare voi questa incombenza?"

"Io?" sobbalzò il sacerdote. "Veramente, io sarei in procinto di togliere il disturbo..."

"Di già?" si finse amareggiato Raterio.

"Come vi accennavo poc'anzi, sono atteso in vescovado," spiegò Vespertilio. "Per offrire i miei servigi durante questi delicatissimi giorni di conclave."

"Dubito che lo Spirito Santo attenda il vostro arrivo per ispirare la scelta del nuovo pontefice," tagliò corto il chierico. "Invece in questo contesto potreste essere utile a me. Anzi, a sua grazia il cardinale Enrico di Marcy. Dite! Non vorreste essere creditore della gratitudine di un uomo così potente?"

"Immagino di sì," non osò dispiacerlo il sacerdote.

"Allora svelto, andate a cercare la vedovella!" lo spronò Raterio. "Del resto, chi meglio di voi può orientarsi all'interno in questo cenobio?"

45.

"Ci sono dei visitatori," bisbigliò suor Basilia.

"Sei sicura?" fece suor Giacinta.

"Non hai sentito il nitrito dei cavalli?"

"Suor Basilia ha l'udito di un gatto," sussurrò alle loro spalle suor Giuditta, la monaca cellaria, con le mani grassocce impegnate ad armeggiare con ago e filo.

"Saranno compari della persona giunta al battere delle laudi?" s'interrogò la *formaria*.

"Ma quale persona!" fece Giuditta.

"Come sarebbe a dire 'quale persona'?" alzò un po' troppo la voce Giacinta. "Quella che la *magistra abbatissa* si è precipitata ad accogliere al battere della prima."

"Un uomo, io credo," si accigliò Basilia. "Poc'anzi, mi è parso sentir risuonare la voce di un uomo dal chiostro..."

"Silenzio!" snocciolò suor Ursiana, mentre si dondolava su una seggiola di vimini con una spessa coperta di lana premuta sulla pancia.

Intorno a loro, le pareti antiche dell'aula del cucito iniziavano a ravvivarsi grazie alla luce del tardo mattino che penetrava dalle finestre. Nessun segno di gaiezza, però, trapelava dagli ovali delle venti consorelle sedute in quella stanza. L'unica emozione che le accomunava era un logorante stato di attesa di cui la priora sembrava la perfetta personificazione.

Incurante di dare il cattivo esempio, Ursiana aveva abbandonato sul pavimento un lavoro di ricamo appena abbozzato e fissava il battente serrato dell'ingresso, nell'insofferente e quasi palpabile speranza che succedesse qualcosa. Del resto, lei era l'unica a essere uscita dall'aula e ad aver posato lo sguardo, in parlatorio, su ciò di cui ingenuamente bisbigliavano le consorelle. L'unica ad avere un preciso sentore della calamità che si era abbattuta sul monastero. Ma si era ben guardata da farne il minimo cenno.

"Ora si alza e se ne va," aveva scommesso Basilia con le consorelle ai rintocchi dell'ora terza.

Ormai, tuttavia, era quasi mezzogiorno e ancora la priora non accennava a muoversi. Alla stregua di una fiera in gabbia, continuava ad arrovellarsi senza batter ciglio, il viso pallido e tirato.

E così rimase fino a quando, all'improvviso, la porta non si spalancò mettendola di fronte alla figura di padre Vespertilio.

"Voi?" scattò in piedi Ursiana.

Restando fermo sull'uscio, il sacerdote scrutò a una a una le monache sedute nell'aula.

"Cosa ci fate qui?" soggiunse la priora, andandogli incontro.

"Dov'è la badessa?" replicò lui, secco. "Dov'è suor Beatrice?"

"Lo ignoro," rispose Ursiana, sempre più meravigliata.

"Non avete proprio idea di dove si siano cacciate?"

"Come potrei? L'ultima volta le ho viste in parlatorio, alla presenza vostra e degli emissari di Marcy."

"Marcy?" ripeté una voce atterrita dal fondo della stanza. "Intendete Enrico di Marcy?"

Tutti i presenti si voltarono verso suor Celeste.

"Chiedo venia," disse quest'ultima, abbassando subito lo sguardo.

Per un attimo Vespertilio parve sul punto di marciare verso di lei per interrogarla sul motivo di quella strana reazione. Poi tornò a scrutare la priora. "Devo trovare quelle due. La novizia, soprattutto. Prima che la situazione degeneri."

"In tal caso," si offrì Ursiana, "lasciate che vi accompagni."

"Perché mai?" ironizzò lui. "Temete forse che possa smarrirmi in questo piccolo monastero?"

"Non capite," insistette lei con un filo di voce.

Il sacerdote spiò di sottecchi le espressioni incuriosite delle consorelle. "Non siate sciocca," bisbigliò in un crescendo di irritazione. "Non è il luogo e nemmeno il momento."

"Ma..." fece Ursiana, sfiorandogli un lembo del mantello.

Quasi fosse stato colto dal timore di prendere fuoco, Vespertilio la respinse indietro e si allontanò dalla soglia.

"Aspettate qui," sentenziò, accennando a richiudere la porta.

"Come desiderate," rispose la priora, accondiscendente. "Ma nel caso possa tornarvi utile, vi informo che Engilberta e Beatrice non sono le uniche a mancare all'appello in questa stanza."

"È naturale," non si scompose lui. "C'è da considerare i ruoli della portinaia, della campanara e del gruppetto di *sorores* incaricate di vegliare intorno alla defunta suor Agata."

"Ve ne sfugge una," lo avvertì Ursiana, allusiva.

Vespertilio osservò nuovamente le consorelle sedute alle spalle della priora. "Chi?"

"Consentitemi di accompagnarvi e ve lo dirò."

Con un movimento esasperato, il sacerdote fece ruotare il battente sui cardini, lasciando aperto solo uno spiraglio. "*Chi?*" rimarcò.

"Suor Ambrosia, l'*infirmaria*," rivelò Ursiana, esacerbata. "Nessuna di noi sa quale fine abbia fatto. Ma se dovessi ragionar con malizia, sarei indotta a supporre che stia tramando qualcosa insieme a Engilberta e a Beatrice."

46.

“Avete stretto un accordo con Winda di Saint-Félix?” si meravigliò Beatrice.

Engilberta soffiò via quel po’ di cenere caduta sulla sua tonaca e annuì. “Ho promesso a Winda d’impegnarmi a trovare una prova concreta dell’esistenza di un legame tra il ladro della reliquia e suor Agata, a patto di poter agire a mia discrezione e in piena libertà. Al momento, ella ignora in quale ambiente del monastero stia svolgendo l’indagine e quale genere di fonti stia consultando.”

La novizia osservò preoccupata i brandelli di pergamena bruciacchiata finiti sul pavimento. “Ma quando vi ripresenterete al cospetto di quella furia fingendo di non aver trovato nulla...”

“Le porgerò le mie scuse,” minimizzò la badessa, “nella speranza che ella mi dimostri clemenza.”

“Da come l’ho vista brandire il pugnale, dubito che quella donna sia d’indole misericordiosa.”

“Confiderò in Dio, allora!” chiuse la questione Engilberta. “D’altro canto, mi resta forse altra scelta se non mentire? Nel caso in cui quella donna e il chierico Raterio venissero a sapere che Alano di Corteregia e suor Agata non erano semplici conoscenti, ma addirittura fratelli...”

“Aspettate un momento! Come voi stessa avete dichiarato poc’anzi, non è certo che il cadavere trascinato da me e da suor Prospera all’interno del monastero sia quello di Alano di Corteregia.”

“È vero, l’ho detto! Però entrambe le vittime hanno le croci nere disegnate sui palmi! E il volto di quel giovane sgozzato... dimmi che non hai scorto anche tu un’indubbia somiglianza con suor Agata!”

Beatrice fu costretta a trovarsi d’accordo. Più di una volta, nel corso degli ultimi mesi, aveva potuto vedere Agata senza il velo e ammirare i suoi capelli biondi e ricci, identici a quelli del cadavere trovato nel bosco. Per non parlare, a ben pensarci, di come quei due avessero mento, naso e sopracciglia di eguale forma e proporzione. “Ammettiamo pure che quello di cui stiamo parlando sia il cadavere di Alano di Corteregia,” le concesse. “Ebbene, cosa accadrebbe se gli emissari di Enrico di Marcy venissero a scoprire che Alano e Agata erano fratelli?”

“Accuserebbero suor Agata di complicità e noi tutte di averla aiutata a nascondere la reliquia, se non addirittura di averla uccisa per appropriarcene. Ma questo sarebbe solo l’inizio, perché, col pretesto di simili congetture, si sentirebbero autorizzati a mettere a soqquadro il nostro monastero.”

“Lungi da me il volervi disilludere, *magistra abbatissa*,” sospirò la giovane, “ma ho il presentimento che, con o senza prove alla mano, quei due finiranno ugualmente per compiere ciò di cui avete tanta paura."

"Non se trovassimo la reliquia ed escogitassimo un piano per fargliela rinvenire *all'esterno*, così da fugare i sospetti da questo monastero," ribatté Engilberta, risoluta. "Se ci riuscissimo, potremmo dimostrare la nostra buona fede e convincere Raterio e Winda a tornare da dove sono venuti, senza contare che una simile ricerca ci aiuterebbe a risolvere il mistero della morte di suor Agata."

"Ma se pur fosse vero che la reliquia è stata occultata in questo monastero, come sperereste di ritrovarla?"

"Ragionando!" la esortò la reverenda madre, mentre iniziava a camminare avanti e indietro per lo studio. "Se abbiamo ben intuito, Alano e Agata non erano semplicemente fratelli, ma anche persone fedeli l'una all'altra," rimuginò. "Lo dimostrano le croci nere tracciate sui loro palmi. In qualche modo, quei due avevano un vincolo di complicità, un legame suggellato forse da un antico giuramento, a dispetto del fatto che siano rimasti separati tanto a lungo. Mai una volta, nel corso di questi anni, il cavaliere Alano di Corteregia è giunto presso il nostro cenobio per far visita alla sorella. Me ne rammenterei! E in egual misura, mai le ha scritto una lettera. Anche di questo ho certezza, poiché ricade sulla mia persona l'onere di setacciare la corrispondenza diretta alle religiose di questo claustro."

"Forse ebbero modo di frequentarsi in precedenza," propose Beatrice. "Nel periodo in cui Agata viveva nel monastero bresciano di Santa Giulia."

"È probabile," annuì Engilberta, meditabonda. "Però è trascorso molto tempo da allora, e Alano di Corteregia non può essersi avventurato in queste terre senza fare affidamento su un piano ben preciso. Esaminiamo i fatti! A detta di Raterio e di Winda, quel cavaliere aveva appena rubato una reliquia. Probabilmente sapeva di essere braccato e, nel timore di finire tra le grinfie dei suoi inseguitori, era ansioso di nascondere il maltolto. Perché dunque decidere di spingersi fin qui, se non fosse stato persuaso che la sorella gli avrebbe offerto il suo aiuto?"

"Quindi," concluse la novizia, "voi date per assodato che Agata sia morta a causa del crimine commesso dal fratello."

"Sono morti *entrambi*," le rammentò Engilberta. "Non può trattarsi di una mera coincidenza."

"Però non abbiamo prove."

"Esclusa la missiva che abbiamo trovato addosso al corpo di Alano," le rammentò la badessa. Quindi affondò la mano destra in una tasca della tonaca ed estrasse il piccolo rotolo di cartapecora. "*Trado in custodiam tuam...*" lesse. "*Ti affido in custodia il* corpus *dell'apostolo Giovanni*," ripeté Beatrice, come se in quella raccomandazione fosse custodita la chiave dell'enigma. "A vostro parere, il messaggio era dunque indirizzato a suor Agata?"

"A mio parere," rispose Engilberta, "un simile messaggio è stato concepito appositamente per favorire uno scambio segreto di informazioni tra due persone," e glielo mostrò con un gesto enfatico. "Hai notato le dimensioni?

Sono così minuscole da consentire d'insinuare questo lembo di pergamena nel pertugio di una parete o, all'occorrenza, di farlo passare attraverso la serratura di una porta."

"O di legarlo alla zampa di un gufo!" s'illuminò d'un tratto la novizia.

La *magistra abbatissa* abbozzò una smorfia interrogativa.

"Ma certo!" continuò Beatrice. "Adesso capisco!"

"Vorresti rendermi partecipe della tua intuizione?" ironizzò nervosamente Engilberta.

"Il gufo!" rimarcò la giovane, tutta euforica. "Il grande gufo dagli occhi gialli che suor Ambrosia sostiene d'aver visto dinanzi a suor Agata. Non si trattava del diavolo... ma di un messaggero!"

"Continuo a non afferrare il senso dei tuoi discorsi," le fece presente la reverenda madre, sempre più irritata.

Prima di replicare, Beatrice esultò in cuor suo per essere riuscita a mettere insieme due importanti tasselli del mosaico. "Vi spiegherò con dovizia di particolari," promise poi, placando l'animo. "Iniziando col raccontarvi della notte d'inizio autunno in cui suor Ambrosia, non riuscendo a prendere sonno, decise di portarsi a una finestra affacciata sul chiostro..."

47.

In quello stesso momento, suor Ambrosia se ne stava asserragliata nell'infermeria, in trepidante attesa di Beatrice. "Mi assenterò solo per un attimo," le aveva promesso la novizia. "Permettimi di andare a verificare un dettaglio che mi è saltato in mente e tornerò subito da te."

"Quale dettaglio?" non si era potuta trattenere dal chiederle l'*infirmaria*.

"La corda," aveva risposto Beatrice, evasiva.

Dopodiché si era allontanata in fretta.

Ambrosia ignorava quanto tempo fosse trascorso da allora, ma la solitudine iniziava a gravarle sull'anima. E insieme alla solitudine, l'impressione di trovarsi in trappola! Non potendo sperare di ricongiungersi alle altre consorelle senza essere costretta a mentire, né riuscendo a immaginare come la badessa intendesse porre rimedio a quella situazione ingarbugliata, la poverina fissava da più di un'ora il tavolo da cerusico in preda a un crescente senso di impotenza.

Dio perdonami, continuava a ripetere dentro di sé. *Io non sono tagliata per questo genere di maneggi, e se nella tua infinita misericordia mi offrirai un'occasione di riscatto, questa umile peccatrice te ne sarà grata in eterno.*

L'Onnipotente, tuttavia, restava avvolto nei suoi impenetrabili silenzi e suor Ambrosia sentiva il cuore prosciugarsi delle sue ultime, esigue scorte di coraggio e di pazienza.

Aveva bisogno di parlare. Di liberarsi dall'angoscia ancorata alla sua coscienza. Ed era forse a tal ragione, rimuginò, che Beatrice non si faceva più viva. Perché ne aveva avuto abbastanza dei suoi sospiri e delle sue lamentazioni. O perché, in fin dei conti, era sciocca e vanesia come sosteneva suor Basilia.

Ambrosia, tuttavia, avrebbe preferito essere in compagnia della più sciocca fra le muliercole piuttosto di dover stare rintanata da sola in quella stanza, a pensare e ripensare al corpo del giovane sgozzato che aveva nascosto con l'aiuto della novizia in un pertugio del grande rudere.

Ma quale madre badessa, si domandò all'improvviso, poteva essere così sconsiderata da imporre alle sue monache di compiere simili gesti?

E si trattava davvero di sconsideratezza, continuò a meditare l'*infirmaria*, o era piuttosto un segno di immoralità?

Sprofondando sempre più a fondo in quel rimuginare, Ambrosia quasi non si accorse che qualcuno stava bussando alla porta.

"Sia ringraziato il Cielo!" esclamò, per poi precipitarsi ad aprire. "Suor Beatrice, finalmente!"

Ma non appena ebbe scostato il battente, vide affiorare l'espressione grifagna di padre Vespertilio.

"Vostra grazia..." squittì la monaca francese.

Il sacerdote varcò l'ingresso e si guardò intorno con occhi da segugio.

"Cosa... ci fate qui?" soggiunse Ambrosia, arretrando.

"Dal momento che non eri insieme alle altre, nell'aula del cucito," le spiegò, "ho reputato saggio cercarti nel luogo in cui sei tenuta a svolgere le tue mansioni particolari."

L'*infirmaria* si limitò ad annuire.

"M'inganno," seguitò Vespertilio con piglio inquisitorio, "o mentre mi stavi aprendo hai pronunziato il nome di sorella Beatrice?"

"I-io?" balbettò Ambrosia. "Io non..."

"Non starai per mentire!" la incalzò il sacerdote, marciando verso di lei. "Proprio *tu*, una delle più devote tra le *sorores* di San Lazzaro!"

"Non oserei mai, reverendissimo!"

"Molto bene," sorrise l'uomo di Dio. "Allora, se ci tieni alla mia assoluzione, confessa!" e tracciò una croce nell'aria per conferire autorevolezza alle sue parole. "Iniziando col dirmi perché aspettavi suor Beatrice..."

Quinta campana
Mezzogiorno

Il demone dell'accidia, anche chiamato demone del mezzogiorno, è fra tutti i demoni il più gravoso. Attacca il monaco verso l'ora quarta e ne assedia l'anima fino allo scoccare dell'ora ottava.

EVAGRIO PONTICO, *Trattato pratico sulla vita monastica*, 12

48.

I rintocchi del mezzogiorno giunsero così altisonanti e inaspettati da attirare gli sguardi di Engilberta e Beatrice verso la finestra dello studiolo.

"*Tempus fugit!*" esclamò la prima. "Dobbiamo scendere dalla torre."

"Ma non abbiamo ancora concluso il nostro discorso," le fece presente la seconda.

"È l'ora del pranzo," obiettò la badessa. "Ben presto, con o senza il mio permesso, le consorelle usciranno dall'aula del cucito per riversarsi in refettorio."

"Vadano pure. Ci uniremo a loro non appena avremo compreso dove cercare la reliquia."

"Esponendole al rischio d'imbattersi in Raterio e Winda? Rammenta che quei due si trovano nel parlatorio, a pochi passi dal chiostro. Chi ci assicura che se ne restino buoni buoni là dentro?"

"Non avete tutti i torti," sospirò la novizia. "Inoltre, c'è da pensare a suor Ambrosia. Mi starà sicuramente aspettando ancora in infermeria, dove l'ho lasciata, in attesa di mie e di vostre notizie."

"In tal caso va' a recuperarla e raggiungimi nella sala della mensa comune. Io ti precederò."

Beatrice annuì e si avviò verso l'uscita.

"E non riferire all'*infirmaria* i nostri discorsi," si raccomandò Engilberta. "Sarebbero per lei motivo di ulteriore angoscia. Soprattutto riguardo il racconto del gufo."

"Se però le rivelassimo la verità, o almeno parte di essa," propose la giovane, fermandosi sulla soglia, "l'aiuteremmo a capire che non c'è nulla di terribile nella scena di cui è stata testimone."

"Lo credi sul serio?" la mise in guardia la *magistra abbatissa*. "La possibilità che quel rapace notturno non fosse un'apparizione diabolica, bensì un messaggero alato inviato da Alano di Corteregia, non ne sminuisce affatto la pericolosità. Se Agata comunicava con il fratello attraverso quel pennuto, non possiamo escludere che ella, oltre a essere perfettamente informata dei suoi piani e del furto della reliquia, fosse sua complice. La quale eventualità non avvalora solo i sospetti di Winda, ma anche i miei timori riguardo il fatto che suor Agata, restando coinvolta in questa storia, abbia attirato un assassino nel nostro monastero."

Beatrice, atterrita, si aggrappò a uno stipite dell'ingresso. "Un assassino, a vostro giudizio, ancora intento ad aggirarsi fra queste mura?"

Chi può immaginarlo? parve voler rispondere Engilberta, mentre il suo sguardo fuggiva verso i libri impilati nell'*armarium* come fosse in cerca di consiglio. "Verosimilmente," disse, "si tratta della stessa persona che ha ucciso Alano.

Secondo le mie ipotesi, deve aver tolto la vita prima all'uno e poi all'altro fratello. Allo scopo, presumo, di recuperare la reliquia."

"Lo penso anch'io," disse la novizia.

"Perciò," continuò la badessa, "la cosa più importante da chiedersi al momento è se l'assassino, dopo aver tagliato la gola di Alano e simulato il suicidio di Agata, o viceversa, sia riuscito a mettere le mani su quell'oggetto misterioso," e si adombrò. "Anche se, in tutta franchezza, credo abbia fallito."

"Come potete affermarlo?"

"Supponiamo per un attimo che Alano, stanotte, in un modo a noi ancora ignoto, abbia consegnato la reliquia a sua sorella affinché la nascondesse. Riesci a immaginare quel giovane uomo mentre si allontana dal monastero, fra gli alberi di nespolo fino alle querce? E riesci a vedere l'assassino che lo sorprende alle spalle, gli passa la lama sotto il mento e gli fruga addosso senza trovar nulla?"

Beatrice annuì.

"Dimmi dunque," la interrogò Engilberta. "Cosa avresti fatto se quell'assassino fossi stata tu?"

"Se avessi ucciso Alano perché interessata a impossessarmi di qualcosa che egli recava con sé," precisò la novizia, "mi sarei affrettata a proseguire la ricerca nel luogo dal quale egli si stava allontanando."

"Quindi nel nostro monastero," rimarcò la reverenda madre.

"Dunque è così, a vostro avviso, che suor Agata sarebbe andata incontro alla morte?"

"Al contrario, è stata la morte ad andarle incontro," la corresse Engilberta. "Sotto forma dell'omicida di suo fratello Alano."

Con un brivido feroce, Beatrice tentò d'immaginare l'incontro notturno tra quello scellerato e la povera suor Agata. Ma in quale modo era potuto avvenire un simile incontro? L'assassino aveva attirato la giovane monaca fuori dal dormitorio o era stata la stessa Agata a uscire di sua iniziativa, raggiungendolo nel chiostro?

"Ciò nondimeno," soggiunse la badessa, "come ti ho anticipato, dubito fortemente che l'assassino abbia trovato ciò che cercava."

"Perché?"

"Perché ha gridato."

"Non capisco."

"Mi riferisco alla figura avviluppata di nero che ho intravisto allontanarsi dal chiostro al battere del mattutino," spiegò Engilberta, stringendo gli occhi fino a trasformarli in due fessure glaciali. "Ora mi è tutto chiaro! Doveva trattarsi del responsabile della morte di Alano e di Agata! E quel grido... Quel sibilo istintivo che gli ho sentito uscire dalla bocca mentre si trovava ancora davanti al pozzo, a contemplare il corpo già privo di vita della nostra consorella, non fu dettato da emozioni di orrore o di spavento... ma dalla rabbia e dalla frustrazione per non essere riuscito a mettere le mani su ciò che bramava!"

"Intendete dire," fremette Beatrice, "che l'uomo di cui accennate avrebbe ucciso Agata perché lei si è rifiutata di consegnargli la reliquia?"

La badessa posò su di lei le sue iridi nordiche. “Non era un uomo,” sentenziò. “Io sono persuasa di aver visto una donna.”

La novizia arretrò di un passo. “Una donna?!”

“Ammantata di scuro,” confermò Engilberta, per poi specificare lapidaria: “*Come una monaca.*”

“Non sospetterete per caso…” intuì di colpo Beatrice, per poi mordersi la lingua.

“Che fosse una di noi?” completò la domanda la reverenda madre. La sua voce era diventata cavernosa, quasi fosse uscita dalle profondità di un sepolcro. “Sì, figliola mia. Lo sospetto.”

La novizia tradì un attimo di smarrimento, finché il suo volto non si deformò in una smorfia di sgomento. “Se così fosse…” si ritrovò a mormorare, “al battere del mattutino, una sola di noi non era presente nel dormitorio oltre a suor Agata.”

Engilberta parve prender fuoco all'istante. “*Chi?*”

La giovane abbassò lo sguardo. “La priora.”

“E per quale assurdo motivo me l'avresti tenuto nascosto fino a ora?”

“Suor Ursiana, stamane, mi ha fatto promettere di non raccontarvelo per nessuna ragione.”

“Quella meretrice!” si lasciò sfuggire la badessa, prendendo a camminare avanti e indietro per lo studio. “Quella subdola, viziosa ingannatrice!”

Beatrice trasecolò per lo sbigottimento. Mai aveva udito la *magistra abbatissa* esprimersi con tanta volgarità.

Mai aveva visto dipingersi sul suo volto una simile, bellicosa acredine.

"Io... io vi chiedo scusa se non ve l'ho confidato," bisbigliò. "Del resto, non potevo certo immaginare..."

"Non è colpa tua," la tacitò secca Engilberta. "So bene cosa significhi subire le intimidazioni di una consorella superiore di grado. Ma adesso non hai più alcuna giustificazione!" e la afferrò per le spalle. "Dimmi! Mi hai per caso tenuta all'oscuro di altri segreti?"

La novizia scosse il capo.

"Molto bene," sentenziò la reverenda madre, per poi guardarsi intorno con circospezione. "In tal caso, adesso farai esattamente come ti ordinerò."

"Non devo più precipitarmi a recuperare suor Ambrosia?" replicò Beatrice.

"All'*infirmaria* provvederemo in seguito," tagliò corto Engilberta. "Dovrai invece recarti all'istante in dispensa, nel luogo in cui teniamo in custodia il vino."

La giovane la scrutò confusa.

"Stanotte Ursiana dev'essere scesa là sotto per prendersi un bicchiere di vernaccia," spiegò la reverenda madre. "Se davvero, come paventiamo, ella fosse implicata nei crimini di cui abbiamo discusso, potrebbe aver lasciato in quel luogo qualche indizio in grado di dimostrare il suo coinvolgimento nella morte di suor Agata."

"Nella dispensa, dite?" ripeté Beatrice, assai perplessa. "E con precisione, a quale sorta di dettagli dovrei prestare attenzione?"

"A quelli che colpiranno la tua intelligenza," rispose la badessa, evasiva. Quindi si avvicinò allo scrittoio e, dopo aver sollevato il ripiano di legno, recuperò dal piccolo scomparto celato sotto di esso una chiave di ottone.

"Questa aprirà il portone della dispensa," spiegò affidandola alla novizia. "Ma sii cauta, figliola! Non è escluso che, recandoti là sotto, tu possa imbatterti nella cellaria intenta a procurarsi cibarie da destinarsi alla mensa!"

49.

“Attenta a non farlo oscillare!” si raccomandò suor Prospera mentre, ritta all’esterno del portale, guardava il cesto salire verso l’alto.

“Non temere,” la rassicurò suor Nicodema, tirando su la cordicella alla quale era appeso il canestro di vimini. “Non permetterò che si rovesci come l’altro ieri.”

La portinaia rimase a guardarla a naso in su. “Ma non sarebbe più semplice,” ribatté d’un tratto, “se ti unissi a tutte noi in refettorio, invece di consumare i pasti in solitudine?”

“Se facessi come dici,” obiettò la Civetta, “sarei costretta a scendere.”

“E allora?”

Nicodema issò l’ultimo tratto di corda e depose il cesto sul pavimento della cella campanaria. “Allora, sto meglio quassù,” chiuse il discorso, per poi esaminare con delusione l’interno del contenitore. “Niente formaggio, quest’oggi?”

“La cellaria è in ritardo con le provviste,” spiegò la virago. “Pare sia uscita soltanto adesso dall’aula del cucito, insieme alle altre.”

"E la donna con il falco?" s'informò la Civetta, lanciando un'occhiata preoccupata tra il candore del cielo e la distesa color vinaccia degli alberi. "Ancora non se ne va, quella versiera?"

"Perché vuoi saperlo?" chiese Prospera. "Anche a te desta inquietudine?"

"Mica lei," sospirò Nicodema. "Il suo pennuto, piuttosto."

E con l'agilità di un guitto, scavalcò il davanzale della finestra per sporgersi verso settentrione.

"In nome di Dio!" sbottò la portinaia, sempre a disagio di fronte a simili prodezze. "Cosa ti è preso?"

"Un uomo," la informò la monaca campanara, puntando l'indice verso un sentiero che serpeggiava tra gli alberi. "Cappuccio verde e bordone da pellegrino. Tra un attimo lo vedrai spuntare tra gli arbusti."

Dopo aver recuperato la ramazza che aveva lasciato appoggiata a uno stipite di pietra, Prospera si appostò davanti al portale come se fosse a guardia dell'ingresso di un maniero. E così rimase, impettita e torva, fin quando l'individuo descritto dalla Civetta non fece la sua comparsa nella radura antistante al monastero.

"Che il Signore sia con voi, devota *soror*," esordì costui, battendosi una mano sul petto.

"E con voi," replicò con prudenza la portinaia.

"Poc'anzi, mentre vagavo nel folto della macchia," soggiunse lo sconosciuto, "ho udito i rintocchi delle vostre campane. È grazie a quel suono beato se son giunto fino a questo romitorio."

"Non è un romitorio," specificò secca suor Prospera, "ma un monastero di monache benedettine."

"Chiedo venia."

"Non ce n'è alcun bisogno."

Il viandante accarezzò il viso dalla barba corvina seminascosta sotto il cappuccio. "E dite," aggiunse dopo una breve esitazione, "questo monastero dispone di una foresteria nella quale un ramingo timorato di Dio possa rifocillarsi e riprendere le forze?"

"La foresteria c'è, sebbene alquanto spartana. E i pasti frugali."

L'uomo emise una risatina stoica. "Sempre meglio che rosicchiare una crosta di pane raffermo seduto sotto un albero."

"Immagino di sì," fu costretta ad ammettere la virago, tenendo la scopa sollevata verso l'alto alla stregua di una picca. "Sappiate tuttavia che, come da consuetudine, io ho il dovere di verificare che a postulare vitto e alloggio sia una persona dalle intenzioni mansuete."

"Oltremodo mansuete," le assicurò il pellegrino, facendo comparire dalle pieghe della cappa verde un ciondolo a forma di conchiglia. "Sto compiendo un pellegrinaggio per far penitenza dei miei peccati."

"In tal caso, vi chiedo un attimo di pazienza," concluse suor Prospera, dopo aver scambiato un'occhiata con la Civetta che, seduta sul davanzale coi piedi a penzoloni, la scrutava dal suo elevato rifugio. "Il tempo di informare la madre badessa, e potrete sostare nella foresteria di San Lazzaro."

50.

Dopo aver raggiunto il pianterreno dalla torre, Engilberta fece segno a Beatrice, scesa giù dalle scale insieme a lei, di aspettare all'interno dell'edificio finché non si fossero calmate le acque. Poi, fugando dal volto ogni segno di preoccupazione, uscì allo scoperto.

Il chiostro era invaso dalle consorelle. Un gregge di tonache nere riversatesi fuori dall'aula del cucito nell'attesa di accedere al refettorio. Radunate in gruppetti sparpagliati sotto il porticato o alla flebile luce del sole, quelle pie donne riempivano l'aria con i loro fitti mormorii dai quali si levava, di tanto in tanto, una risatina nervosa.

La reverenda madre poteva ben immaginare quali fossero gli argomenti di cui stessero parlando. Mostrandosi tuttavia indifferente agli sguardi incuriositi che convergevano su di lei, prese a scrutare a una a una le sue *sorores* alla ricerca di suor Ursiana, senza tuttavia riuscire a trovarla.

"Dov'è la priora?" fu costretta a chiedere a un certo punto.

"Ha accompagnato la monaca cuciniera alla *coquina*," le rispose qualcuna.

"Per aiutarla a mettere il calderone sul fuoco," soggiunse un'altra. "Quest'oggi si mangerà zuppa di cavolo."

Alquanto singolare, meditò Engilberta. Mai una volta, da quando aveva ricevuto il titolo di *praeposita*, Ursiana si era abbassata a svolgere mansioni a suo dire così umilianti. Battendo le mani per far cessare i brusii, indirizzò quindi le monache verso il refettorio.

"Andate a prender posto!" le esortò.

"Ma è ancora presto," emerse la voce arrogante di Basilia. "Il pranzo è ancora sul fuoco."

La badessa individuò la sua figura allampanata nel bel mezzo di un capannello di anziane. "Se ben rammento, *soror*," la fulminò, "stamane ti avevo promesso il digiuno."

"In verità..." fece per contraddirla la spilungona.

"Orsù, dà il buon esempio!" la interruppe Engilberta, mentre la invitava con un gesto esasperato a incamminarsi verso il refettorio. "E voi tutte, tornate in silenzio e seguitela con ordine!" comandò alle altre. "Quest'oggi divideremo il nostro pranzo con degli ospiti, perciò pretendo da ognuna di voi un decoroso e serafico contegno!"

Come previsto, quell'ultima rivelazione fomentò nelle consorelle una tale curiosità da indurle ad affrettarsi verso il refettorio. La badessa, però, non fece in tempo a vederle mettersi in fila che si sentì appellare da una voce incollerita. E dopo essersi voltata in direzione del portico meridionale, scorse padre Vespertilio uscire a lunghe falcate dal colonnato trascinandosi dietro la mortificatissima suor Ambrosia.

"Madre Engilberta, proprio voi!" le sibilò in faccia il sacerdote non appena le fu di fronte.

"Vostra grazia, moderate i toni," lo pregò la *magistra abbatissa*, nello sforzo di mantenere la calma. "Potreste spaventare le consorelle."

"Al diavolo le consorelle!" esclamò Vespertilio, con gli occhi fuori dalle orbite. "Ne ho abbastanza delle vostre scuse e delle vostre falsità!"

La badessa spostò per un attimo l'attenzione sull'*infirmaria*. Aveva il volto paonazzo e rigato di lacrime. "Quali falsità?" domandò compassata, tornando a fissare l'uomo di Dio.

"Un cadavere!" rispose Vespertilio in un crescendo di ribrezzo. "Avete fatto nascondere un cadavere in questo cenobio!"

"Vi supplico di moderare i toni," sentenziò con maggior fermezza Engilberta. Quindi, guardando alle proprie spalle, si accorse che la maggior parte delle consorelle era rimasta ferma ad ascoltare. "Non avete udito i miei ordini?" le ammonì aspramente. "Svelte, prima che v'impartisca una punizione esemplare!" E non appena le ebbe viste incamminarsi, si voltò nuovamente verso il sacerdote. "Vi rivelerò ogni cosa," gli promise, "ma in un luogo più appropriato."

"Che ne dite del parlatorio," propose minaccioso Vespertilio, "al cospetto di Raterio di Psalmodie?"

"Siete diventato il cane da riporto di quel chierico?" lo pungolò la badessa, per poi indicare la direzione dalla quale era provenuto. "Andiamo a discutere nell'orto, io e voi, lontani da orecchie indiscrete."

"Perché mai dovrei farvi una simile concessione?" rispose a tono il sacerdote, strattonando la povera suor Ambrosia per una manica. "Costei mi ha già confessato ogni cosa! So già troppo sui vostri turpi misfatti!"

"Ignoro quale versione della verità vi abbia raccontato la sorella *infirmaria*," si schermì Engilberta. "Ma se porgerete orecchio alle mie spiegazioni, capirete quanto siano stati oculati e necessari gli atti che voi ora, con tanta esagitazione, definite misfatti."

"*Paupercula foemina!*" sibilò sprezzante Vespertilio. "Come osate insinuare che io, un ministro del vescovo, sia così cieco da non saper riconoscere il male qualora me lo trovi di fronte?"

"Lungi da me il volervi muovere contro una simile accusa, buon padre," replicò cautamente la badessa mentre l'orgoglio, dentro di lei, scalciava e reclamava vendetta per l'ingiuria appena ricevuta. "Anzi," sottolineò, "per certi versi non posso che mostrarmi d'accordo con le vostre affermazioni. Il male, stanotte, ha lasciato un segno palpabile in questo monastero," e con fare indulgente lo invitò a lasciar libera suor Ambrosia. "Tuttavia," puntualizzò subito dopo in uno slancio di fierezza, "come insegna il *Doctor universalis* delle Isole, autore dell'impareggiabile *De planctu naturae* di cui ebbi il privilegio di leggere alcune pagine, i segni, per essere colti nel loro più intimo significato, vanno interpretati alla luce della ragione. Ed è soltanto questo che, con grande umiltà e contrizione, vi domanda la *paupercula foemina* al vostro cospetto! Discutere con lei affinché le diate dimostrazione di possedere quella facoltà di ragionamento con cui, alla stregua del più prezioso dei diademi, il Signore adornò la fronte della sua suprema creatura," e insinuò un sorrisetto beffardo, "per poi farne dono anche all'uomo."

Dopodiché, senza curarsi della reazione del sacerdote, prese a incamminarsi verso l'orto. "Venite pertanto, vostra grazia!" gli disse. "Venite ad ascoltarmi e a rivolgermi le vostre domande! Dopodiché, quando avrete ben inteso cosa stia succedendo fra queste mura, deciderete secondo il vostro arbitrio se sia il caso o meno di tornare con la coda tra le gambe dal chierico Raterio."

51.

Spiando quel che accadeva nel chiostro da un nascondiglio vicino alla torre, Beatrice rimase a osservare Engilberta e Ambrosia finché non le vide incamminarsi con Vespertilio in direzione degli orti. Dopodiché, verificato che tutte le altre consorelle si fossero ritirate in refettorio, uscì allo scoperto e, allungando il passo sotto i porticati, si avviò verso la dispensa.

Quell'ambiente trovava sede ai piedi del dormitorio, subito dopo l'aula del cucito e la cucina. A loro differenza, però, era seminterrato e sigillato da un portone assai più robusto.

Giunta al suo cospetto, la novizia infilò subito la chiave nella serratura, accorgendosi con un fremito che era già stata aperta. Dalla cellaria, presagì. Schiuse quindi il battente quel tanto da consentirle di sbirciare all'interno e, sinceratasi di non cogliere alcun movimento nelle immediate vicinanze, s'intrufolò in una sorta di angusto vestibolo.

Per accedere alla dispensa vera e propria fu costretta a scendere una scala di pietra simile a quella della cripta, immergendosi a poco a poco in una semioscurità satura dell'odore di formaggio, di carne frollata e di altri sentori aciduli che le chiusero lo stomaco in una morsa di ferro.

Il deposito del vino, rammentò a sé stessa non appena ebbe messo piede sul pavimento del magazzino. Se Engilberta aveva intuito giusto, la priora si era recata in quel preciso settore per prendere un calice di vernaccia.

Non fu affatto semplice, tuttavia, orientarsi senza l'ausilio di una candela tra anfore, scaffali colmi di vaselli, insaccati e cesti appesi al soffitto. Per un attimo, Beatrice ebbe quasi l'impressione di camminare nella stiva della nave oneraria che il padre l'aveva portata a visitare un mese prima delle nozze con Manfredo. Si era trattato di un naviglio a fondo piatto attraccato lungo le sponde del Padus, accanto al borgo di San Giorgio.

A differenza di quella stiva, però, il pavimento non oscillava. E la giovane aveva paura di essere scoperta.

Dove sarà mai la cellaria? si domandò a tal proposito, guardando fra le ombre. Suor Giuditta era una donna goffa e rumorosa. Se mai si fosse trovata nelle vicinanze, avrebbe certamente dato segno della propria presenza ancor prima di manifestarsi di persona. Eppure, il silenzio imperava.

Tanto meglio, si convinse Beatrice, avanzando verso un paio di botti collocate in fondo al deposito. Il vino, l'unico vino a rigor di logica presente in tutto il monastero, stava dentro quei contenitori. Era un nettare prezioso che proveniva dall'abbazia di Pomposa, utilizzato esclusivamente durante la messa, per la celebrazione dell'eucaristia, o a scopo curativo, miscelato con alcune spezie ed erbe officinali scelte con oculata prudenza dall'*infirmaria* o dalla badessa in persona.

Tuttavia, se Ursiana era andata ad attingere da una di quelle botti, pareva non aver lasciato la minima traccia. La novizia, del resto, non ne rimase affatto stupita. Fin dall'inizio aveva nutrito poche speranze riguardo la possibilità di reperire un qualche indizio, reputando il compito affidatole dalla badessa un gesto disperato.

La verità, meditò con rammarico, era che madre Engilberta si stava arrabattando per uscire da una situazione che, al battere di ogni ora, diventava sempre più astrusa e disperata.

Al fine di poter dichiarare d'aver assolto con scrupolo al proprio dovere, Beatrice si sforzò a ogni modo di verificare che non ci fosse qualche oggetto fuori posto o magari una traccia in grado di rivelarle il passaggio di qualcuno di diverso dalla monaca cellaria.

La novizia stava ormai per desistere quando i suoi occhi si soffermarono su un particolare.

Una corda arrotolata ai piedi di una botte.

Che sia proprio quella? non poté fare a meno di chiedersi.

Dopo essersi inginocchiata, la raccolse da terra per esaminare il nodo scorsoio con cui terminava una delle due estremità.

Ecco dov'era finita! si disse, mentre continuava a tastare lo spessore fibroso della fune. E così facendo, di colpo, si ritrovò tra le mani il nodo presente sull'altro capo. Il suo intreccio era talmente complesso e aggrovigliato che, anziché tentare di scioglierlo, le consorelle avevano lavorato di coltello, recidendo la corda nel punto in cui girava intorno all'arco del pozzo. Ma la forma del nodo restava, e bastò uno sguardo perché la giovane venisse colta dallo sfuggente senso di familiarità che poco prima l'aveva condotta al pozzo.

Ora però iniziava a ricordare.

Quella sensazione nasceva proprio dal nodo. Un bizzarro quanto complicatissimo groviglio che era sicura d'aver già visto da qualche parte.

Ma dove? non poté fare a meno di chiedersi Beatrice, mentre una figura ritta alle sue spalle sollevava un'anfora di terracotta e gliela fracassava in testa.

52.

Mentre passeggiava tra le poche erbe officinali sopravvissute al grigiore dell'autunno, madre Engilberta scrutava di sottecchi padre Vespertilio e suor Ambrosia, intenti a camminare ai suoi fianchi.

"Suor Agata non si è tolta la vita, ma è stata uccisa," ribadì. "Uccisa, io credo, dalla stessa persona responsabile dell'omicidio del giovane uomo trovato nel bosco."

"Un uomo marchiato anch'egli da una croce capovolta disegnata sul palmo," soggiunse il sacerdote con una nota di malanimo.

"Ho mostrato il cadavere a sua grazia," confessò l'*infirmaria*, imbarazzata, alla *magistra abbatissa*. "Invece di seppellirlo, io e sorella Beatrice l'abbiamo nascosto nel grande rudere."

"Deve trattarsi del fratello di suor Agata," rivelò Engilberta, senza lasciar trapelare alcuna emozione. "Si chiamava Alano di Corteregia ed era un cavaliere al servizio di Enrico di Marcy. Me l'ha rivelato Winda di Saint-Félix."

"Devo quindi supporre che suor Winda sia informata della presenza della salma?" chiese il ministro del vescovo.

"Non lo è," rispose la badessa. "E per inciso, dubito che quella donna sia una monaca."

"Sta eseguendo gli ordini di un grande prelato," la rintuzzò Vespertilio. "Tanto basta a renderla meritevole della nostra fiducia."

Engilberta s'inginocchiò per contemplare un fiore bianco di altea che, ben protetto tra le foglie della pianta, esitava ad appassire. "Lo pensate davvero?" mormorò.

"Cosa insinuate?"

"Per un attimo," glissò la reverenda madre, "mi sono domandata se Raterio e Winda non siano stati attirati in questo monastero dal messaggio che voi inviaste dalla mia colombaia dopo il battere delle laudi." E sollevò un dito per troncare sul nascere un'obiezione del religioso. "Poi ho ripensato a quanto si è lasciata sfuggire Winda di Saint-Félix conversando con me sulla torre. Lei e il chierico, al battere delle laudi, dovevano già trovarsi nelle selve circostanti, tra le querce e i nespoli, a dar la caccia ad Alano di Corteregia. Probabilmente stavano seguendo le sue tracce dalla notte. Perciò non avrebbero mai potuto trovarsi presso il vescovado, dove voi indirizzaste il piccione."

"La mia missiva era diretta al vescovo di Ferrara," confermò il sacerdote, sprezzante. "Il vostro asserire che possa avervi mentito al riguardo mi offende."

"D'altro canto," continuò a ragionare Engilberta, "Winda possiede un falco."

"E con ciò?"

"Se avesse catturato il piccione mentre era in volo e letto il vostro messaggio?"

"Non potete provarlo," replicò l'uomo con una smorfia inquieta. "Ma pur se fosse successo, cosa vorreste dimostrare?"

La reverenda madre rimirò ancora per un attimo il fiore di altea e, dopo aver ringraziato il Signore per quel dono inatteso, si rialzò in piedi. "Cosa avete riferito, di preciso, a Raterio e a Winda sui recenti accadimenti che hanno funestato questo monastero?"

"Intendete quando li ho incontrati lungo il sentiero o in parlatorio, mentre vi aspettavamo?"

"In entrambe le occasioni."

"A onor del vero," si sforzò di ricordare Vespertilio, "a parlare sono stati quasi sempre loro due. Del loro vincolo di obbedienza a Enrico di Marcy, del furto di un'importante reliquia e del loro compito di ritrovarla al più presto. In quanto a me, li ho semplicemente informati del suicidio di una giovane monaca presso codesto cenobio. Un evento increscioso aggravato dal fatto che quella poverina aveva una *crux inversa* disegnata sul palmo di una mano."

"E avete anche rivelato loro il nome completo di suor Agata di Corteregia?" volle sapere Engilberta.

"No," le rispose.

"Ne siete sicuro?"

"Al di là di ogni dubbio."

"Eppure Winda lo conosceva," lo informò la badessa, con un'espressione volpina. "L'ha pronunziato per esteso alla mia presenza, mentre eravamo alla ricerca di messer Guido degli Ademari. E se ben rammento, ha pure lasciato intendere di averlo appreso da voi."

"È una vile menzogna!" sbottò Vespertilio. "Contrariamente a quanto possiate pensare sul mio conto, non mi permetterei mai di spifferare ai quattro venti il nome di una monaca appena defunta in circostanze a dir poco equivoche!"

"In tal caso resta una sola spiegazione plausibile," tirò le somme Engilberta. "Il falco."

"Ammesso che abbiate ragione," le concesse il sacerdote, "mi sfugge dove vogliate arrivare con simili ragionamenti."

"Al prendere in considerazione la possibilità che quei due siano degli impostori."

"Suvvia, non siate sciocca!" la apostrofò beffardo Vespertilio. "Mi hanno mostrato le loro *litterae passus* convalidate dal sigillo di Marcy!"

"Anche a me. Ma se si trattasse di documenti falsi o rubati?"

L'espressione di scherno svanì di colpo dal volto di Vespertilio, lasciando posto a una velata angoscia mista all'umiliazione per essersi lasciato imbeccare da una femmina. "Ora basta!" esclamò a tal ragione. "Avete parlato fin troppo, quando invece dovreste essere assai più propensa ad ascoltare."

"Ma non potete certo negare..." fece per dissentire la badessa.

“Non ho bisogno d’essere indottrinato da voi!” la zittì l’emissario del vescovo, dopo aver guardato di sbieco la taciturna Ambrosia. “E per dirla tutta, come potrei fidarmi dei ragionamenti di una monaca avventata, colpevole d’aver occultato il cadavere di un uomo fra le mura di questo monastero?”

“Una condotta della quale risponderò a tempo debito,” non si scompose Engilberta. “Ma solo davanti a un rappresentante dell’Ecclesia di cui possa riconoscere l’effettiva autorevolezza.”

“Adesso capisco,” arguì il sacerdote, “perché avete insistito tanto nel volermi parlare in privato!”

“Non avrei proferito nemmeno una sillaba di fronte a Raterio e a Winda,” confermò la reverenda madre. “E ora che avete ascoltato le mie motivazioni, non potete certo darmi torto.”

“Torto o ragione, è giunto per voi il momento di farvi da parte,” sentenziò secco Vespertilio. “A dispetto dell’acume che avete appena dimostrato di possedere, vi siete comportata con eccessiva avventatezza, abusando oltretutto della vostra posizione di potere. A tal ragione verrete subito con me dal vescovo, affinché abbiate modo di chiarire al suo eminente cospetto la vostra posizione in merito alle vicende in cui siete rimasta coinvolta. E nell’attesa che si decida cosa ne sarà di voi,” aggiunse con una punta di compiacimento, “concederò alla priora Ursiana la facoltà di comandare in vostra vece sulla comunità di San Lazzaro.”

"Assurdo!" esclamò Engilberta, in un turbinio di sdegno e d'incredulità. "Non potete allontanarmi dal monastero in un simile momento! E non potete andarvene nemmeno voi! Lascereste la mia *familia* in balia di quei due impostori!"

"La questione non vi riguarda più," la rintuzzò Vespertilio, facendole segno di dirigere i suoi passi verso il chiostro. "E in ogni caso, mi offendete ancora una volta nell'asserire che io sia talmente inetto da lasciare il vostro cenobio a un destino incerto. Una volta giunti a Ferrara, sarà mia cura precipua allertare gli armigeri del vescovo affinché vengano immediatamente in questo luogo per mettere ordine, nel nome di Dio, a una situazione tanto ingarbugliata!"

53.

"Mi rincresce deludervi," disse suor Prospera una volta che fu tornata dinanzi al pellegrino dal cappuccio verde, "non l'ho trovata."

L'uomo rimase a scrutarla a braccia conserte davanti al portale della chiesa. "Come potete non aver trovato la vostra madre badessa?" le domandò tra il canzonatorio e l'attonito.

La portinaia abbozzò un gesto evasivo. "Nel refettorio non c'era," accampò a mo' di scusa. "E, considerato l'orario, non saprei proprio in quale altro luogo andarla a cercare."

Una vaga idea ce l'aveva, a onor del vero. Secondo quanto riferito dalle consorelle sedute alla mensa, Engilberta era stata vista allontanarsi dal chiostro insieme a padre Vespertilio e a suor Agata, dopo un turbolento litigio, in direzione dell'orto.

Prospera tuttavia non vedeva il motivo di raccontarlo a uno sconosciuto venuto da chissà dove.

"Ma senza il *placet* della vostra badessa," si abbatté quest'ultimo, "sarò costretto ad andarmene a pancia vuota!"

"Se aveste la pazienza di aspettare," gli propose la virago, impietosita, "si potrà porre rimedio a questa situazione."

"Ne siete sicura? Non vorrei arrecarvi un qualche incomodo con la mia presenza."

"Nessun incomodo, se attenderete vicino a quegli alberi," e gli indicò la distesa dei nespoli.

Dopo aver guardato in quella direzione, l'uomo spostò l'attenzione verso il carro e i due cavalli sellati intenti a brucare erba a pochi passi dall'edificio. "Temete forse che voglia rubare uno di quei ronzini?" motteggiò.

"Dipendesse da me," sospirò suor Prospera, "vi darei il permesso di portar via quelle bestie e pure i loro padroni!"

"È gente a tal punto molesta?" parve incuriosirsi il pellegrino, per poi alludere al falco appollaiato sull'arcione di uno dei destrieri. "Magnifico pennuto!"

"Se lo dite voi," tagliò corto la portinaia, mentre si voltava per capire di chi fossero i passi concitati che sentiva avvicinarsi alle sue spalle. E in un lampo di sconcerto, vide padre Vespertilio intento a trascinare verso l'uscita madre Engilberta. "*Magistra abbatissa!*" esclamò, accennando a voler intervenire in difesa della reverenda madre.

Dopo averla respinta in malo modo, il sacerdote attraversò il portale e continuò a strattonare la badessa verso il carro.

"Buon padre, un po' di rispetto!" tentò di mettersi in mezzo l'uomo dalla cappa verde.

"E voi chi diavolo siete?" gli sibilò contro Vespertilio. "State indietro, o avrete di che pentirvene!" Vincendo infine la resistenza da parte di Engilberta, la fece salire a furia di spintoni sulla cassetta.

Soltanto allora suor Prospera si rese conto che la badessa aveva le mani legate. "Per amor del cielo!" trasecolò. "*Magistra abbatissa*... cosa succede?"

"Non curarti di me..." fece appena in tempo a rispondere Engilberta con un sorriso coraggioso.

Dopodiché, con un violento schiocco di redini, Vespertilio aizzò il ronzino attaccato al carro e si allontanò con un legnoso rollare di ruote verso le chiome color sangue della boscaglia.

54.

"Se mi è concesso esprimermi con schiettezza," disse Raterio di Psalmodie, mentre si portava alla bocca un cucchiaio di zuppa, "non mi rincresce affatto dover trattare con voi, anziché con l'austera Engilberta di Villers."

Suor Ursiana arricciò le labbra con riluttanza. "Le biasimevoli circostanze che hanno decretato l'allontanamento della *magistra abbatissa*," proferì a bassa voce, "non mi consentono di godere appieno del vostro complimento."

Cogliendo in quelle parole una velata nota di compiacimento, il chierico non poté trattenere una risatina. Sedevano uno accanto all'altra alla mensa di riguardo collocata in fondo alla sala del refettorio. Di fronte a loro, le monache di San Lazzaro, distribuite in tavoli da quattro o da sei, consumavano il pranzo ascoltando la voce squillante di suor Teodora, la cantrice, intenta a declamare la vita di santa Maria Egiziaca da un vecchio codice aperto su un leggio.

"Madre Engilberta," soggiunse Raterio, "non si è mostrata, passatemi il termine, sufficientemente collaborativa."

“Ero presente in parlatorio,” gli rammentò la priora con una smorfia dispiaciuta. “E in effetti, non ho potuto fare a meno di notare il suo atteggiamento scostante.”

“Reticente,” la corresse il chierico, per poi prendere il calice di vetro collocato davanti alla sua scodella. “Per Mefistofele!” bofonchiò dopo aver annusato il contenuto. “Cos’è mai questo intruglio?”

“Acqua aromatizzata con aceto e miele,” rispose Ursiana, condividendo la sua delusione. “Benché le regole di san Benedetto e di Cluny approvino il consumo del vino a pasto, Engilberta l’ha proibito.”

“Una vera guastafeste, quella donna!” ironizzò Raterio. “Ma si stava accennando a quanto si è discusso in vostra presenza nel parlatorio,” si fece improvvisamente serio.

“Infatti,” confermò la priora, bevendo con riluttanza un sorso d’acqua. “E a tal proposito,” soggiunse, “la vostra sodale si trova ancora là dentro?”

“Sta sorvegliando messer Guido,” spiegò il chierico con noncuranza.

“Provvederò subito a farle portare del pane e un *plumentarium*, affinché non sia costretta a digiunare.”

“Non disturbatevi. Winda di Saint-Félix trae un insolito piacere nel sottoporsi alla penitenza.”

“In effetti, mi è parsa una *soror* dall’animo oltremodo indomito e virtuoso.”

“Non sapete quanto,” chiuse la questione Raterio. “E ora ditemi, di grazia. Su quali argomenti, a vostro parere, madre Engilberta si sarebbe mostrata refrattaria a rispondere?”

"Il mio giudizio si basa su una semplice impressione," si schermì la monaca. "Conosco la *magistra abbatissa* da molti anni, e ormai so percepire distintamente quando ella s'irrigidisce e nasconde qualcosa al prossimo."

"Ma di preciso, in quale fase del discorso l'avreste sentita esprimersi con falsità?"

Ursiana si chiuse in una breve meditazione. "Nel momento in cui avete accennato alla reliquia," rivelò un attimo dopo.

"Ne siete sicura?"

La priora annuì. "Sebbene Engilberta abbia dichiarato di non saperne nulla, ho colto distintamente un fremito nella sua voce."

"Quindi, a vostro parere," tirò le somme Raterio, "la reverenda madre mi avrebbe mentito riguardo il furto del *corpus.*"

"Di certo, non ne era all'oscuro come invece ha affermato."

Il chierico prese un'altra cucchiaiata di zuppa e si pulì la bocca con un lembo della manica. "Molto bene," mormorò, rivolgendo lo sguardo verso un punto indistinto dell'aula. Dopodiché, concedendosi una licenza a dir poco scandalosa, accarezzò una mano dell'interlocutrice. "Avete la riconoscenza del mio signore, il sublime cardinale vescovo di Albano."

"Mi onorate," replicò Ursiana, senza manifestare alcun disagio.

"E sareste disposta a far sì che questa riconoscenza diventi amicizia," soggiunse Raterio, sornione, "concedendo a me e alla mia sodale di ispezionare da cima a fondo questo monastero?"

"A quale scopo?"

"Per verificare che l'insincerità della *magistra abbatissa* non fosse limitata agli argomenti sui quali l'ho interrogata, ma anche su certe azioni che ella potrebbe aver compiuto."

"Temete, in altre parole, che Engilberta abbia occultato la reliquia rubata fra queste mura?"

"Non posso scartare una simile eventualità," rispose il chierico.

Ursiana meditò un istante su quelle parole.

"Pensateci bene," insistette il suo interlocutore, mellifluo. "Enrico di Marcy sa essere assai riconoscente con le persone leali alla sua causa..."

"In tal caso procedete pure," si lasciò convincere la priora, per poi insinuare un sorrisetto malizioso. "Senza tralasciare di estendere la vostra ricerca allo studiolo sito nella vecchia torre. È in quella stanza che la badessa usa custodire gli oggetti a lei più cari."

"Un suggerimento prezioso," la ringraziò Raterio, per poi iniziare a lanciare occhiate rapaci tra le monache sedute nel refettorio.

"Non curatevi delle mie consorelle," equivocò Ursiana. "Farò sì che non creino intralcio all'adempimento della vostra missione."

"In tutta franchezza," le spiegò il chierico, "mi stavo domandando chi fosse, tra queste spose di Cristo, la giovane vedova per la quale spasima messer Guido degli Ademari."

"Intendete la novizia?" si sorprese la priora.

"Beatrice de' Marcheselli," le confermò. "Mi pare sia questo il suo nome."

"E quale genere d'interesse nutrireste nei suoi confronti?"

"Vorrei interrogarla. Non riesco a fugare dalla mente il sospetto che ella, in combutta con quell'armigero arrogante e con la madre badessa, abbia preso parte al nascondimento della reliquia."

"Potreste non aver torto," commentò Ursiana, mentre dal suo nobile volto trapelava un'improvvisa nota di preoccupazione.

"Da cosa lo intuite?" la fissò incuriosito Raterio.

"Dal semplice fatto," rispose la priora, "che non riesco a scorgere suor Beatrice in questa sala."

L'emissario di Enrico di Marcy afferrò i bordi del tavolo. "Com'è possibile?"

"Non si trovava nemmeno nella sala del cucito," soggiunse la monaca, richiamando con un cenno l'attenzione di suor Basilia.

"Ordinate, *magistra abbatissa*," le si rivolse immediatamente quest'ultima, attribuendole di proposito il titolo riservato alla più alta autorità della *familia* monastica.

"Tu o qualcuna delle tue consorelle," le chiese la priora, "avete per caso visto suor Beatrice?"

Al sentir pronunziare quel nome, la monaca anziana torse il volto in una smorfia di disprezzo. "Non da quando, alle laudi, Engilberta l'ha messa in punizione," rispose.

"Ho il sentore che quella novizia non sia più in punizione da molto tempo," si intromise il chierico, sussurrando poi all'orecchio di Ursiana. "Winda l'ha vista nel chiostro poco dopo il battere dell'ora terza, in compagnia di messer Guido. E ora, chissà dove si sarà cacciata."

Anziché ribattere, la priora spostò lo sguardo su suor Ambrosia, che sedeva da sola, nell'angolo più ombroso e desolato dell'aula. "Sorella *infirmaria*!" la fece sobbalzare. "Se ben rammento, anche tu hai disertato l'aula del cucito."

"Non per mia volontà..." squittì la monaca francese, senza smettere di fissare la ciotola.

"Era con padre Vespertilio!" risuonò la voce di suor Giacinta. "L'abbiamo vista in molte, prima di entrare in refettorio. Il buon padre la teneva per un braccio mentre discuteva con madre Engilberta."

"È vero," ammise la stessa priora, indirizzando un'occhiata complice al chierico. Poi si rivolse di nuovo ad Ambrosia. "*Soror*, vieni a sedere al mio tavolo."

"Ma quello... non è il mio posto," esitò l'*infirmaria*.

"Lo so bene," la schernì Ursiana, fomentando delle risatine maligne fra le sue sostenitrici. "Però sono io a ordinartelo."

Vincendo un fremito di ritrosia, Ambrosia si alzò in piedi e, con la scodella tra le mani, marciò come una condannata a morte verso la mensa collocata in fondo alla sala.

"Quando padre Vespertilio, in tutta fretta e grande esagitazione, mi ha incaricata di sostituire Engilberta nella direzione di codesto cenobio," disse la priora non appena l'*infirmaria* fu giunta al suo cospetto, "non ha speso nemmeno una parola sul tuo conto, suor Ambrosia. Eppure, io nutro il forte sospetto che tu abbia avuto un ruolo fondamentale negli eventi consumatisi quest'oggi."

"La mia coscienza è pulita," replicò la monaca francese, "poiché ho confessato ogni cosa al nostro confessore."

"Io non possiedo la tolleranza di madre Engilberta," la mise in guardia Ursiana, esprimendosi con algida cortesia. "E se solo ti azzarderai a evocare l'inviolabile sacralità della confessione, giuro sulle piaghe di Nostro Signore che verrai cacciata da questo cenobio."

"Non so se..." tentò di obiettare Ambrosia.

"Ebbene?" la incalzò Raterio in uno slancio d'impazienza. "Vuoi dirci cosa sai, *soror*, o preferisci ritrovarti a vagare da sola, verso le porte della città, alla stregua di una mendicante?"

Dal momento che la poverina tentennava in preda all'ansia e allo spavento, il chierico aggirò il tavolo e, dopo averla cinta per i fianchi, la condusse a passo svelto verso l'uscita dell'aula.

"Forse la fervente Winda di Saint-Félix troverà il modo di scucirvi la bocca," sentenziò con crudele ironia.

"Frate Raterio!" ebbe appena il tempo di protestare la priora. "Io non vi ho dato alcun permesso di..."

"Quando avrete concluso il pranzo," la sovrastò con la voce il chierico, nell'ormai piena sicurezza di avere la situazione in pugno, "radunerete le vostre consorelle nel coro e le farete cantare! E che sia un bel canto solenne e prolungato, degno di celebrare la memoria della vostra consorella defunta! Suor Agata di Corteregia, mi pare si chiamasse!" E dopo aver spalancato il battente con un calcio, attraversò la soglia. "Cantate!" furono le sue aspre parole di commiato. "Cantate affinché l'anima di quella miserabile vi oda dalle profondità dei laghi infernali, perché è quello il posto di chi muore impiccato!"

55.

“Se nel chiostro mi sono astenuta dall’esprimere commenti in merito alla scelta della mia sostituta,” disse Engilberta piena di sdegno, “è stato solo per non turbare più del dovuto la sensibilità di suor Ambrosia.”

“Vi riferite a suor Ursiana?” fece Vespertilio, spronando il ronzino ad affrettarsi lungo il sentiero. Tutt’intorno, le chiome degli alberi tacevano nella luce smorta del primo pomeriggio.

“Suor Ursiana!” ripeté con sprezzo la reverenda madre. “Sappiamo entrambi quali meriti l’abbiano resa degna del vostro favore.”

“Voi non sapete nulla.”

“Credete davvero che non sia al corrente dei vostri incontri clandestini nella foresteria?”

Il sacerdote, paonazzo in volto, abbassò il capo per evitare un ramo basso e proseguì a condurre il carro senza proferir verbo.

“Non sono cieca,” tornò a pungolarlo Engilberta. “Ma nemmeno una farisea,” sottolineò subito dopo. “Dubito che il Signore sia così meschino da condannare due anime all'inferno per essersi macchiate di uno scialbo peccato di lussuria. Anche se commesso in assenza di amore, come nel vostro caso," e lo guardò di sbieco. "Perché tra di voi sussiste un mero accordo di baratto, non è così?"

"Tacete!" grugnì Vespertilio. "O in nome di san Giorgio, giuro che vi metterò un bavaglio!"

"Perché invece non mi liberate le mani?" replicò lei, mostrandogli i polsi legati. "Questi vincoli sono troppo stretti! Iniziano a farmi male!"

"Non sono un allocco," sogghignò caustico lui. "Ve ne approfittereste subito."

"Temete forse che possa aggredirvi?" ironizzò lei, fissandolo con compatimento.

"Al contrario," sospirò il sacerdote. "Scommetto che ne approfittereste all'istante per scendere dal carro e gettarvi nel folto della macchia. E io non ho la minima intenzione di sprecare tempo a rincorrervi."

"Questa è bella!" rise aspramente la badessa. "Mi ci vedo proprio a correre tra i rovi e a scavalcare i fossi con questa lunga tonaca e i miei scomodi calzari!"

"Incolpate la vostra reputazione," la rintuzzò Vespertilio. "Winda di Saint-Félix non è l'unica ad aver sentito parlare di Engilberta la Fuggiasca."

La reverenda madre non poté trattenere una smorfia di amarezza. Quel soprannome le era stato attribuito più di trent'anni prima. All'epoca si trovava in viaggio con la *magistra* Ildegarda, giunta alla città di Treviri per incontrare l'imperatore Federico Barbarossa. Un colloquio rivelatosi difficile e assai concitato, durante il quale la venerabile mistica non aveva esitato a rimproverare quel grande uomo per non essersi fatto scrupolo di nominare non uno, bensì addirittura due antipapi da anteporre all'odiato Alessandro III. Pur offeso e rosso di rabbia, l'imperatore si era congedato da Ildegarda con un saluto ossequioso, aggiungendo un'inaspettata richiesta. Prendere al proprio seguito una delle sue consorelle più dotte per inserirla tra gli amanuensi della regia cancelleria. Un onore immenso che Ildegarda, a malincuore, decise di accordare alla sua giovane pupilla.

Engilberta sognava ancora, di tanto in tanto, il giorno in cui era salita in lacrime sul carro del Barbarossa. E rivedeva chiaramente le selve innevate della Franconia attraversate nel crescente dolore di sapersi sempre più lontana dalla donna che amava. Finché quel dolore non era diventato insopportabile e, una notte, l'aveva spinta a fuggire.

Settimane dopo, quando Engilberta si era ripresentata all'abbazia di Rupertsberg con gli abiti laceri, i piedi coperti di piaghe e le membra irrigidite dal freddo, Ildegarda sapeva già tutto. E a costo di inasprire ulteriormente i suoi rapporti con l'imperatore, l'aveva accolta tra le sue braccia facendole promessa di non abbandonarla mai più.

"Non fu per codardia che fuggii quella notte," mormorò la reverenda madre. "Fu perché spinta da un sentimento di cui dubito potreste mai comprendere la natura."

"A ogni modo," sbuffò Vespertilio, "non vi libererò le mani."

"Non avrete seriamente intenzione di trascinarmi davanti al vescovo legata come uno spregevole ribaldo!"

"Orsù, tacete! In fin dei conti, dovrei essere io a lamentarmi. Per colpa vostra e di fratello Raterio, potrò dirmi fortunato se arriverò al palazzo di sua eminenza in tempo per i vespri."

"Fossi in voi," gli suggerì la badessa, mentre scrutava il sentiero boscoso diretto alle rive del Padus e ai sobborghi di Ferrara, "girerei invece il carro e farei ritorno al monastero di San Lazzaro."

"Perché mai dovrei compiere una simile follia?" la schernì Vespertilio.

"Perché avete lasciato al comando di quel cenobio la persona meno adatta."

"Attenta a voi!" sbottò il sacerdote. "Proferite un'altra calunnia sul conto di suor Ursiana e..."

"Non alludevo alla sua lascivia," lo interruppe Engilberta. "Ma alla possibilità che, con mio sommo rammarico, quella donna sia responsabile della morte di suor Agata di Corteregia."

"Per le catene dell'inferno!" esclamò Vespertilio, per poi strattonare con violenza le redini.

Non si trattava di una reazione suscitata dalle accuse della reverenda madre, ma dall'improvviso comparire di un volto incappucciato tra le fronde di una quercia.

"Chi siete?" soggiunse il sacerdote, rivolto all'uomo intento a scrutarlo dall'alto.

Per tutta risposta, lo sconosciuto incoccò una freccia

all'arco che teneva in pugno e lo prese di mira. "Scendete dal carro!" gli ordinò.

"In nome di Dio!" invocò Vespertilio, nello sforzo di mostrarsi coraggioso. "Osereste far del male a un pastore d'anime?"

"Se non obbedirete," disse l'arciere, "saranno *loro* a farvelo!"

E con un cenno del capo, indicò un gruppo di masnadieri intenti a sbucare proprio in quel momento dalla boscaglia.

"Briganti?!" proferì sbigottita Engilberta, mentre uno di quei bruti le ghermiva un braccio per farla scendere dalla cassetta.

56.

Il pellegrino con la cappa verde si scostò dall'albero cui stava appoggiato e rivolse lo sguardo verso la facciata del monastero, che distava da lui non più di una decina di passi. "A quanto pare," disse tendendo l'orecchio, "le vostre consorelle hanno iniziato a cantare."

Suor Prospera, sempre di guardia davanti al portale, si ritrovò costretta ad annuire. Una cosa ben strana, meditava nel frattempo. Non erano certo l'ora e la situazione più adatte per iniziare a intonare i salmi. "Il canto ci rende simili agli angeli," replicò tuttavia, per non lasciar trapelare la sua preoccupazione.

"Anche il diavolo era un angelo," la avvertì lo sconosciuto. "E cantava per confondere i suoi fratelli."

Parole fin troppo calzanti per descrivere quella situazione, si disse la portinaia. "Non mi avete ancora rivelato il vostro nome," si rammentò di colpo.

"Servirebbe a darmi accesso alla foresteria?" motteggiò l'individuo.

"Solo a farmi fidare maggiormente di voi."

“In tal caso,” rispose lui, abbassando il cappuccio sulle spalle, “potete chiamarmi Anselmo da Velletri.”

Prospera scrutò i suoi lineamenti regolari, virili, incorniciati da un groviglio di barba e di capelli neri. Un aspetto che probabilmente alcune donne avrebbero trovato piacente se non fosse stato per lo sfregio verticale che, solcandogli la parte destra della fronte, scavalcava l’occhio e proseguiva giù fino alla guancia.

“Eravate un soldato?” le venne spontaneo chiedergli.

“Un cacciatore,” rettificò lui, passandosi una mano sul volto. “E questo è il segno lasciato dalla zanna di un cinghiale.”

“Un cacciatore in pellegrinaggio per far ammenda dei propri peccati,” non poté esimersi dal commentare la portinaia. “Alquanto insolito.”

“Non più di un sacerdote che trascina una madre badessa legata per i polsi,” osservò Anselmo, senza perdere il suo spirito faceto.

“Non potreste mai capire,” glissò lei.

“A giudicare dall’espressione attonita che avete fatto mentre guardavate quella reverenda donna caricata sul carro,” replicò l’uomo, “non ci avete capito molto neppure voi.”

“Non spetta a me capire. Io sono chiamata ad avere fede.”

“E io, a quanto pare, a restare all’addiaccio!” sospirò l’uomo, massaggiandosi le braccia intirizzite. “Il freddo s’inasprisce, *soror*. Dite, potrei almeno accendere un fuoco?”

“Purché non sia troppo vicino al monastero,” si raccomandò la monaca, “e alla giusta distanza dagli alberi. Ci mancherebbe solo che divampasse un incendio!”

“Oh, se è per questo, un incendio divamperà,” mormorò Anselmo con tono quasi profetico, iniziando a raccogliere delle pietre per disporle intorno a un piccolo falò. “Ma non certo tra questi alberi uggiosi e umidi di nebbia!”

Sesta campana
Nessun rintocco

Il silenzio non è un qualcosa che esista di per sé, ma si parla di silenzio laddove non si dia suono alcuno.

ISIDORO DI SIVIGLIA, *Etimologie*, XIII, 10, 12

57.

“Io non so dove sia finita suor Beatrice.”

Erano state le ultime parole della pavida suor Ambrosia dopo che Winda di Saint-Félix, in seguito a un interrogatorio fatto di intimidazioni e di frasi melliflue, l’aveva convinta a farsi condurre al grande rudere per esaminare il cadavere dello sgozzato. Cadavere nel quale la donna in nero era stata immediatamente in grado di riconoscere Alano di Corteregia.

Restituita l’*infirmaria* alle sue consorelle e imprigionato Guido degli Ademari in una piccola cella della cripta, Winda aveva infine dato avvio insieme a Raterio alla perquisizione degli ambienti del monastero, partendo, come suggerito da suor Ursiana, dallo studiolo di madre Engilberta.

L’ora nona doveva essere ormai vicina quando il chierico, sempre più nervoso e demoralizzato per via della ricerca infruttuosa, ebbe finito di passare al vaglio i libri custoditi nell’*armarium*.

“Stiamo sprecando tempo!” sbuffò. “Qui non c’è niente!”

Per tutta risposta, Winda lasciò cadere la *theca calamaria* appena raccolta dallo scrittoio e osservò divertita una mezza dozzina di pennini e piume d'oca sparpagliarsi sul pavimento.

"Forse," dichiarò d'un tratto, "*qualcosa* c'era."

"Cosa intendete?" le si avvicinò il compare.

Camminando verso un punto in cui era rotolato un calamo, la donna s'inginocchiò e raccolse un brandello di pergamena bruciacchiata.

"A quanto pare," mormorò, "la *magistra abbatissa* e la vedova hanno distrutto delle prove."

"Non è detto," fece Raterio. "Magari quel brano di cartapecora non c'entra nulla con la nostra ricerca."

"Avete osservato questo studio?" replicò Winda, al fine di difendere la propria intuizione. "Codici manoscritti, utensili e masserizie sono stati disposti secondo un ordine quasi maniacale. Questo cubicolo, per madre Engilberta, non dev'essere un semplice luogo in cui vergare e annotare documenti. È un rifugio. Un sacello consacrato al sapere. Se ella non fosse stata impegnata a ordire chissà quali intrighi, scommetto che non si sarebbe mai dimenticata di lasciare quella particola di pergamena sul pavimento."

"Anche se fosse, è bruciata," le fece presente Raterio, osservandola con attenzione. "Non vi si riesce a leggere nemmeno una parola."

"A volte, l'*assenza* di qualcosa vale più di mille parole," commentò Winda, rivolgendo al chierico un sorriso d'intesa. "Prima che io e Engilberta ci separassimo," lo informò subito dopo, "le ho esternato i miei sospetti su un possibile legame di parentela tra Alano di Corteregia e la monaca morta impiccata."

"Perché mai l'avreste fatto?"

"Per indurre la reverenda madre a fornirmi una prova concreta di simili sospetti."

"Ebbene?"

"Ebbene, mettetevi nei suoi panni! Come avreste agito, al suo posto, se foste riuscito a reperire quella prova?"

"Intendete dire," rimarcò Raterio, "la prova inoppugnabile che una delle sue consorelle avesse un vincolo di sangue con il ladro di un'inestimabile reliquia?"

La donna in nero annuì.

"A rigor di logica," ponderò il chierico, "avrei quantomeno preso in considerazione l'eventualità che fra quei due ci fosse un rapporto di complicità."

"E prima che una simile ipotesi trapelasse, distruggendo la reputazione di questo cenobio," concluse Winda, "Engilberta deve avere ben pensato di bruciare l'unica prova in grado di supportarla."

"Quella maledetta vipera!" sibilò Raterio. "Reputate che sappia dov'è nascosto il *corpus* dell'Evangelista?"

Winda sollevò i palmi come per voler sottolineare un'ovvietà. "Voi cosa ne pensate, amico mio?" celiò sardonica. "A detta della monaca *infirmaria*, Engilberta si è servita di lei e di altre consorelle per occultare il cadavere di Alano di Corteregia, senza contare la facilità con cui ha permesso a due *sorores* di entrare e uscire dal monastero di

San Lazzaro. Stiamo parlando di una donna estremamente intelligente. Un'accorta manipolatrice e un'abile mentitrice. Perciò non mi limito a prendere in considerazione la possibilità che ella sappia dove sia nascosto il *corpus*, ma pure che ne sia entrata in possesso e che abbia addirittura pianificato di essere smascherata da padre Vespertilio al fine di avere un valido pretesto per lasciare questo luogo."

"Se fosse vero," digrignò i denti il chierico, "quale sarà mai la sua prossima mossa?"

58.

Engilberta non poteva far altro che pregare. Sotto la minaccia dei sei briganti sbucati dalla boscaglia, lei e padre Vespertilio procedevano a ritmo forzato tra il folto della macchia, lungo un sentiero talmente angusto e tortuoso da obbligarli a camminare uno davanti all'altro. Il sole, ormai, si stava sciogliendo a ponente in un pallido rossore, allungando ombre sempre più cupe tra le querce e i lecci che, alla stregua di antichi guardiani, estendevano le loro chiome su quelle terre.

Era quasi beffardo pensare quanto fossero vicini i sobborghi della città. E come a un tiro di pietra verso tramontana, o poco più, dovesse scorrere il fiume Padus, del quale la reverenda madre, di tanto in tanto, era certa di cogliere il borboglio, fuggendo poi con l'immaginazione fino ai ponti galleggianti sottesi fino alle porte delle alte mura e alla loro fasulla promessa di sicurezza.

"Perché vi prendete il disturbo di scortarci nel bel mezzo della selva?" trovò all'improvviso il coraggio di chiedere ai rapitori. "Né io né il buon padre possediamo denari o oggetti preziosi. Menarci al vostro rifugio non vi sarà di alcun giovamento!"

"Sempre che questi sciacalli non intendano chiedere un riscatto," grugnì Vespertilio, intento a camminare alle sue spalle.

Nessuno di quei masnadieri, tuttavia, proferì verbo fino a quando non giunsero a uno spiazzo tra gli alberi, al centro del quale ardeva un piccolo falò.

Engilberta notò subito il vecchio seduto davanti alle fiamme.

Avviluppato in una cappa scura, aveva la barba canuta e mani dalle lunghe dita lattiginose protese in avanti, per ricevere calore dal vampeggiare del fuoco. A dispetto dell'espressione esausta e segnata da mille traversie, era circonfuso dall'aura ieratica di un patriarca.

"Cosa vi avevo detto?" sentenziò aspramente Vespertilio, indicando quel venerabile anziano. "Ecco un altro ostaggio!"

"No," arguì la badessa, sfiorata da un'intuizione. "Colui al quale vi riferite non è un ostaggio, ma il capo di questi briganti."

Il vecchio puntò gli occhi su di lei ed emise una risatina gracchiante. "Molto brava, mia signora."

"Chi siete?" lo incalzò Engilberta mentre i masnadieri, disponendosi tutt'intorno alla radura, consentivano a lei e al sacerdote di avvicinarsi al falò. "Perché ci avete fatti rapire?"

"Il mio nome è Volcmaro di Eichstätt," rivelò l'anziano, tornando a fissare le fiamme con un piglio di bramosia.

"Assai più complicato sarà rispondere alla vostra seconda domanda. Ragion per cui, vi prego, sedetevi accanto a me, affinché possiate meglio udire la mia flebile voce."

"Non reputate di averci causato già fin troppi incomodi?" protestò Vespertilio, sfogando su quella gracile figura tutta la sua frustrazione. "Se è vero che siete a capo di questa marmaglia, perché non ordinate loro di lasciarci liberi? Io sono un emissario del vescovo e devo tornare immediatamente a Ferrara! E costei che mi porto appresso deve venire con me!"

Dopo aver emesso un sospiro, il vecchio gli fece segno di sedere a terra. "Ci attendono questioni ben più urgenti, padre Vespertilio."

"Come potete conoscere il mio nome?" sobbalzò il sacerdote.

"Conosco il vostro e quello della vostra compagna, madre Engilberta di Villers," replicò Volcmaro con disarmante naturalezza. "Provenite dal monastero di San Lazzaro, è così? I miei armigeri, che voi avete scambiato per vili briganti, lo tengono d'occhio dall'alba."

"Per quale ragione?" chiese la badessa.

"Perché è il luogo verso il quale parrebbe essersi diretto Alano di Corteregia."

Engilberta lo scrutò sgomenta. "Dunque sapete anche voi..."

"Ne sono al corrente anch'io, sì," confermò recisamente il vecchio. "Anzi, a onor del vero è proprio grazie a me se il crimine di Alano non è passato inosservato. Erano tutti troppo gravati dal lutto per papa Urbano... Tutti troppo presi dalla celebrazione delle sue maestose esequie e dall'urgenza di organizzare il conclave per accorgersi del trafugamento."

"Vi riferite al furto del *corpus* di san Giovanni Evangelista?"

"*Corpus*?" snocciolò Volcmaro, con un bagliore incuriosito negli occhi. "In effetti, credo sia un vocabolo assai più appropriato di 'reliquia'," e portando la mano all'icona sacra che portava appesa al collo, mormorò qualche parola tra sé. "Ma non è questo il momento di abbandonarsi a simili disquisizioni. Se ho ben intuito, mia signora, voi siete informata sull'argomento."

"Ho trovato il corpo di Alano di Corteregia," confermò Engilberta, dopo essersi adagiata davanti al fuoco. "E benché non riesca ancora a spiegarmi come sia potuto accadere, il reato commesso da quel cavaliere ha provocato la morte di una mia consorella."

"Alano è morto?" parve meravigliarsi il vecchio.

"È stato ucciso."

"All'interno del vostro monastero?"

"All'esterno, nelle selve."

"Quando i miei uomini hanno trovato il suo cavallo," commentò a quel punto Volcmaro, "reputavo che egli se ne fosse liberato di proposito, per confondere i suoi inseguitori. Invece ora apprendo da voi della sua morte."

"Chiunque sia il responsabile," specificò Engilberta, "gli ha tagliato la gola."

"Alano di Corteregia, pertanto, è stato ripagato da un atto vile quanto il furto di cui si è reso colpevole."

La reverenda madre si limitò ad annuire. In quanto a viltà, i metodi di quel vecchio non erano certo da meno. "Non mi avete ancora spiegato per quale motivo ci avete fatti rapire dai vostri armigeri," gli fece presente a tal proposito.

"Non l'avete ancora compreso?" replicò Volcmaro con tono enfatico. "Sto dando la caccia ad Alano di Corteregia. Anzi, alla reliquia di cui egli si è indebitamente impossessato. Perciò, dal momento che voi e il vostro accompagnatore vi stavate allontanando proprio dal monastero presso il quale Alano ha fatto perdere le sue tracce, i miei uomini hanno reputato saggio prendervi, per così dire..., sotto la loro protezione."

"Protezione di cui avremmo volentieri fatto a meno!" sbuffò Vespertilio.

Indifferente al commento del sacerdote, Engilberta continuava a studiare il volto del vecchio rischiarato dal fuoco. Ora, di colpo, scorgeva qualcosa di luciferino nella sua espressione. Un accenno di bramosia che andava oltre il semplice senso del dovere. "Poc'anzi, quando vi ho chiesto chi foste," sottolineò pertanto la badessa, "non alludevo al mero desiderio di conoscere il vostro nome. Se avete quindi intenzione di proseguire questo discorso, dovrete specificare quale genere di persona voi siate."

"Se tanto basta a farvi sentire a vostro agio," non si scompose Volcmaro di Eichstätt, "vi informo che siete al cospetto di colui il quale papa Urbano III, prima di mettersi in viaggio per la città di Ferrara, tentò d'insediare sul soglio vescovile della diocesi di Verona. Io sono il *canonico* Volcmaro, uno dei pochi uomini di chiesa, se non l'unico, a essere rimasto fedele al santo padre anche dopo la sua morte. E non avrò pace fino a quando non sarò riuscito a recuperare la reliquia che gli fu rubata."

"Non capisco..." si lasciò sfuggire a quel punto Engilberta. "Ma la reliquia di cui parlate... la reliquia dell'Evangelista... non è stata rubata a sua grazia Enrico di Marcy?"

"Marcy?!" sobbalzò il vecchio, come se avesse appena visto emergere dalle fiamme il volto del diavolo. "Per quale scherzo infame avete pronunziato il nome di quel serpente velenoso?"

59.

Beatrice fu svegliata da un risuonare di voci.

Giaceva sull'algido pavimento della dispensa, davanti alle botti del vino. Sentiva le membra intorpidite come se avesse dormito per giorni, eppure serbava perfetta memoria di cosa stesse facendo fino a un attimo prima di perdere i sensi. *Il nodo*, si disse, mentre portava una mano alla nuca dolorante. Quand'era stata colpita a tradimento, stava esaminando il nodo della corda usata per impiccare suor Agata.

Ma non fece in tempo a capire dove fosse finita quella corda che le voci si fecero strada nell'ombra.

"Lo sapevo! Tutto tempo sprecato!" stava esclamando la più squillante, maschile, lasciando trapelare sentimenti di rabbia e di frustrazione.

"Abbiate pazienza, amico mio," replicò l'altra, femminile, con una freddezza sorniona capace di destare in Beatrice una vaga impressione di familiarità.

"Non è la pazienza a difettarmi, ma la convinzione che il *corpus* sia ancora nascosto in questo monastero!" sbuffò l'uomo. "Mi accuso di non aver scoperto l'inganno di madre Engilberta quando ancora quella monaca era nelle nostre mani!"

"Aspettate a darvi per vinto," lo esortò la donna. "Non abbiamo alcuna certezza che la badessa si sia impadronita della reliquia. Inoltre, perché arrovellarsi? Ormai il carro di Vespertilio starà già varcando le porte della città. Anche se montassimo in sella ai nostri cavalli e ci lanciassimo a spron battuto, non faremmo mai in tempo a raggiungerlo."

"Ben magra consolazione mi state offrendo!"

"Continuate a cercare!" insistette la voce sorniona. "Se non nella reliquia, potremmo forse imbatterci in qualche indizio in grado di svelarci dove sia stata nascosta."

Sempre più allarmata dal tenore di quei discorsi e dall'inesorabile avvicinarsi delle due presenze, Beatrice si mise carponi nella speranza di trovar rifugio dietro una grande anfora quando, all'improvviso, vide emergere dall'ombra un volto diafano rischiarato dal baluginio di una candela.

Le bastò un'occhiata per riconoscere Winda di Saint-Félix.

Dietro di lei camminava un giovane uomo, anch'egli munito di lume, avvolto in una cappa di velluto giallo.

"E costei chi sarebbe?" proferì quest'ultimo, accigliato, per poi avvicinare la fiammella all'attonita novizia.

"Davvero non lo immaginate?" si compiacque Winda, mentre con una risata di lupo sguainava il suo pugnale. "È proprio l'indizio di cui un attimo fa vi stavo parlando!"

60.

Talmente gravi e repentini erano stati gli accadimenti succedutisi fra le mura di San Lazzaro, da far sì che nessuna tra le consorelle avesse notato i mancati rintocchi dell'ora nona. Nemmeno suor Prospera, divisa tra le sue segrete inquietudini e il dover tenere d'occhio l'enigmatico pellegrino dalla cappa verde, si era accorta dell'insolito tacere dei bronzi.

Eppure, se la portinaia si fosse limitata ad alzare lo sguardo verso la cella campanaria, avrebbe risolto il mistero di quel silenzio. Trovandola vuota.

Suor Nicodema, in quel momento, stava camminando sul tetto della chiesa, curiosa di scoprire da dove provenisse l'insistente frullio d'ali che da più di un'ora le riempiva le orecchie.

Era un fremito troppo impetuoso e insistente per poter appartenere a un passero o a un piccione. Un battito pari a quello di uno smeriglio o di una pernice, meditava la Civetta, nell'augurio che si trattasse della seconda ipotesi. Con un po' di fortuna, sarebbe riuscita a catturarla e ad arrostirla senza scendere dalla sua postazione isolata. Ponendo rimedio al pasto frugale che aveva consumato a mezzogiorno.

Ma d'un tratto intuì di essersi sbagliata.

La fonte del rumore proveniva dalle grondaie orientali, soprastanti l'abside. Proprio in quel punto, ove lo spiovente del tetto iniziava a sporgere sul vuoto, un grande uccello tentava inutilmente di librarsi in volo.

Di proporzioni troppo tozze per essere una pernice, aveva una livrea bianca, nera e marrone, e una grossa testa dotata di pennacchi simili a orecchie.

"Sciocca bestiola," mormorò suor Nicodema, mentre, simile a un gatto, gli si avvicinava a quattro zampe, "come hai fatto a finire intrappolata?"

A differenza dei falconi, i gufi non la spaventavano. Anzi, Nicodema li aveva sempre trovati buffi, a partire dalla morbida sonorità del loro nome. *Bubo.* Adamo doveva aver sorriso quando, incontrando quel volatile nel paradiso terrestre, si era deciso ad appellarlo in una simile maniera.

Stando ben attenta a non scivolare, la Civetta avanzò carponi sulla superficie umida e traballante del tetto fino a quando, in un lampo di sconcerto, non si accorse che il gufo aveva difficoltà a spiccare il volo perché uno dei due lacci di cuoio legati alle sue zampe era rimasto impigliato fra le tegole.

Quei lacci erano *geti*, comprese all'istante la monaca. Strisce di pelle usate dagli addestratori di rapaci per trattenere i volatili a riposo, sul guanto o sulla pertica.

Il fatto di trovarsi al cospetto di una bestia ammaestrata rappresentò solo una parte della sorpresa. A sbigottire suor

Nicodema, più di ogni altra cosa, fu la vista di un voluminoso rotolo di pergamena legato al secondo geto.

"Non aver paura," sussurrò la monaca campanara, accorgendosi che il gufo, innervosito dalla sua presenza, iniziava a battere le ali con maggior concitazione.

Di certo, si disse Nicodema, quel rapace era stato educato a tollerare la presenza dell'uomo. Però era altrettanto probabile che il suo padrone, per richiamarlo a sé e per farsi riconoscere da lui, si servisse di un fischietto o di un segnale luminoso. Fu quindi a suo rischio e pericolo che la giovane, con un movimento ben calibrato, allungò una mano e afferrò il pennuto per le zampe, coprendosi nel frattempo la faccia per proteggerla da un'eventuale beccata.

Ma il gufo si dibatté in modo così repentino e furioso da indurla a lasciare subito la presa.

Se Nicodema tentò una seconda volta di catturarlo, a costo di perdere quasi l'equilibrio, fu per la curiosità di scoprire il contenuto della misteriosa pergamena. Però il rostro del gufo le aprì un taglio sulla mano sinistra, costringendola per un attimo a ripiegare. E fu allora che il laccio impigliato fra le tegole si spezzò, consentendo all'animale d'involarsi nell'aria.

Guidata dal puro istinto, la Civetta si sporse in avanti per non lasciarlo scappare e, con grande sorpresa, si ritrovò a stringere la pergamena appesa al geto.

Ebbe appena il tempo di esultare dentro di sé.

Poi una tegola le scricchiolò sotto un piede, facendola scivolare lungo lo spiovente meridionale del tetto, fino a quando, in una vertigine di sgomento, Nicodema si ritrovò a ruzzolare sempre più velocemente verso il giardino del chiostro.

Signore salvami! ebbe solo il tempo di pensare.

61.

"Perché vi stavate nascondendo qui sotto?" inquisì Raterio di Psalmodie.

"Non mi stavo nascondendo," ribatté suor Beatrice.

"E allora come mai non vi trovate insieme alle vostre consorelle?" infierì Winda di Saint-Félix.

"Ne risponderò alla madre badessa," glissò la novizia, nel tentativo di porre fine a quell'interrogatorio.

Il chierico scosse il capo. "La vostra madre badessa è stata allontanata dal cenobio," la informò lapidario. "Perciò sarà a noi che dovrete rispondere."

"Allontanata dal cenobio?!" sobbalzò Beatrice.

Winda batté il piatto del pugnale sul palmo. "Siete sua complice, è così? Scommetto che vi siete rifugiata nella dispensa per sfuggire a padre Vespertilio."

Sempre più angosciata, la giovane scrutò quel volto rapace lambito dal baluginio della candela. Se la donna in nero aveva detto la verità, significava che i giochi occulti di Engilberta erano stati scoperti. "Io non stavo fuggendo da nessuno," dichiarò in sua difesa. "Sono stata colpita a tradimento e ho perduto i sensi."

“Se anche fosse andata in questo modo,” le concesse Winda, gettando un’occhiata ai cocci rotti sparsi sul pavimento, “non avete risposto alla mia domanda,” e accennò all’ambiente in cui si trovavano. “Perché siete scesa nella dispensa?”

“Per versarmi un calice di vino,” prese tempo.

Raterio inarcò un sopracciglio. “Un calice di vino?” ripeté perplesso.

“Per scaldarmi le ossa,” confermò Beatrice. “Avevo freddo.”

“Piccola sporca bugiarda!” sibilò Winda, puntandole l’arma alla gola. “Dimmi subito cosa ti ha mandata a fare qui sotto la *magistra abbatissa*!”

“Ti ha forse incaricato di nascondere qualcosa?” rincarò la dose il chierico in un crescendo di impazienza. “Il *corpus* dell’apostolo Giovanni?”

“Non so di cosa stiate parlando!”

“Menti!” esclamò la donna in nero, squarciandole il tessuto del soggolo. “La monaca *infirmaria* mi ha detto tutto del cadavere di Alano di Corteregia! Della croce disegnata sul palmo, del messaggio trovato sotto la sua cintura e di come tu, insieme a Engilberta, abbiate tramato per mantenere ogni cosa in segreto.”

“Abbiamo agito in questo modo,” improvvisò Beatrice, “per non diffondere il panico tra le consorelle.”

“Se vi foste realmente preoccupate delle vostre consorelle,” obiettò la donna in nero, “avreste lasciato quel cadavere tra le querce, sotto il cespuglio di rovi! Invece vi siete prese la briga di trascinarlo in infermeria, per esaminarlo su un tavolo da cerusico."

"La *magistra abbatissa* voleva indagare sulla questione," fu costretta a rivelare la novizia. "Non per malizia, ma per sincerarsi che quel corpo non rappresentasse una minaccia per il nostro monastero."

"Ecco che la verità inizia a saltar fuori!" si compiacque Raterio, invitando Winda a ritirare il pugnale. Quindi, fingendosi desolato per l'accaduto, allungò una mano verso il collo della novizia per sincerarsi che non fosse rimasta ferita dalla lama.

"Non osate toccarmi!" indietreggiò all'istante la giovane.

"Non fate la schizzinosa, madonna de' Marcheselli!" sghignazzò il chierico. "Non sarebbe certo la prima volta che venite sfiorata dalla mano di un uomo!"

Anziché provare imbarazzo, Beatrice ritrovò di colpo il suo antico orgoglio. "Io non scorgo nessun uomo al mio cospetto!" sentenziò. "Solo un fellone che manda avanti una falsa monaca armata di pugnale!"

"Piccola insolente!" vinse la sorpresa Raterio. "Non ho certo bisogno della mia sodale per strapparti la verità di bocca!", e le ghermì il viso. "Perciò confessa! Dove si trova il *corpus* dell'Evangelista? È ancora in questo monastero, o ben celato sotto la tonaca della tua madre badessa?"

"Potete interrogarmi in eterno, ma la risposta resterebbe sempre la stessa!" gli gridò in faccia, divincolandosi. "Non lo so!"

"E se invece l'avesse nascosta suor Agata di Corteregia?" propose Winda di Saint-Félix con una smorfia allusiva.

"Perché non scendete nel *putridarium*, per interrogarla di persona?" la canzonò astiosamente la novizia.

"Il suo legame con il ladro della reliquia non è certo un mistero," osservò la donna in nero senza mostrare alcun risentimento. Quindi, dopo aver rivolto un'occhiata complice a Raterio, soggiunse: "Benché l'infida Engilberta abbia tentato di tenerlo segreto."

Beatrice si limitò a fissarla sdegnosa.

"Dite!" continuò a pungolarla Winda. "Eravate insieme a lei quando ha bruciato la pergamena nello studio?"

Prima che la giovane avesse il tempo di mandarla all'inferno, Raterio si voltò di scatto e indirizzò il barlume della candela verso le scale dirette all'uscita della dispensa. "Avete sentito?" esclamò con una nota di allarme.

La donna in nero annuì. "Pareva uno schianto," disse.

Anche Beatrice l'aveva udito. Un improvviso, violento rumore di legno spezzato.

"Proveniva dall'esterno," mormorò il chierico, sempre più guardingo.

"Sarà meglio andare a controllare," replicò Winda, afferrando la novizia per la tonaca.

62.

Non fu il Signore a salvarla, ma il ciliegio.

Precipitando sulla chioma di quel grande albero, suor Nicodema si era ritrovata in un abbraccio di rami scheletrici che, flettendosi e spezzandosi in un gemito di schianti, avevano miracolosamente attutito la sua caduta dal tetto.

Con la tonaca a brandelli e le membra coperte di lividi e graffi, la Civetta si era rialzata fra le ombre del crepuscolo, sul manto erboso del chiostro, incredula di stringere ancora tra le dita il rotolo di pergamena strappato dalla zampa del gufo. Una scoperta del tutto insignificante, in confronto all'inesprimibile euforia di essere ancora viva e quasi del tutto incolume. Benché sentisse dolore in ogni parte del corpo, si rese subito conto, infatti, di non aver riportato ferite gravi. Eccetto che al tallone sinistro.

Appoggiandosi al tronco del ciliegio, fece scendere le dita lungo la caviglia finché, con un'immediata fitta di agonia, si accorse di avere una scheggia di legno conficcata nella carne.

Ma non aveva ancora cercato di estrarla quando un cigolio di cardini la indusse, per prudenza, a nascondersi dietro l'albero.

"Cosa sarà mai stato?" disse un attimo dopo un uomo uscito dalla dispensa.

"Sono certa che provenisse da qui vicino," commentò una donna in nero comparsa alle sue spalle.

Sporgendosi di poco per spiarli, Nicodema notò una seconda presenza femminile. Era troppo buio perché potesse distinguerne con chiarezza i lineamenti, però riconobbe senza indugio il suo abito grigio da novizia.

"Raterio, guardate verso l'albero!" esclamò improvvisamente la donna in nero.

La Civetta ritirò subito la testa dietro il tronco.

Era già tardi.

"Sì, l'ho vista!" confermò l'uomo, sardonico. "Un'altra complice di Engilberta, suppongo!"

"Lasciate che me ne occupi io," lo esortò la compagna, facendo sparire dietro la schiena un lungo oggetto appuntito. "Felice sera, pia consorella," la salutò con tono mellifluo. "Per quale ragione non vi trovate insieme alle altre, a cantare nel coro della chiesa?"

Resistendo all'impulso di fuggire verso l'alto, arrampicandosi sul ciliegio, Nicodema ripiegò zoppicando verso il portico del chiostro.

"Aspettate," le sorrise Winda di Saint-Félix. "Cosa tenete in mano?"

La Civetta infilò il rotolo in una tasca della tonaca e continuò a indietreggiare.

"Non fidarti!" gridò a quel punto Beatrice.

Raterio di Psalmodie le tappò immediatamente la bocca, ma ormai Nicodema era stata allertata del pericolo. E dopo aver dato le spalle alla donna in nero, si sforzò di ignorare le fitte al tallone e si avviò il più in fretta possibile verso il portone collegato alla navata interna della chiesa. Solo una decina di passi, valutò. Una decina di passi e, forse, avrebbe trovato la salvezza.

"Riportate la novizia in dispensa!" sibilò nel frattempo Winda, rivolta al compagno. "Provvederò io ad acciuffare la sua consorella!"

"Ha una pergamena, l'avete notato?" volle sincerarsi il chierico, mentre cercava di immobilizzare Beatrice che aveva preso a scalciare e a sbraitare come un'ossessa.

"L'ho notato!" affermò la donna in nero, per poi tornare a scrutare la monaca campanaria intenta ad arrancare sotto le arcate. "Oh, dolce *soror*!" la apostrofò con ferina ironia. "Dove credete di andare con quell'incedere sciancato?"

Senza curarsi di rispondere, la Civetta raggiunse il portone e, dopo averlo spalancato, varcò la soglia, imbattendosi nella scena grottesca delle consorelle intente a cantare con imperturbabile compostezza nel semicerchio del coro.

"Aiutatemi!" esclamò Nicodema, cercando di attirare su di sé la loro attenzione.

Ma al pari di un esercito di sonnambule, le *sorores* continuarono a intonare i salmi tenendo gli sguardi puntati sulla priora Ursiana, impegnata a disciplinare la melodia delle loro voci con una bacchetta d'osso stretta tra le dita.

Avvertendo l'incombere dell'inseguitrice, la Civetta continuò dunque la sua fuga verso il portale della chiesa, senza curarsi di lasciare sul pavimento della navata una scia di sangue. La caviglia le doleva selvaggiamente. Proprio come quel giorno nella selva nera. Il giorno in cui, da bambina, era scappata da un branco di lupi, sopportando il dolore di un'infame tagliola che le si era chiusa a tradimento intorno a un piede, continuando a correre finché non era riuscita ad arrampicarsi in cima a un albero.

"Prendete fiato, mia cara!" si prese crudelmente gioco di lei Winda, ormai a un soffio dal raggiungerla.

Nicodema però non l'ascoltava. Era tornata a essere la bambina nella selva nera. *Ancora un piccolo sforzo!* si fece coraggio, guardando speranzosa il varco del portale.

Ma proprio in quell'istante una mano le artigliò una spalla e la spinse a terra, facendola cadere bocconi con gli occhi rivolti verso la via della salvezza. *Ancora pochi passi…* pensò con afflizione la Civetta. Pochi passi e, per lo meno, sarebbe riuscita a vedere gli alberi…

E mentre il canto delle consorelle le riempiva le orecchie, già iniziava a cogliere il fruscio dell'abito della donna in nero intenta a chinarsi su di lei quando, con l'incredulità di chi assiste a un'apparizione angelica, vide una monaca dagli occhi azzurri intenta a varcare l'ingresso della chiesa.

"Winda di Saint-Félix, togliete subito le vostre luride zampe dalla mia consorella!" tuonò Engilberta di Villers, facendo tremare l'aria intorno a sé.

Dopodiché, accedendo alla navata col portamento di una regina, la *magistra abbatissa* rivolse lo sguardo verso l'abside. "Che questo insensato salmodiare cessi all'istante!" ordinò. "E ci si prepari, come da consuetudine, all'ora lucernale!"

Settima campana
Vespri

All'ora decima, che chiamiamo *lucernaris*, si accendono tutte le lampade e le candele, e viene fatta una gran luce, dopodiché si cantano i salmi dei vespri, detti salmi lucernali.

Peregrinatio Aetheriae

63.

Non fu tanto l'ingresso di madre Engilberta a diffondere lo sgomento tra le consorelle raccolte nel coro, quanto il fatto che dietro di lei ci fosse un gruppo di masnadieri fra i quali spiccava un vecchio dall'aspetto venerando. La più sbigottita di tutti, Winda di Saint-Félix, si ritirò come una serpe spaventata non appena ebbe incrociato lo sguardo di quell'anziano.

"Sorella Nicodema!" addolcì immediatamente i toni la badessa, inginocchiandosi preoccupata davanti alla monaca campanara. "In nome del Cielo, cosa ti è capitato?"

"Il gufo, il tetto, l'albero... e i lupi usciti dalla dispensa!" biascicò la Civetta con un'espressione esausta.

"Suor Ambrosia!" chiamò a quel punto la badessa. "Dov'è suor Ambrosia?"

"Eccomi, *magistra abbatissa*!" rispose l'*infirmaria*, staccandosi dal semicerchio della *schola cantorum*.

Non appena l'ebbe di fronte a sé, Engilberta la fulminò con un'occhiata severa. "Come potevi startene là impalata mentre la tua consorella versava in simili condizioni?"

"La priora..." abbassò il capo l'*infirmaria*. "La priora ci aveva dato ordine di non smettere di cantare per nessuna ragione, anche se avessimo visto fratello Raterio e la sua sodale compiere atti biasimevoli."

"E non ti è parsa un'idiozia?"

"Ma la regola dell'obbedienza c'impone..." tentò di giustificarsi Ambrosia.

"Spero tu abbia appreso quest'oggi che esistono virtù assai più preziose dell'essere sempre e comunque disposti a obbedire," e in uno slancio di urgenza indicò Nicodema. "Fatti aiutare da due consorelle a trasportarla in infermeria e prenditi cura di lei."

"Aspettate, *magistra abbatissa*..." mormorò la Civetta, alzandosi lentamente in piedi.

Engilberta osservò con maggior attenzione lo stato miserevole in cui versava. "Non affaticarti, figliola mia," le disse con una stretta al cuore.

"Non lo farò," le promise Nicodema. "Ma prima, ho il precipuo dovere d'informarvi di due cose."

"Ti ascolto."

"La prima, la novizia è tenuta in ostaggio da un uomo nella dispensa."

"Immagino si tratti di Raterio di Psalmodie," dedusse la reverenda madre, inasprendo l'espressione del volto.

"Si tratta del sodale della donna che mi inseguiva," confermò la monaca campanara, frugando nella tasca della sua tonaca lacera.

"Padre Volcmaro," sentenziò Engilberta, voltandosi all'istante verso il vecchio dalla barba canuta. "Potreste comandare a tre dei vostri armigeri di accompagnare la sorella portinaia e la sorella cellaria nella dispensa del monastero?"

"Come desiderate," annuì l'anziano.

"E se quell'impostore di Raterio si è azzardato a far del male alla mia protetta..." soggiunse in tono di minaccia.

"Lo conosco abbastanza," la rassicurò Volcmaro, "da potervi assicurare che non le avrà torto nemmeno un capello."

"Sarà meglio per lui... e *per voi*!" replicò secca Engilberta, per poi rivolgersi di nuovo a suor Nicodema.

"Ecco la seconda cosa," disse quest'ultima, porgendole un rotolo di pergamena.

"Di cosa si tratta?" volle sapere la badessa.

"Non ho avuto il tempo di leggerne il contenuto," rispose la Civetta. "Però, giuro su Dio, l'ho strappato a un grande gufo munito di geti che si era intrappolato sul nostro tetto. L'uomo e la donna usciti dalla dispensa sembravano interessati a impadronirsene."

Incuriosita da quelle parole, Engilberta aprì il rotolo, accorgendosi che conteneva un esiguo fascio di fogli di cartapecora. "Un manoscritto latino..." mormorò, leggendo ad alta voce le prime parole che comparivano in testa alla pagina iniziale. "*Interrogatio Iohannis apostoli et evangelistae in cena secreta.*"

"Per la luce candida del paradiso!" non poté trattenersi Volcmaro, tendendo una mano raggrinzita verso quel documento.

La badessa lo allontanò dalla sua portata con un gesto risoluto e, dopo averlo nuovamente arrotolato, lo fece sparire in una svasatura della manica.

"Ebbene, mie pavide e sciocche consorelle?" alzò la voce imperiosa, camminando verso il centro della navata. "Poc'anzi ho dato l'ordine di accendere ogni lampada e candela! È il vespro, ormai! L'*hora lucernaris*! Che si avviino i preparativi per l'ufficio della sera!"

Quindi, con l'atteggiamento di chi chiama a sé l'ultima delle serve, invitò suor Ursiana ad avvicinarsi. "Fate preparare il parlatorio per accogliere degli ospiti," le ordinò. "È giunto il momento di fugare le ombre nefaste che dalla notte scorsa incombono su questo monastero."

64.

A dispetto della lugubre coltre dell'imbrunire calata sul monastero, l'aula del parlatorio era illuminata a giorno. Una lampada pensile e candele a profusione rischiaravano ogni più remoto angolo dell'ambiente, quasi a voler significare che nessun oggetto, pensiero o sentimento potessero restar celati al suo interno. Secondo le disposizioni di Engilberta, in quella stanza erano stati inoltre collocati sette scranni a ferro di cavallo, davanti ai quali presiedeva la *magistra abbatissa* in persona, assisa in algido contegno su una sedia a braccioli dall'alto schienale. Le presenze a lei più prossime, suor Ursiana e suor Prospera, sedevano ai margini del semicerchio, mentre al centro dello schieramento prendevano posto tre uomini: Padre Vespertilio, Raterio di Psalmodie e Volcmaro di Eichstätt.

"Prima che si inizi a dissertare," esordì quest'ultimo, rivolto alla reverenda madre, "il dovere m'impone, col vostro permesso, di ammettere a questa adunanza un altro partecipante."

Seguendo lo sguardo del vecchio, Engilberta si voltò verso il pellegrino dalla cappa verde in attesa sulla soglia d'ingresso. "E costui chi sarebbe?" volle sapere.

"Il suo nome è Anselmo da Velletri," rivelò Volcmaro. "Un cavaliere giunto di recente da Costantinopoli, insieme ai messaggeri che recarono notizia dell'imminente caduta di Gerusalemme."

"Mi aveva detto di essere un cacciatore!" protestò Prospera, indignata.

"A mia discolpa, posso affermare di esserlo stato in gioventù," sentenziò Anselmo con una risata indecifrabile. Dopodiché scoprì il capo dalla chioma corvina e marciò verso l'unico scranno rimasto libero.

"In tutta franchezza," commentò la badessa, contrariata, "quel posto sarebbe riservato a Winda di Saint-Félix."

"In tal caso resterete delusa," la informò Raterio. "Sorella Winda è scomparsa. Non l'ho più vista da quando si è messa alle calcagna della monaca campanara."

"È vero," confermò Prospera. "In dispensa abbiamo trovato solo il chierico e la novizia, che adesso è al sicuro, in una stanza del dormitorio. In quanto a Winda, nessuno sa dove sia andata a nascondersi."

"In tal caso," sospirò Engilberta, "che il nuovo arrivato occupi pure quel posto e abbia la buona grazia di spiegare il suo grado di coinvolgimento nella vicenda."

"Tutti e tre siamo giunti in questo luogo per la medesima ragione," chiarì a quel punto Volcmaro, alludendo a sé stesso, ad Anselmo e a Raterio. "Siamo in cerca di ciò che due giorni fa fu rubato da Alano di Corteregia."

"Il *corpus* dell'Evangelista?" pretese chiarezza la badessa.

Il vecchio annuì. "Benché ognuno di noi provenga da luoghi diversi e sia legato a obblighi di differente natura, è accomunato da questo precipuo dovere. Ritrovare quell'oggetto prima che, cadendo nelle mani sbagliate, possa infliggere alla cristianità tutta un'inimmaginabile sofferenza."

"Non vi sembra un'esagerazione?" intervenne Vespertilio. "In fin dei conti, a giudicare da quanto mi è parso d'intendere, stiamo parlando di una reliquia! E pur riguardando le santissime ossa dell'apostolo Giovanni..."

"Non si tratta di semplici ossa," lo interruppe Anselmo, adombrandosi. "Se ho solcato il mare e la terraferma per giungere fino a questo cenobio, non è stato certo per dar la caccia a delle mere spoglie mortali. E ciò vale anche per i due uomini seduti accanto a me." Quindi, dopo aver frugato sotto la cappa, estrasse un *folio* di pergamena bollato con un sigillo aureo. "Lo riconoscete, reverenda madre?" disse con enfasi, porgendolo a Engilberta. "È un *chrysobolium*, un documento suggellato dall'effigie del *basileus* di Costantinopoli."

La badessa lo esaminò senza batter ciglio. "Voi dunque," chiese conferma infine, "sareste un emissario dell'imperatore d'Oriente?"

"Sì."

Engilberta passò il documento a padre Vespertilio, affinché potesse comprovarne l'autenticità, e tornò a fissare il pellegrino. "Parlate in un latino fin troppo fluente, messer

Anselmo di Velletri, per poter asserire di provenire da terre in cui ci si esprime in lingua greca."

"Il *basileus* ha preteso i miei servigi, in effetti, proprio perché sono un latino," spiegò Anselmo. "Gli serviva un ambasciatore che fosse avvezzo alla lingua e ai costumi dei franchi poiché era nel paese dei franchi che si sarebbe dovuta svolgere la missione ricaduta sulle mie spalle."

"E quale missione sarebbe, di preciso?"

"Viene descritta nel *folio* che vi ho appena mostrato," ribatté l'uomo.

"Voglio sentirlo dalla vostra bocca," insistette la badessa.

"Proteggere il *corpus* dell'Evangelista," rispose a quel punto Anselmo, "affinché nessun altro, eccetto il santo vicario della chiesa d'Occidente, potesse esserne il custode."

"Ma il legittimo custode di quella reliquia," s'inserì suor Ursiana con un'espressione confusa, "non era sua grazia, il sublime Enrico di Marcy?"

"Perdonate l'inganno," rise aspramente Raterio di Psalmodie. "Se avessi rivelato in nome di chi, o meglio *di che cosa*, io agisca per davvero, dubito mi avreste mai accolto in questo claustro."

"È il momento della verità, fratello Raterio," gli rammentò Engilberta.

Il chierico si adombrò. "Contrariamente ad Anselmo, non sono in possesso di documenti ufficiali in grado di sostenere la mia testimonianza."

"Eccetto quelli, presumibilmente falsi, prodotti la prima volta," lo pungolò la reverenda madre.

"Si è trattato di un sotterfugio," dichiarò in sua difesa Raterio. "Del resto, il nome altisonante di Enrico di Marcy è una chiave in grado di aprire ogni porta. Servirmene mi è parso un felice stratagemma per rendere meno sgradita la mia presenza." E sollevò il mento con fare sprezzante. "Io servo e rappresento un'istituzione appena nata in seno alla chiesa, un organo ancora informe eppure di fondamentale importanza per la salvezza spirituale del genere umano."

"Ossia?" lo incalzò Engilberta.

"Se pronunziassi le parole *Ad abolendam*, mi capireste?"

"È il titolo di una bolla papale, se non m'inganno."

"Fu promulgata da Lucio III, nel sinodo di Verona tenutosi tre anni fa alla presenza dell'imperatore," specificò il chierico. "*Ad abolendam diversam haeresium pravitatem*," declamò poi, citandola per esteso. "Si tratta, in sostanza, di uno strumento teologico fondato sul principio dell'*indagatio* e concepito all'esclusivo scopo di sopprimere ogni eresia, sotto qualsiasi nome essa sia conosciuta."

"Non capisco," mormorò Vespertilio. "Cosa c'entra tutto questo con la ricerca di un oggetto rubato?"

"Lasciatelo parlare," lo rintuzzò la badessa, tenendo gli occhi fissi su Raterio. "State insinuando di essere penetrato con l'inganno nel mio cenobio per dar la caccia a una qualche forma di eresia?"

Il chierico annuì.

"Per ordine di chi?" pretese di sapere Engilberta.

"Dell'*inquisitio* episcopale di Verona."

"Lo posso confermare," intervenne con voce rauca Volcmaro di Eichstätt. "Ho conosciuto Raterio in quella città, mentre ero al seguito di papa Urbano, e sono stato in sua compagnia durante il viaggio verso Ferrara. Egli mi ha diffusamente parlato della sua missione e, benché non possieda documenti ufficiali in grado di avvalorare le sue affermazioni, conosco l'istituto e la causa alle quali ha giurato fedeltà."

"E in quale modo," lo interrogò la badessa, "la sua missione concilia con la vostra e con quella di Anselmo?"

Il vecchio strinse le dita intorno al suo ciondolo. "Ci siamo riuniti durante le esequie del santo padre," rivelò, "per scongiurare una terribile minaccia."

"Questo l'avete già detto," replicò Engilberta, mentre si arrovellava nello sforzo di comprendere. "Siete tutti e tre in cerca del *corpus* dell'Evangelista, il cimelio rubato da Alano di Corteregia. Una reliquia, se ho ben intuito, niente affatto identificabile con una semplice spoglia mortale. Un oggetto che verrebbe quasi da immaginare immateriale, dal momento che, a quanto pare," e puntò gli occhi su Raterio, "sarebbe misteriosamente collegato a un culto eretico."

"Molto brava," si complimentò il chierico, caustico. "D'altronde, non c'era da aspettarsi nulla di meno da colei che ha organizzato questa elaborata messinscena, sviando astutamente da sé ogni sospetto." E scattò in piedi in uno slancio d'indignazione. "Io però ho avuto modo di indagare fra queste mura, e posso asserire con una buona dose di certezza di conoscere i vostri segreti! Ce l'avete voi, è così?"

e le puntò un dito contro. “Vi siete industriata con ogni sorta di sotterfugio per tenerlo nascosto ai nostri occhi!”

“Avete ragione, ce l’ho io,” rispose pacata Engilberta, suscitando un’esclamazione di sconcerto tra i presenti. “Ma al contrario di quanto insinuate, fratello Raterio, ne sono entrata in possesso soltanto di recente, per via del tutto accidentale. E solo ascoltando i vostri resoconti, nell’alone luminoso di questo ambiente, ho potuto finalmente comprendere l’autentica e pericolosa natura di ciò di cui, contro ogni mia volontà, sono diventata custode.”

“Lo sarete ancora per poco!” sibilò una voce femminile.

Tutti si voltarono verso l’ingresso.

Come un’enorme mantide ammantata di nero, Winda di Saint-Félix si ergeva sulla soglia, tenendo sotto la minaccia del pugnale la povera suor Beatrice.

“Consegnatelo a me!” esclamò la terribile donna, premendo la lama sulla gola della novizia. “Consegnatemi il *corpus* dell’Evangelista, o giuro sul vero Dio, la vostra consorella morirà!”

Non furono quelle parole a sconvolgere madre Engilberta, bensì il nome che, con un sussurro pieno d’incredulità, le parve di sentir uscire dalle labbra di suor Beatrice.

Un nome che la novizia, quasi dimentica della situazione di enorme pericolo in cui si trovava, aveva pronunziato tenendo gli occhi puntati sul pellegrino dalla cappa verde.

65.

“Per i diavoli dell’inferno!” scattò Volcmaro di Eichstätt. “Dove sono i miei armigeri?”

“A bivaccare nella foresteria del monastero, suppongo,” commentò con sprezzo Raterio di Psalmodie, per poi riversare tutto il suo disappunto su Winda di Saint-Félix. “Si può sapere che fine avevate fatto?” la rimproverò. “E cosa vuol significare questa condotta insubordinata?”

“La mia condotta non è mai cambiata,” lo informò aspramente la donna in nero, continuando a tenere il pugnale sotto il mento di Beatrice. “È sempre rimasta fedele all’unico, imperativo scopo di trovare il *corpus* dell’Evangelista.”

“E adesso l’abbiamo trovato!” tentò di placarla il chierico. “Riponete la vostra arma! Non c’è alcun motivo, ormai, di tenere in ostaggio quella monaca!”

“Invece c’è un motivo più che valido!” obiettò Winda, voltandosi di nuovo verso Engilberta. “Consegnatelo a me! Subito!”

“A voi, dite,” rimarcò la badessa, nel tentativo di mantenere la calma. “Ma *voi* chi siete, per davvero?”

"È una mia servitrice," rimarcò il chierico, marciando esasperato verso l'ingresso. "E ora obbedite, Winda! Liberate all'istante la monaca novizia!"

"Non lo farò," esclamò la donna in nero, "finché la badessa non avrà eseguito il mio ordine!"

"In nome del Cielo, siete uscita di senno?" la fissò incredulo Raterio. "Non c'è più bisogno di ricorrere ai metodi brutali!"

"Povero stolto!" gli rise in faccia Winda. "Credevate di conoscermi soltanto perché vi servo da qualche mese? Erano *anni* che aspettavo questo momento! *Anni* che bramavo d'impossessarmi della lingua di san Giovanni!"

"*La lingua?*" ripeté con disgusto Vespertilio.

"Si tratta di un simbolo," spiegò criptica la badessa, mentre spostava l'attenzione su Beatrice.

"Non fidatevi di questa vipera!" ne approfittò per metterla in guardia la novizia, cercando di liberarsi dall'abbraccio della sua aguzzina. "È stata lei a uccidere Alano di Corteregia!"

"Taci o ti scanno!" la minacciò Winda.

Sorda a simili parole, Beatrice tornò a posare lo sguardo sul pellegrino dalla cappa verde. "Sei davvero tu?" mormorò sbalordita. "È... è forse un miracolo?"

Per tutta risposta l'uomo si alzò dallo scranno. Poi, con un guizzo fulmineo, estrasse un piccolo pugnale dalla cintura e lo scagliò verso di lei.

Un attimo dopo Winda di Saint-Félix lanciava un grido di agonia e stramazzava a terra con quello stesso pugnale conficcato in una spalla. Dopodiché la novizia, finalmente libera, poté trovar rifugio tra le braccia di colui che tutti conoscevano con il nome di Anselmo da Velletri.

E lui, incurante del velo monacale che le incorniciava il viso, la baciò.

66.

Per un attimo Beatrice non visse altro che per quel bacio. E nulla esistette davanti a lei se non l'uomo intento a stringerla. Poi il sogno svanì, riportandola nel parlatorio sfolgorante di luci, davanti agli sguardi attoniti dei presenti.

Colto da un eguale mutamento d'animo, il pellegrino dalla cappa verde le accarezzò il viso. "Ho peccato davanti a Dio," dichiarò, "e quel che è peggio, ho dovuto mentire a te."

Quindi si voltò verso madre Engilberta. "Il mio vero nome è Manfredo degli Ademari, ferito in battaglia davanti alle mura di Tiro e creduto morto dalla mia famiglia. Fui salvato dal *medicus* personale del mio signore, Corrado di Monferrato, e trasferito a Costantinopoli per svolgere un importante incarico per conto del più insigne tra i suoi alleati, l'imperatore di Costantinopoli."

"Ma..." accennò Volcmaro, sbigottito.

"Solo sulla mia identità non sono stato sincero," precisò Manfredo. "Riguardo la missione affidatami dal *basileus* ho raccontato il vero. Una missione talmente segreta da impormi l'obbligo di agire in incognito per far sì che nessuno potesse risalire ai miei mandanti." Poi lanciò un'occhiata piena di rimorso verso Beatrice. "A costo di sacrificare il mio amore e di far soffrire la mia adorata sposa."

"Perciò..." impallidì la giovane, "non sei venuto qui per me?"

L'uomo camminò verso Winda di Saint-Félix, rannicchiata a terra in un fremito di rabbia e di dolore, e le pestò un polso per obbligarla a lasciar cadere il pugnale che stringeva ancora tra le dita. "Ho un dovere da compiere," disse vago. "Un'indagine da condurre a termine."

"Trovare il *corpus* dell'Evangelista," arguì Engilberta.

"Quell'oggetto proviene dall'Oriente," confermò Manfredo. "Dai monti dell'antica Macedonia, sede degli eretici chiamati bogomili."

"Manichei," commentò con disgusto Raterio di Psalmodie. "Idolatri dediti a diffondere le dottrine dualistiche come i catari di Linguadoca."

Manfredo annuì. "Il *basileus* mi ha affidato il compito di vegliare su quella reliquia, affinché mi sincerassi che restasse nelle mani del papa di Roma. Con l'accordo che se mai fosse stata sottratta o perduta, avrei dovuto recuperarla e distruggerla." Tornò quindi a fissare Beatrice. "Capisci, mia adorata? Proprio questo stavo per accingermi a fare quando, seguendo le tracce di Alano di Corteregia, sono giunto nel monastero di San Lazzaro... e mai, *mai!*, avrei pensato di trovare te in questo luogo! Io ti immaginavo nella nostra casa, a camminare negli orti in cui un tempo usavamo trascorrere le giornate di sole e scrutare, di notte, le stelle! Mai avrei pensato che scegliessi di rinunciare a ogni cosa, facendoti monaca!"

Beatrice si asciugò una lacrima. "Non si è trattato di una vera rinuncia," confessò. "Senza di te, ogni cosa aveva perduto valore e bellezza."

"Ora è tutto chiaro," intervenne la badessa, ansiosa di districare l'ultima parte dell'enigma. "O quasi. Manca un importante particolare." E sfilò dalla manica il rotolo di pergamena consegnatole dalla Civetta. "La reliquia di san Giovanni, in realtà, *è un manoscritto*!"

"Quale assurdità è mai questa?!" strepitò Vespertilio.

"La lingua dell'Evangelista..." ansimò in uno slancio di bramosia Winda di Saint-Félix. "Consegnatela a me..."

"Giammai!" esclamò Engilberta, esaminando la prima pagina di quel documento. "Ho intuito la verità non appena l'occhio mi è caduto sulle parole iniziali del testo: *Interrogatio Iohannis apostoli et evangelistae in cena secreta.* In pratica, si tratterebbe di un'interrogazione, o argomentazione, tenuta dall'apostolo Giovanni durante lo svolgimento di una cena segreta."

"È un libro eretico," chiarì Volcmaro di Eichstätt. "Probabilmente nato dall'ingegno malefico di Simon Mago o di uno dei suoi discepoli. Uno gnostico o un manicheo che, al fine di far sprofondare nel caos la chiesa, concepì una dottrina blasfema basata sulla concezione di un universo diviso tra due principi contrapposti, il Bene e il Male. Una dottrina fondata sul presupposto che Dio, nella sua infinita grazia e perfezione, non avrebbe mai potuto creare un mondo imperfetto e corrotto dal peccato. Artefice di simile opera, pertanto, sarebbe stato Lucifero, dopo essere stato cacciato dall'ordinamento dei cieli. E il corollario più osceno di questa dottrina vuole che anche il genere umano sia stato creato dall'angelo caduto, per poi cader preda dei suoi inganni e delle sue tentazioni."

"Lingua. *Corpus*. Reliquia..." rimuginò Engilberta. "Tutte queste parole non erano altro che metafore atte ad alludere e allo stesso tempo a nascondere la vera natura di questo manoscritto, è così?"

"Non potevamo certo sbandierare ai quattro venti che eravamo alla ricerca di un testo blasfemo," commentò Raterio. "Visto soprattutto che il manoscritto in questione è stato rubato dal forziere dell'esanime papa Urbano."

"Ma certo, la piuma del pavone..." rimuginò la badessa, per poi lanciare un'occhiata significativa a Vespertilio. "La piuma trovata addosso a suor Agata..."

"Cosa state mormorando?" volle sapere Volcmaro.

"Oggi, prima del battere del mattutino," lo informò Engilberta, "una mia consorella è stata trovata morta impiccata nel chiostro. E addosso aveva una piuma di pavone. Un simbolo papale, intuii fin da subito. Solo ora però ne comprendo il significato! Quella piuma è la prova schiacciante che la povera suor Agata aveva avuto tra le mani, anche se solo per un attimo, l'*Interrogatio Iohannis*! Probabilmente la piuma era stata infilata in quel manoscritto a monito di chi fosse il suo legittimo custode!" Quindi, senza attendere commenti, si voltò verso Beatrice. "Poc'anzi hai attribuito a Winda di

Saint-Félix la colpa di aver ucciso Alano di Corteregia," le disse. "Da quale certezza deriva una simile affermazione?"

"Quando quella donna mi ha sorpreso nella dispensa," spiegò Beatrice, "ha descritto con eccessiva precisione il luogo in cui era stato abbandonato il cadavere di Alano. 'Tra le querce, sotto il cespuglio di rovi.' Così mi ha detto. Ma io sono sicura di non aver parlato di alcun cespuglio di rovi a suor Ambrosia. Quando l'*infirmaria* mi chiese dove avessi trovato il corpo dello sgozzato, io semplicemente le risposi: 'Nel punto in cui gli alberi di nespolo confinano con il querceto'. E dal momento che Winda ha rinvenuto quel cadavere nel monastero dopo aver parlato con Ambrosia, non avrebbe dovuto sapere di alcun roveto. A meno che non fosse stata lei a uccidere Alano e a occultare il suo corpo."

La badessa fulminò Raterio con un'occhiata torva. "È andata in questo modo?"

"Io... io non lo so!" fu costretto a confessare il chierico. "Stanotte, mentre io e Winda eravamo nel bosco a caccia di Alano, ci siamo divisi per estendere le ricerche. E all'alba, quando ci siamo incontrati, lei mi ha riferito di non averlo visto."

Lo sguardo indagatore di Engilberta si posò sulla donna in nero.

"L'ho ucciso io, sì," abbozzò un sorriso grottesco Winda di Saint-Félix, mentre si contorceva sul pavimento come un animale ferito. "Soltanto dopo essermi accorta che quell'infame aveva già affidato il manoscritto al suo maledetto gufo!"

"Quale gufo?" si accigliò Manfredo.

"Il messaggero alato di Alano di Corteregia," spiegò Beatrice. "Il messaggero notturno attraverso il quale egli comunicava dopo l'imbrunire con la sorella."

"Suor Agata di Corteregia," pronunziò Engilberta in un crescendo di amarezza. "La seconda vittima di Winda di Saint-Félix, suppongo."

"No!" esclamò quest'ultima. "Ho visto il gufo involarsi verso il monastero, è vero! L'ho seguito e ho scavalcato i recinti del chiostro... ma quella dannata monaca, la vostra suor Agata, sembrava già aspettarmi. Era in piedi sul parapetto del pozzo, con il cappio intorno al collo, pronta a lasciarsi cadere... come se volesse sacrificarsi davanti a un nemico!"

"È una sporca menzogna!" le gridò in faccia la badessa. "Suor Agata non si è suicidata!"

"Invece temo di sì," sospirò Beatrice. "L'ho capito in dispensa, dopo aver visto la corda con cui si è tolta la vita."

"Cosa intendi dire?" la scrutò incredula Engilberta.

"Il nodo di Salomone, lo chiamava," rivelò la giovane. "Si trattava di un nodo che le vidi eseguire più di una volta mentre rammendava i vestiti. Un nodo insolito, incredibilmente complesso, che ella, una volta, mi confessò di aver appreso da bambina dallo zio, un marinaio del lago di Benaco. Ebbene," concluse con amarezza, "si tratta dello stesso nodo che teneva la corda da impiccato appesa all'arco del pozzo."

"Quindi l'ha fatto da sola..." inorridì la badessa.

"Mi aspettava, ve l'ho detto!" rimarcò Winda. "Io nemmeno la conoscevo! Nemmeno immaginavo che Alano avesse una sorella! Sono entrata per frugare in questo luogo, alla ricerca del maledetto rapace! E invece mi sono ritrovata di fronte a quella monaca in bilico sul margine del pozzo. Solo ora inizio a capire. Probabilmente Alano era riuscito ad avvertirla del mio incombere e lei, piuttosto che rivelarmi dove avesse nascosto la lingua dell'Evangelista, si è lasciata morire."

"L'avevo detto," ribadì mesto padre Vespertilio. "Suor Agata aveva un'anima inquieta. Come se portasse un peso sulla coscienza. Più di una volta le chiesi di cosa si trattasse, ma mai mi rivelò la natura di quel sentimento."

"Mi ha guardata negli occhi," riprese a parlare Winda, "e mi ha mostrato la piuma di pavone. 'Di ciò che è stato rubato resta solo questa penna,' mi ha detto. 'Il manoscritto è altrove, fuori da queste mura, perciò vattene.' Poi ha pronunziato *endura* e si è lasciata cadere nel pozzo."

"E voi avete gridato di rabbia," collegò i fatti Engilberta, "attirando la mia attenzione."

"Non potete capire..." mormorò la donna in nero. "Ero finalmente così vicina alla lingua dell'Evangelista... Non ho potuto trattenere la mia voce!"

"Dopodiché siete fuggita dal chiostro," continuò la reverenda madre. "Vi ho vista fuggire."

"Ho scavalcato i recinti del chiostro e ho raggiunto Raterio," annuì Winda. "Senza raccontargli nulla, ovviamente."

"Povera suor Agata!" sospirò Engilberta, spezzata dal cordoglio. "Dopo aver tenuto nascoste le sue inquietudini se n'è andata in modo orribile e misterioso, pronunziando una parola enigmatica..."

"Una parola appartenente all'eresia catara," precisò Raterio di Psalmodie.

Gli sguardi dei presenti conversero immediatamente su di lui.

"*Endura*," ripeté il chierico. "I catari, eretici dualisti come i manichei, sono soliti darsi al martirio pronunziando quella parola."

"Non starete insinuando..." fece la badessa.

"Il chierico ha ragione," la interruppe Vespertilio. "Ho sempre avuto il sospetto che Agata di Corteregia nascondesse un passato di eretica. Sospetto confermato dal fatto che ella era stata costretta ad allontanarsi dal cenobio in cui era stata ordinata monaca, il monastero bresciano di Santa Giulia, probabilmente perché incapace di nascondere la sua antica professione blasfema. Ed ecco, forse, spiegato il motivo del suo rovello interiore. Era combattuta tra la fede eretica alla quale è probabile non avesse mai rinunciato e l'affetto per la sua nuova *familia* monastica."

"Del resto," intervenne il vecchio Volcmaro, "corre voce che anche Alano di Corteregia fosse cataro."

"Non a caso egli rubò l'*Interrogatio Iohannis*," replicò Raterio. "Alano intendeva diffonderne il verbo corrotto per aggiungere nuovi proseliti alle fila degli eretici."

"Stolti!" ansimò Winda. "Coloro che voi chiamate eretici in realtà sono i veri fedeli, e le dottrine che definite blasfeme sono le più giuste e veritiere!"

"Costei è del tutto impazzita!" sobbalzò Raterio.

Sul volto della donna in nero si dipinse una maschera di tristezza. "Io non sono pazza..." e con un gesto inconsulto che le costò un grido di agonia si strappò il pugnale di Manfredo dalla spalla. "Io sono figlia di due *perfetti*, un sacerdote e una sacerdotessa catari che anni fa, nel castello di Saint-Félix, appresero gli insegnamenti dei manichei e come impartire secondo gli antichi rituali il sacramento del *consolamentum*."

Consolamentum!, ripeté dentro di sé Engilberta, in preda al turbamento. La stessa parola che aveva trovato dietro il letto di Agata. "Il concilio di Saint-Félix..." rimuginò. "Si tratta forse del concilio di cui con tanta malizia mi accennaste stamane?"

Winda annuì. "Il *vero*, autentico concilio, durante il quale si discusse di questioni teologiche che la chiesa dei cosiddetti cristiani è talmente cieca da non poter nemmeno concepire! Questioni sulle quali l'*Interrogatio Iohannis* ci mette in guardia, avvertendoci di quanto sia sbagliato illuderci che l'uomo, nato dal fango, possa aspirare a definirsi l'opera prediletta di Dio! Lucifero fu il nostro creatore! Il vero re del mondo! Il serpente ingannatore che, dopo averci plasmati con la materia più immonda, ci esortò a moltiplicarci attraverso il peccato della lussuria!"

"Maledetta catara!" la apostrofò Raterio. "Come avete osato tenermi nascosta la vostra putrida natura di eretica?"

"Sarebbe più appropriata un'altra domanda," intervenne Manfredo, rivolgendosi alla donna in nero. "Se anche voi siete catara come lo erano Alano di Corteregia e suor Agata, perché non avete cercato di allearvi con loro anziché essere causa, in un modo o nell'altro, della loro morte?"

"Perché Alano era uno stolto," rispose con asprezza Winda. "Chi pensate che l'abbia aiutato a rubare l'*Interrogatio Iohannis* dalle camere del papa? Io lo feci, a insaputa di fratello Raterio! Ma prima di fuggire a cavallo con il manoscritto, Alano mi confessò il suo folle progetto. Utilizzare quel testo per diffondere la dottrina catara *dall'interno della chiesa di Roma*! Comprendete la sua pazzia? Intendeva convertire i cuori delle stesse persone che ci davano la caccia! Perciò l'ho ucciso! Perché, a dispetto del fatto che egli si credesse votato a una giusta causa, era indegno dei suoi fratelli catari e manichei. Fratelli che non aspettavano altro se non di poter apprendere gli insegnamenti dell'*Interrogatio Iohannis*!"

"Perciò," tirò le somme Engilberta, "stamane, al battere dell'ora terza, vi siete presentata in questo monastero al fianco di fratello Raterio per capire che fine avesse fatto quel rotolo di pergamena."

"A dispetto delle ultime parole pronunziate da suor Agata di Corteregia, sapevo per certo che fosse stato celato fra queste mura," confermò Winda. "Però dovevo scoprire quale fosse il suo nascondiglio. Dopo che il mio falco aveva ghermito il piccione inviato da Vespertilio, conoscevo finalmente il nome della monaca suicida... ma nulla di più! E l'unico modo per fare progressi nella ricerca era assecondare l'indagine di Raterio."

La badessa si strinse nelle spalle. "Mai avreste immaginato che l'*Interrogatio Iohannis* fosse rimasta legata ai geti del gufo di Alano. E che a trovarla sarebbe stata suor

Nicodema, la monaca campanara, che, pur ignara di cosa avesse scoperto, l'ha fortuitamente consegnata a me."

"Opera del diavolo, suppongo," digrignò i denti Winda di Saint-Félix.

"O di Dio," ribatté Engilberta, porgendo l'*Interrogatio Iohannis* a Manfredo degli Ademari.

"Mi piace invece pensare che sia stata opera di suor Agata," commentò Beatrice, addolcendo lo sguardo. "Magari, in un momento di illuminazione, ha deciso di restituire al fratello quel manoscritto affidandolo di nuovo al gufo. Perché in cuor suo paventava le insidie che un testo così pericoloso avrebbe fatto ricadere sul nostro monastero. E ignara del fatto che Alano fosse già morto, si è sacrificata nella speranza di salvarci tutte."

Epilogo
Compieta

Prese l'aureola dell'angelo che soprintendeva alle acque e con metà di essa fece la luce della luna, con l'altra metà la luce delle stelle.

Interrogatio Iohannis, 5

Avanzando da ponente come una nera marea, le tenebre avevano divorato le chiome degli alberi e i sentieri boscosi che serpeggiavano sotto di essi. Beatrice poteva appena scorgere le sagome delle quattro persone intente ad allontanarsi dal monastero al bagliore delle fiaccole. Volcmaro di Eichstätt, Raterio di Psalmodie e Guido degli Ademari, dietro i quali, con le mani in vincoli e il capo chino, procedeva Winda di Saint-Félix. Giunti fra le mura di San Lazzaro per cercare chi l'una, chi l'altra cosa, se ne andavano tutti a mani vuote, simili a incubi che svanivano sotto la coltre silenziosa della notte.

Beatrice rimase per un attimo a fissarli. Poi, prima di salire in sella al cavallo, si voltò verso madre Engilberta.

"Vi lascio senza aver risolto una parte dell'enigma," disse. "Non so ancora chi mi abbia colpito sul capo, e per quale motivo l'abbia fatto."

"Bambina mia," sorrise dolcemente la reverenda madre. "Chi poteva mai aver interesse nell'intralciare le tue indagini, se non la persona che ne sarebbe rimasta maggiormente danneggiata?"

"Intendete dire..."

"Ieri notte, poco prima che suor Agata andasse incontro alla morte," le rivelò Engilberta, "suor Ursiana è uscita per procurarsi un calice di vino."

"Credete che la priora mi abbia aggredita per tener segreta una simile sciocchezza?"

"Non c'era solo del vino nel calice che ho trovato vicino al suo letto," sospirò la badessa. "Sono sicura d'aver riconosciuto sul fondo delle foglie di prezzemolo."

Beatrice sbarrò gli occhi.

Occhi bellissimi, non poté fare a meno di pensare Engilberta, contemplando quel giovane volto allo stesso modo in cui ore prima aveva ammirato il fiore bianco di altea. Un fiore libero di sbocciare a dispetto del freddo e dell'assenza di luce.

"Vedo che hai compreso," si complimentò. "Temo che Ursiana abbia tentato di abortire."

Con un movimento non privo di eleganza, la giovane sistemò una ciocca di capelli neri dietro un orecchio. Un gesto naturale che le era stato impedito per mesi dal velo del noviziato. "Ho pena per lei," mormorò.

"Non devi. Ursiana ha scelto da sola il suo inferno," e le accarezzò una gota. "Sarai felice?"

Beatrice si voltò per osservare l'uomo che la attendeva in sella al destriero. "Lo sarò."

"Seguire tuo marito sarà un'impresa ardua," le rammentò Engilberta. "Egli dovrà consegnare l'*Interrogatio*

Iohannis al *basileus*. Sarà un viaggio molto lungo e non privo d'insidie."

"Lo so," sorrise la giovane donna.

Poi, dopo averla baciata su una guancia, offrì una mano a Manfredo affinché lui la aiutasse a salire in groppa alla cavalcatura.

"E voi," soggiunse Beatrice, a mo' di commiato, "eravate consapevole di rischiare la vita quando, anni fa, fuggiste dal carro dell'imperatore per tornare dalla vostra maestra Ildegarda?"

"Più che consapevole," confermò Engilberta.

"E allora perché lo faceste?"

"Perché la amavo."

Nota dell'autore

Dopo un brevissimo e tumultuoso pontificato, iniziato nel 1185, Urbano III morì a Ferrara tra il 19 e il 20 ottobre 1187 a causa di uno sconosciuto quanto improvviso malore. Prima di allora aveva risieduto a Verona, nell'impossibilità di raggiungere Roma a causa dei suoi contrasti militari con l'imperatore Federico Barbarossa. Secondo la leggenda, a ucciderlo fu il dispiacere per la caduta di Gerusalemme nelle mani di Saladino, verificatasi diciotto giorni prima del decesso, anche se è improbabile che quella notizia fosse giunta così velocemente alle orecchie di Urbano. Le esequie furono celebrate in pompa magna presso la cattedrale ferrarese, dove tuttora si trova il suo sepolcro, e immediatamente dopo si provvedette a organizzare un conclave, tenutosi nella stessa città alla presenza di un numero imprecisato di cardinali. Le ipotesi di una morte per avvelenamento – anche se, tutto considerato, non così improbabili – sono da considerarsi frutto della mia immaginazione.

Nella stessa misura, il monastero di San Lazzaro deve considerarsi un'invenzione della mia fantasia. Benché ispirato all'antico priorato – o "casa" – di San Lazzaro, già ospitale per lebbrosi, collocato su un'*insula* del Borgo della Pioppa in cui la beata Beatrice d'Este usò ritirarsi a vita eremitica prima del suo trasferimento nel monastero di Sant'Antonio in Polesine, il claustro *extra moenia* in cui si ambienta il presente romanzo, incluso il suo inquietante *putridarium*, non è mai esistito. Altrettanto s'intenda per la badessa Engilberta, le sue consorelle e i personaggi che ruotano intorno alle loro vicende.

Autentico, invece, è il riferimento al codice intitolato *Interrogatio Iohannis apostoli et evangelistae in cena secreta regni coelorum de ordinatione mundi istius et de principe et de Adam*. Si tratta di una rarissima bibbia apocrifa – comunemente nota come *Libro di Giovanni Evangelista* – attribuibile alla setta dei bogomili di Bulgaria, sorta tra il X e il XIV secolo, e collegata al movimento cataro di Linguadoca. La traduzione da me consultata, tratta da un codice latino custodito negli archivi del Tribunale dell'Inquisizione di Carcassonne, è reperibile nella raccolta *I vangeli apocrifi* a cura di Marcello Craveri (Torino, Einaudi, 2014).

L'allusione fatta da Winda di Saint-Félix riguardo il misterioso concilio ereticale al quale avrebbero preso parte i suoi genitori si tenne nel 1167, in un castello nei pressi del villaggio di Saint-Félix-de-Caraman (oggi Saint-Félix-Lauragais), nell'Alta Garonna. In tale occasione, i sacerdoti catari ricevettero il sacramento del *consolamentum* dal vescovo bogomilo Nicetas.

La penetrazione di alcuni rappresentanti di suddette religioni dualiste, già in questo periodo, in Nord Italia è più che probabile. Prova ne è l'episodio del vescovo cataro Nazario di Concorezzo (nome dal quale ho ricavato il toponimo "Corteregia") che intorno al 1190, di ritorno dalla Bulgaria, portò in Lombardia una copia dell'*Interrogatio Iohannis*.

Ringraziamenti

Concludo indirizzando la mia gratitudine alle persone che più mi sono state vicine durante la scrittura di *Morte nel chiostro*. Mia moglie Giorgia ed Elisabetta Sgarbi. Voglio ringraziare inoltre l'intero staff della Nave di Teseo. In special modo Eugenio Lio, Oliviero Toscani, Stefania Eusebio e Luigi Scaffidi.

Grazie inoltre, lo devo dire, alle grandi donne come Ildegarda di Bingen. Donne che hanno costruito la storia. Quella vera. Quella che raramente si racconta.

Finito di stampare
nel mese di gennaio 2024
presso
Grafica Veneta S.p.A.
Via Malcanton 2 – Trebaseleghe (PD)

Printed in Italy